KB237114

허담 新무협 판타지 소설
FANTASTIC ORIENTAL HEROES

무천향

武天鄉

무천향 6

허담 新무협 판타지 소설

초판 1쇄 찍은 날 § 2009년 4월 6일
초판 1쇄 펴낸 날 § 2009년 4월 13일

지은이 § 허담
펴낸이 § 서경석

편집장 § 문혜영
편집책임 § 이재권
편집 § 문정흠

펴낸곳 § 도서출판 청어람
등록번호 § 제1081-1-89호
등록일자 § 1999. 5. 31
어람번호 § 제2-1715호

주소 § 경기도 부천시 원미구 심곡2동 163-2 서경B/D 3F (우) 420-822
전화 § 032-656-4452팩스 § 032-656-4453
http://www.chungeoram.com
E-mail § eoram99@chollian.net

ⓒ 허담, 2008

ISBN 978-89-251-1757-7 04810
ISBN 978-89-251-1582-5 (세트)

6

할거(割據)

은하의 계곡

무천향

武天鄕

허담 新무협 판타지 소설

FANTASTIC ORIENTAL HEROES

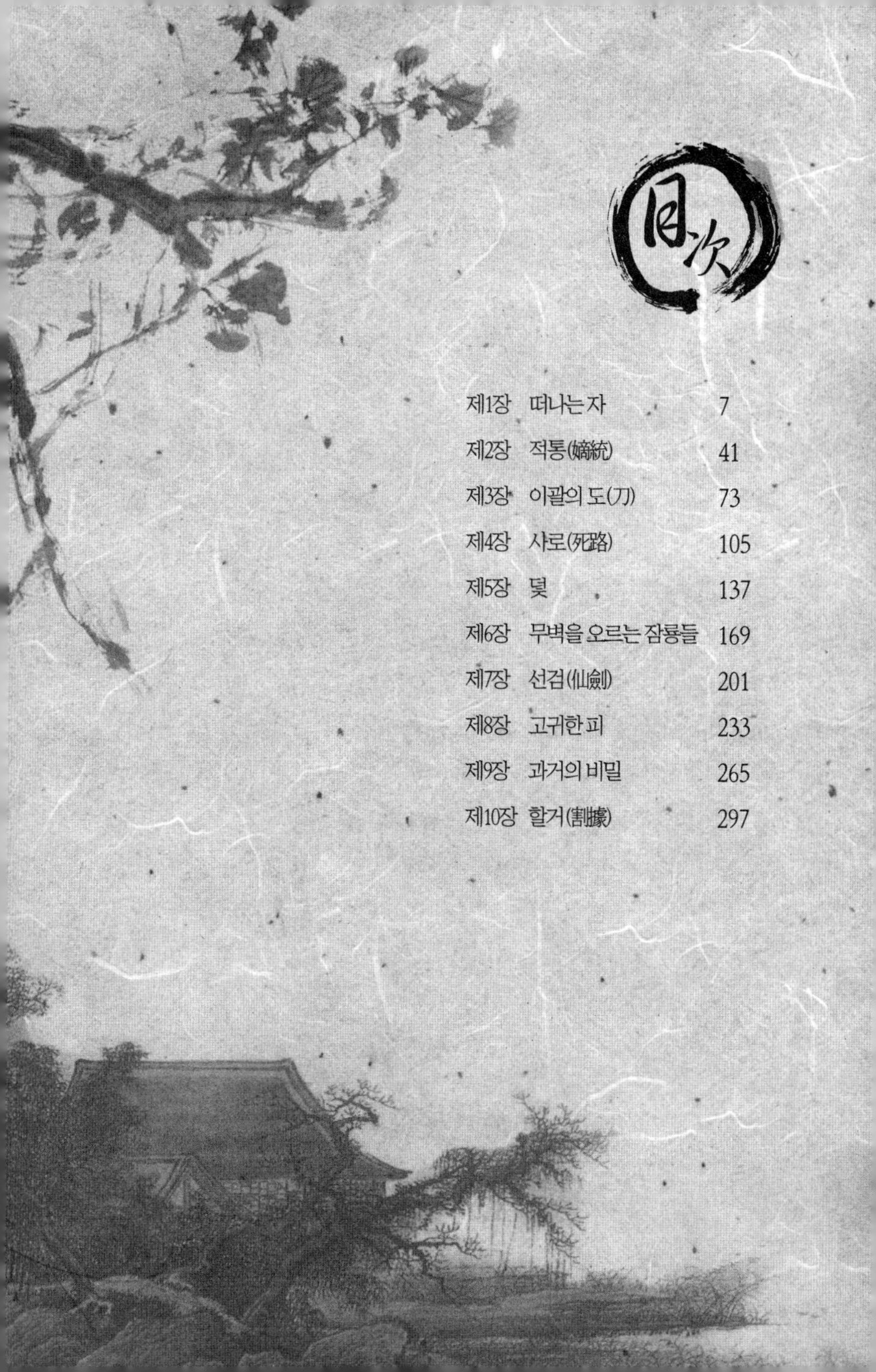

目次

第一章
떠나는 자

　며칠 동안 무천향이 광풍에 휩싸였다. 조용한 무도 수련자들의 마을이었던 무천향이 마치 풍운강호의 중심이라도 된 듯 혼란스러워 누구도 쉽사리 무도에 정진하지 못했다. 또한 온갖 소문들이 무천향 여기저기서 흘러나와 곳곳으로 퍼져 나갔다.

　소문 중에는 사실인 것도 그렇지 않은 것도 있었다. 소문 중 사실로 확인된 일 중 가장 충격적인 사건은 무극동천에 든 십칠 인의 수련자 중 일부가 송림에서 일어난 혈겁에 연류돼 무극동천에서 끌려 나와 율전에 감금되었다는 것이었다.

　무천향에서 무극동천은 수련동 이상의 의미를 지닌다. 역대 무선의 경지에 오른 무인치고 무극동천을 거쳐 가지 않은 사람이 없었다.

향주전과 종전이 현실의 무천향을 움직이는 중심이라면 무극동천은 무극을 꿈꾸는 무천향 고수들의 마음속에 담겨진 이상의 중심이었다. 그래서 무극동천에 든 수련자들은 비록 실질적으로는 무천향의 운영에 어떤 영향력도 행사할 수 없었지만 또한 무천향의 가장 순수한 무도인들로서 모든 향원들의 존경을 받는 인물들이었다.

그런데 그 순수한 무도 수련자의 정점에 올라 있는 무극동천의 수련자 중 삼 인이 소천 을몽검에 대한 습격의 배후로 지목되어 무극동천에서 끌려나와 율전에 감금되었으니 무천향의 무인들로선 귀로 듣고 눈으로 보아도 믿을 수 없는 일이었던 것이다.

"을산인, 도연관, 마한이라……."
파소의 곁에서 단보가 나직하게 중얼거렸다.
"어떤 사람들입니까?"
파소가 호기심 어린 눈빛을 드러내며 물었다.
"대단한 사람들이지. 무공에 관한한… 아마도 무천향에서 이십위 안에 들어갈 사람들일 게다. 더군다나 그 무공의 정순함으로 따지자면 열 손가락 안에 꼽힐지도… 뭐, 무극동천에 든 사람들의 무공이야 서열을 정할 수 없긴 하지만……."
"무극동천에 대한 이야기를 듣긴 했지만 그렇게 대단한 곳인가요?"

“물론 대단한 곳이다. 무천향에서 무극동천을 거치지 않고 무선의 경지에 이른 사람은 단 한 사람도 없으니까.”

“이유가 있나요?”

“글쎄, 굳이 따지자면 애초부터 무선의 경지에 근접한 사람들만 무극동천에 들 수 있기 때문이겠지. 다시 말해 장소가 무선을 만든 것이 아니라 능력있는 자가 무극동천을 찾아들었다는 말이다. 그리고 굳이 두 번째 이유를 들자면… 물론 이건 소문일 뿐 내 눈으로 확인하지 못한 일이지만, 무극동천에는 과거 무선의 경지에 오른 선사들의 심득이 여러 형태로 남아 있다고 하더구나. 그게 사실이라면 무선의 경지에 도전하려는 수련자들에겐 무척 큰 도움이 된다고 할 수 있지. 앞서 걸어간 자의 길을 보는 것과 보지 못하는 것은 하늘과 땅만큼 차이가 클 테니까.”

“선대 무선들의 심득이 남겨져 있다면 정말 누구라도 들고 싶어하는 곳이겠군요.”

“그렇지. 그래서 누구나 무극동천에 들 수 있는 것은 아니야. 무극동천에 들자면 십이종성 삼 인 이상의 추천과 향주의 허락이 있어야 하지.”

“절차가 필요한 곳이군요.”

“제법 까다로운 절차지. 무천향의 무인들은 누구라도 무극동천에 들기를 소원하니 그런 절차를 만들지 않을 수 없었다. 또한 누구나 들고자 하는 곳이니 한 번 들어갔다고 죽을 때까지 머물 수도 없어. 무극동천에 입동한 사람은 십 년이 지나면

데 간혹 보면 오히려 주일기가 의방오현에게 지시를 내리는 듯한 모습이 보였던 것이다.

물론 평소에는 그런 모습을 전혀 드러내 보이지 않았다. 주일기는 의방오현에게 언제나 공손한 제자였다. 하지만 사람들의 이목이 없을 때 그들을 살피노라면 주일기는 간혹 눈짓으로 의방오현의 행동을 조종하곤 하는 것이었다.

엄격한 예절이 지켜져야 할 사부와 제자의 관계, 그러니 입장이 바뀐 그들의 이 행동이 석청의 눈길을 끄는 것은 당연한 일이었다. 물론 석청이 그들을 주시하고 있었기에 알아낸 일이긴 하지만.

석청이 파소가 송림의 혈사로 인해 율관이 머물고 있을 때 그에게 해주겠다던 재미있는 이야기는 바로 이 기이한 스승들과 제자의 관계였던 것이다.

석청은 파소가 율관에 머무는 사이 이 이야기를 단보에게 먼저 전했고 단보는 즉시 그에 대한 조사를 진행 중이었다.

"주일기는 본래 의방 출신이 아니더군. 본래 의방의 의원들은 대부분 그 부모가 의방 출신이지. 의술이란 것은 무공보다도 더 폐쇄적인 면이 있어서 대부분 혈족을 중심으로 전수되기 마련이거든. 의방이 검산 육조사의 후예이면서도 검산의 다른 가문들과 거리를 두고 있는 이유도 남들보다 강한 그들의 결속력 때문이지. 물론 그들이 하는 일 자체가 중요하기도 하지만……."

"의방 출신이 아닌데도 의방오현의 제자가 되었다니, 놀라운 일이군요.”

“그렇지? 확실히 특이한 일이지. 그래서 난 주일기의 출신을 먼저 조사했지. 그런데 쉽지가 않았어. 그는 분명 외부에서 들어온 자가 아님에도 불구하고 그 출신을 파악하기가 너무 어렵더군. 의방에 들기 전 어린 시절에는 검산에 머물다가 죽림을 거쳐 의방에 들어갔더군. 무공 수련 역시 향의 공식 성사들의 가르침 말고는 누구에게 따로 사사한 일도 없고. 특히 어려서부터 그를 키운 탁발씨 가문의 노부부는 사실 그의 부모라고 하기엔 너무 늙은 사람들이었단 말이지. 더군다나 그들은 이미 여러 해 전에 죽었으니 그들에게 사실을 확인할 수도 없는 일이고…….”

“기이하군요.”

“기이한 일이지. 무천향이 작은 마을은 아니지만 그렇다고 그리 큰 마을도 아니란 말이야. 더군다나 외부와 폐쇄되어 있으니 당연히 그 내부 인물의 신세 내력은 조금만 조사해도 금세 드러나게 되어 있지. 그런데 주일기 그자의 내력은 완전히 안개에 싸여 있었단 말이야.”

단보가 손으로 턱을 쓸며 말했다.

“그래서 그의 출신을 결국 못 알아내셨나요?”

“아니, 대충 알아낸 것 같긴 해. 하, 참 묘하더군.”

“부모가 누군데요?”

“부모가 누군지는 확실치 않아. 하지만 그의 뒤를 추적하다 보니 사십 년 전 향에 떠돌았던 한 가지 불유쾌한 소문과 만나게 되더구나."

"불유쾌한 소문이라뇨?"

"사십 년 전 정종에 을균이란 기재가 있었다. 물론 네 아버지에는 미치지 못했지만 그래도 능히 대성사의 가르침을 끝내고 잘하면 무극동천에 들 수도 있다고 알려진 인물이었지. 나와는 나이가 비슷해서 나도 그를 잘 기억하고 있지. 그런데 그는 타고난 재능에 비해 무척 심약한 성격을 가지고 있었다. 그래서 향의 어른들은 항상 그의 성정이 그의 발전을 제약할 거라 걱정했었지. 결국 그 예상은 맞았다. 물론 무공이 아닌 다른 형태로 그의 인생에 영향을 미쳤지만 말이야."

"무슨 일이 있었던 거죠?"

"당시 그의 재능은 향에서 열 손가락 안에 꼽혔기 때문에 딸 가진 부모라면 그를 사윗감으로 탐하는 사람이 많았다. 당연히 그는 최고의 신부를 맞아들였다. 그 여인이 누군고 하니 바로 현 십이종성 중 한 명인 탁발로의 이복 누이 동생이었다. 탁발연이란 이름의 여인이었는데, 탁발로와는 나이 차가 무척 많이 났었지. 거의 부녀 사이라고 해도 좋을 만큼. 미모와 재능이 출중해서 네 모친과 함께 검산이화로 불리던 여인이었다. 두 사람의 혼인은 향의 젊은이라면 누구라도 부러워할 만큼 대단한 혼인이었다. 가히 용봉의 만남이라 할 수 있었지. 그런데 이 혼인은 결국 파국으로 끝났다."

"왜요? 잘 어울리는 한 쌍이었을 텐데……?"

남녀 간의 일이라 그런지 석청이 호기심을 드러내며 물었다.

"남녀 사이란 곁에서 지켜보는 것만으론 속사정을 알 수 없는 일이지. 어쨌든 두 사람의 혼인이 파탄에 이르게 된 이유는 정확하게 알려진 것이 없다. 하지만 파탄의 결과는 누구나 알고 있지. 왜냐하면 그 파국이 너무 충격적이었기 때문이다. 그들이 혼인한 지 정확히 삼 개월째 되던 날, 을균은 스스로 목숨을 끊어 자살했다."

단보의 말에 파소와 석청이 화들짝 놀라 단보를 바라봤다. 청춘 남녀의 화려한 혼인 이야기가 갑자기 무천향 절대기재의 죽음으로 이어졌기 때문이다.

"도대체 왜……?"

"말했지만 두 사람 사이에 일어난 일은 정확하게 알려지지 않았다. 어쨌든 을균이 죽은 이후 탁발연 또한 스스로 무공을 폐하고 무천향을 떠났다. 하지만 소문이란 것은 무섭지. 항상 진실은 물이 새어 나오듯 세상에 드러내니까. 탁발연이 무천향을 떠난 이후 한 가지 소문이 돌았다. 그녀가 무천향을 떠날 때 그녀의 뱃속에 생명을 잉태하고 있었다는 소문이 그것이다."

"그녀가 을균의 아이를 가졌었군요."

"그게 바로 문제의 핵심이다. 그녀가 아이를 가졌다는 것은 거의 분명한 사실인 듯하다. 왜냐하면 을균이 자살한 후 충격에 빠진 그녀가 기력을 잃자 의방의 의원 중 한 명이 그녀의 병세를 살폈으니까. 아마도 그녀의 임신설은 의방에서 흘러나왔을 것이다. 어쨌든 문제는 그녀의 임신설이 아니라 그 아이의 친부에 관한 소문이었다."

"친부라 하심은……?"

석청이 뭔가를 깨달은 듯 단보를 바라보자 단보가 고개를 끄덕였다.

"그렇다. 소문에 따르면, 탁발연이 임신한 아이의 친부가 을균이 아니라는 것이었다. 을균의 자살 또한 그녀의 외도를 알았기 때문이란 것이며 그녀가 스스로 무공을 폐하고 향을 떠난 것도 대대로 검산의 제일가문으로 이어진 탁씨 가문의 명예를 위해 탁발가의 원로들이 강요했기 때문이란 것이었다. 물론 이 소문에 대한 진위 여부는 아직도 밝혀지지 않고 있단다."

단보의 이야기가 끝나자 파소가 의아한 표정으로 물었다.

"그런데 그들의 이야기가 주일기와 무슨 상관이 있다는 거죠?"

파소의 물음에 단보의 표정이 차갑게 굳어졌다.

"난 주일기의 과거를 조사하다 문득 그가 당시 탁발연, 그녀의 뱃속에 있던 그 아이가 아닐까 하는 의심을 품게 되었기 때문이란다."

"하지만 그녀는 무천향을 떠났잖아요, 아이를 임신한 채. 그런 아이가 어떻게 무천향에……?"

파소의 의문에 단보가 고개를 끄덕였다.

"그래, 이건 확실히 이치에 맞지 않는 이야기지. 하지만 말이다, 내가 조사한 바에 따르면 그동안 주일기의 삶이 검산에서 죽림, 그리고 죽림에서 의방으로 옮겨갈 때마다 십이종성 탁발로가 일정한 역할을 했었더구나. 명목적으로는 탁발씨 가문의 가솔로 있는 노부부의 아들로 되어 있었지만 말이다."

"단지 그것만으로… 그녀는 분명 무천향을 떠나지 않았습니까?"

"물론 그렇지. 하지만 너도 알다시피 외부와 무천향을 잇는 비도가 며칠 전 발견되지 않았느냐? 그러니 어쩌면 주일기 그도 그 비도를 통해 무천향에 들어온 사람일 수도 있겠지."

*　　　*　　　*

파소는 길을 걸으며 세상일은 참으로 알 수 없다는 생각을 하고 있었다. 그가 가는 곳은 향주전 후원의 소천 을몽검의 처소, 한 명이 죽어 네 명이 된 사조의 위사들에게 다시 소천 을몽검의 호위가 맡겨진 것은 전혀 예상치 못한 일이었다. 그래서 파소는 어쩌면 다시는 보지 못할 거라 생각했던 을몽검을 다시 만나게 되었던 것이다.

'달라졌군.'

을몽검의 처소에 들어서는 순간 파소는 겨우 며칠 사이에 을몽검 처소의 분위기가 확연하게 달라진 것을 느꼈다. 예전에는 비록 병들어 죽어가는 몸이었지만 대무천향의 소천이란 지위로 인해 삼엄한 경비와 위압감이 느껴지는 곳이었는데 오

산웅이 난감한 표정으로 비량을 보며 물었다.

"비록 물러났다고는 하나 수십 년 무천향의 소천 자리를 지켜온 분일세. 계속 소천으로 불러도 무방할 것이네. 아직 새로운 소천이 탄생한 것도 아니고… 가세."

비량이 사조의 위사들을 이끌고 소천 을몽검이 처소로 향했다.

'정말 죽을 날이 머지않은 걸까?'

소천 을몽검의 처소에 들어선 순간 파소는 짙은 죽음의 향기를 느꼈다. 소천 을몽검은 또다시 변해 있었다. 그리고 오늘의 변화는 그리 좋은 쪽이 아니었다.

멀리 침상에 누워 있는 소천 을몽검의 얼굴은 며칠 사이 무척 수척해져 있었다. 가뜩이나 병을 앓아 말랐던 그의 얼굴은 이제 앙상한 광대뼈가 드러날 정도로 황폐해져 있었다.

"오셨소이까?"

언제나처럼 을목이 사조의 위사들을 맞이했다.

'세 명뿐인가? 지나치군.'

소천 을몽검의 처소는 지난번 송림에서 끝까지 소천 을몽검을 지킨 정종의 고수 삼 인만이 지키고 있었다. 아무리 을몽검이 소천의 자리에서 밀려났다 해도 며칠 전까지 향의 소천이었던 사람, 그것도 최근 들어 두 번이나 암습을 당했던 사람의 호위가 너무 허술했다.

"세 분만 계시는 겁니까?"

놀란 것은 파소만이 아닌 모양이었다. 비량도 당황스런 표정으로 물었다. 을몽검의 곁을 지키던 의원들 역시 그 수가 줄어 겨우 두 명만이 남아 약탕기의 불을 보고 있었다.

"어쩔 수 있습니까? 이젠 죄인이 되신 분인데… 그리고 오히려 소천께서 더 이상의 호위가 추가되는 걸 원치 않으셨습니다."

그러자 사조 위사들 표정에 의아한 빛이 떠올랐다. 더 이상의 호위무사 추가를 원치 않는 소천이 왜 사조의 호위는 받아들인 것일까?

"사조의 위사 분들은 믿을 수 있다 하시더군요."

을목이 사조 위사들의 의문을 짐작하고는 재빨리 말을 덧붙였다. 그제야 사조의 위사들은 을몽검의 심사를 알아챘다. 을몽검으로서는 자신을 수년간 지켜온 정종의 고수들조차 자신을 배신한 마당에 송림에서 자신을 위해 검을 든 사람들 말고는 믿을 사람이 없었던 것이다.

"믿어주시니 감사하군요."

비량이 살짝 미소를 지었다.

"고난이 닥쳐와야 진실한 친구와 숨어 있는 적을 구분할 수 있는 법이지요. 이쪽으로……."

을목이 사조의 위사들을 소천의 침상 곁으로 인도했다.

"어서 오시게들… 쿨룩!"

을몽검은 겨우 고개만 돌린 채 사조의 위사들을 맞이했다.

"상세가……?"

"류차를 가져오지?"

"소천, 류차를 타고 움직이시기엔……."

"가져와. 류차가 아니면 어떻게 움직이겠나. 그리고… 주단의 효과는 그대도 알고 있지 않은가?"

아마도 을몽검이 삼킨 그 붉은색 단약을 주단이라고 부르는 모양이었다. 을몽검의 고집에 을목이 다시 한 번 고개를 돌려 정종 고수에게 고개를 끄덕였다.

잠시 후 정종 고수 한 명이 나무 바퀴가 달린 의자를 밀고 왔다.

'저게 바로 류차란 거군.'

의자 다리 대신 나무 바퀴가 달린 류차가 을몽검 앞에 놓이자 을몽검이 을목의 부축을 받고 간신히 류차에 올라앉았다. 그리곤 가쁜 숨을 한참 내쉬더니 나직한 목소리로 말했다.

"가지."

을몽검의 명이 떨어지자 을목이 조심스럽게 류차를 밀기 시작했다.

사시사철 봄과 같은 날씨를 자랑하는 무천향에도 미세하나마 계절의 변화는 찾아왔다. 성해는 늦은 봄기운으로 가득 차 있었다. 성해 주변의 버드나무들은 온통 녹의로 갈아입고 있었고, 호수 면은 잘게 갈라져 은빛으로 출렁이고 있었다.

"좋군."

을몽검의 입에서 나지막한 음성이 흘러나왔다. 송림에서의 사건 이후 처음 외부로 나온 길이라 그런지 을몽검의 기분은 한결 상쾌해 보였다.

"시선들이 있습니다."

봄기운에 취한 을몽검의 기분을 깨뜨리지 않으려는지 을목이 조심스럽게 입을 열었다.

"알아. 하지만 걱정 말게. 그저 구경꾼들일 뿐일 테니……."

"하지만……."

"후후, 놈들이 다시 날 공격하긴 쉽지 않아. 그리고… 을산인을 포함해 무극동천의 세 늙은이가 율전에 잡혀 있으니 놈들도 바짝 엎드려 있어야 할 때라고… 더군다나 내 목숨은 이제 정말 얼마 남지 않았고……."

"소천……."

"후회는 없네. 내가 도발하지 않았다면 놈들을 끌어낼 수 없었을 거야. 물론 그리되면 나야 몇 년 더 살 수 있었겠지. 하지만 무천향은 놈들의 손에 장악되고 말았을 거야. 아주 천천히… 사람들이 느끼지도 못하는 사이에 말일세. 난… 못된 아들이지만 그래도 마지막으로 아버님께 기회를 주고 싶었어. 그들과 일 합을 겨룰 기회를 말이야."

"소천……."

"후후, 내가 한 짓이 있으니 이 정도 빚은 갚아야 하는 것 아닌가? 그나저나 이제 저 아이와 이야기를 하고 싶군."

"소천!"

을목의 눈이 한순간 크게 떠졌다. 그러자 을몽검이 고개를 파소는 아무 말 없이 을몽검이 앉아 있는 륜차를 밀기 시작했다. 륜차는 성해 주변을 따라 난 길을 천천히 이동하기 시작했다. 우연인지 을목과 정종 고수들, 그리고 사조의 위사 셋은 륜차와 일정한 거리를 유지하고 있었다.

을몽검은 한참 동안 입을 열지 않았다. 그는 그저 길옆으로 우거진 녹음을 즐기는 듯 륜차의 등받이에 몸을 기댄 채 가볍게 스쳐 지나가는 나무들을 바라보고 있을 뿐이었다.

그렇게 얼마나 지났을까, 갑자기 을몽검이 입을 열었다.

"왜 무천향에 들어왔느냐?"

역시 위사에게 건네는 말투가 아니다. 파소는 이미 을몽검이 자신에 대해, 자신이 그의 형 을몽학의 아들이라는 것을 알고 있다는 걸 본능적으로 알아챘다. 그의 말투는 그에 대한 증거일 터였다.

"뿌리를 찾고 싶었지요."

파소가 담담한 목소리로 대답했다.

"뿌리……?"

"그리고 그 뿌리가 잘린 이유도 알고 싶었습니다."

파소의 말에 을몽검이 살짝 어깨를 떨었다.

"그래, 찾고자 하는 것은 찾았느냐?"

을몽검이 나직한 목소리로 물었다.

"글쎄요. 뿌리는 찾은 것 같은데 뿌리가 잘린 이유는 아직 모르겠군요."

파소의 말이 끝났지만 을몽검은 대답은 없었다. 을몽검은 살짝 고개를 틀어 왼쪽으로 펼쳐지는 성해의 푸른 물결을 바라보고 있을 뿐이었다.

그르륵그르륵!

류차의 나무 바퀴가 굴러가는 소리가 여느 때보다 더 시끄럽게 파소의 귀에 들려왔다. 그건 아마도 을몽검의 침묵이 그만큼 깊다는 의미일 터였다. 을몽검의 침묵은 을몽검이 지목했던 버드나무에 십여 장 가까이 접근했을 때 깨졌다.

"난 형님을 좋아했다."

불쑥 꺼내든 한마디, 순간 파소는 자신도 모르게 걸음을 멈췄다. 파소의 걸음이 멈춰지자 자연히 을몽검이 타고 있던 류차도 움직임을 멈췄다. 그 때문일까. 파소가 류차를 밀기 시작한 후 처음으로 을몽검이 파소에게 시선을 주었다.

"짐작은 하고 있었겠지?"

자신이 파소의 정체를 알고 있다는 걸 눈치채고 있지 않았냐는 물음이었다. 파소가 가볍게 고개를 끄덕였다.

"좋아. 그럼 시간 허비하지 말자꾸나. 난… 시간이 많지 않다."

파소가 다시 한 번 고개를 끄덕였다.

"그럼 저 나무 밑으로 날 데려다 다오."

을몽검의 말에 파소가 걸음을 옮겼다. 그러자 멈춰 섰던 나무 바퀴가 다시 땅을 구르기 시작했다. 그리고 을몽검의 입도 다시 열렸다.

"믿지 않을지 모르겠지만 난 정말 형님을 좋아했다. 형님은… 뛰어난 분이었지, 모든 면에서. 천재란 소리를 들을 만한 총명한 머리, 무공에 대한 타고난 감각, 그리고 참을 줄 아는 끈기와 사람을 끌어들이는 포용력까지… 난 지금껏 그렇게 많은 장점을 가지고 있는 사람을 본 적이 없었다. 그러니 그런 형님이 얼마나 자랑스러웠겠느냐?'

'그런데 왜 그런 아버지를 해하셨습니까?

파소가 속으로 물었다. 그런 파소의 마음을 짐작했는지 을몽검이 깊은 한숨을 쉬며 다시 입을 열었다.

"그것 아느냐? 정(情)도 깊으면 병이란 말, 말이다. 아, 그 말은 정말이더구나. 솔직히 내가 그토록 좋아하던 형님을 배신한 것은 지금까지 나 자신조차도 이해할 수 없는 일이었다. 하지만 굳이 이유를 찾자면 형님을 너무 좋아했었기 때문이 아닐까 싶구나."

류차는 이미 멈춰 있었다. 파소와 을몽검은 버드나무 그늘 아래 있었다. 을몽검의 말이 끝나는 순간 파소는 잡고 있던 류차의 손잡이를 들어 성해의 푸른 물결 속에 처박아 버리고 싶은 충동을 느꼈다. 너무 좋아해서 해하다니, 이런 궤변이 어디 있단 말인가?

"궤변이라 생각하겠지? 그래, 부인하지 않으마. 이건 정말 궤변일 뿐이다. 당사자인 나를 제외하고는 누구라도 궤변이라고 할 수밖에 없는 일이지. 하지만 그때는 정말… 정말 그랬다."

을몽검이 잠시 말을 끊고 눈을 감았다. 말하기가 힘겨운 것인지 아니면 과거의 회한에 잠긴 것인지 알 도리는 없었다. 파소는 모든 인내심을 동원해 을몽검이 다시 입을 열기를 기다렸다.

"그날… 그들이 찾아왔다. 그리곤 나에게 말했지. 당신은 반만 그의 동생이라고. 당신의 어머니는 그의 어머니가 아니라고. 당신의 어머니는 억울하게도 그의 어머니에 의해 향에서 쫓겨났다고. 그러니 당신은 당신 어머니의 한을 풀어줘야 한다고. 음… 나중에야 알았다, 그들이 한 말 중 반만 진실이란 사실을. 형님과 난 어머니가 달랐다. 내가 그 사실을 그들에게 전해 들은 것은 내 나이 스무 살 때였다. 젊은 나이였지. 버려진 어머니에 대한 동정심, 어머니를 버린 아버지와 형님의 어머니에 대한 분노… 그리고 무엇보다 날 방황케 했던 것은 형님과 내가 온전한 형제가 아니라는 사실이었다. 그토록 완벽한 형님이 나의 온전한 형님이 아니라니… 그들은 내가 그들의 일을 도운 이유가 아버님과 큰어머님에 대한 복수 때문일 거라고 생각했을 게다. 아니면 숨기고 있던 내 야망 때문일 거라고 생각했을 수도 있다. 하지만 사실은 그게 아니었다. 내가 그들의 제안을 받아들인 이유는 단 하나, 내가 온전한 형님의 동생이 아니라는 사실 때문이었다. 난 모든 것에서 완벽한 형님을 깨뜨리고 싶었다. 참으로 이상하지? 어떻게 그런 마음이 들 수 있었던 것일까? 어떻게 어머니가 다르다고 그렇게 좋아하던 형님께 흠집을 내고 싶다는 생각이 들 수가 있었던 것일까? 그때까지도 난 여전히 형님을 좋아하고 있었는데 말이야."

이유야 찾아보면 있을 것이다. 그러나 파소는 그따위 이유는 알고 싶은 생각이 없었다.

"그래서 아버지께 무슨 일을 하신 겁니까?"

파소가 차갑게 물었다. 파소의 물음에 을몽검이 움찔하더니 이내 한숨을 내쉬며 입을 열었다.

"난 일이 그런 식으로 전개될 거란 걸 전혀 예상치 못했다. 난 단지 형님의 그 완벽함에 한 올의 흠이 생기는 것을 바랐다. 모르지. 내 마음속에 그로 인해 내가 소천의 지위에 오를 수 있는 가능성이 생길지도 모른다는 음습한 야망이 숨겨져 있었는지도… 어쨌든 그날 형님과 형님의 친우들에게 광혈단을 하독했다. 본래 광혈단은 단환의 형태로 입을 통해 복용하는 것이지만 그들은 이 광혈단을 다루는 특이한 방법을 정밀하게 알고 있었다. 한 잔의 차를 대접하면 정확히 두 시진 후에 광혈단의 효과가 일어날 수 있도록 하는 그 수법은 정말 교묘한 것이었지."

"결국 독을 쓴 겁니까?"

파소의 어투에선 한가닥 비웃음이 느껴졌다. 그러거나 말거나 을몽검은 여전히 말을 이어나가고 있었다.

"그렇다. 본래 형님과 그 친우들의 성취는 무천향 역사상 보기 드물게 빠른 것이라 당시 이미 대성사의 가르침을 마친 상태였다. 그래서 그들은 무극동천에 든 무천향 최고의 고수들과 심득을 나눌 정도의 실력을 가지고 있었다. 그래서 가끔 무극동천 인근에서 그들을 만나곤 했었다. 이 일은 본래 무천향에서 통용될 수 없는 일이었지만 형님이 을씨 가문의 적손일 뿐더러 형님과 형님의 친우들이 무선의 경지에 도전할 만한 탁월한 재능을 지닌 사람들이었기에 십이종성도 특별히 눈감아주고 있었던 것이지. 내 예상은 이랬다. 나에게서 광혈단이 녹아든 차를 받아 마신 형님과 그 친우들이 무극동천에서 수련 중인 노고수들을 만나면 광혈단의 약효가 발동되어 난동을 부리게 되고 무극동천의 고수들은 그런 형님과 친우들을 어렵게 제압한다는 것이었다. 그 난동은 결국 그동안 구축해 온 완벽한 인간으로서의 형님 위명에 흠집을 내게 될 것이었고… 그런데 일이 전혀 예상 밖으로 흘러갔다. 아무리 형님과 그 친우들이 뛰어난 무재라 하더라도 무극동천에 든 노고수들을 당해낼 수 없을 거란 나의 예상은 보기 좋게 빗나가 버렸다. 형님과 그 친우들은 놀랍게도 무극동천에 든 노고수 삼 인의 목숨을 끊어냈던 것이다. 누가 상상이나 했겠는가? 형님의 무공이 그 정도에까지 이르렀을 것이란 걸… 그리고 하필이면 그때 형님과 친우들 손에 죽은 사람 중 형수님의 아버님이 포함되어 있을 거란 걸… 아아, 그렇게 해서 모든 일은 어그러지고 말았다. 형님은 스스로 목숨을 끊었고, 형수님은 자결했다. 그리고… 그리고 넌 무천향을 떠나야 했지."

을몽검이 처연한 눈으로 파소를 바라봤다. 파소는 눈 한 번 깜빡이지 않고 을몽검을 응시하고 있었다.

"그 이후의 일은 너도 들었겠지?"

는 것 정도… 그러나 그들의 세력이 무천향 곳곳에 퍼져 있다는 것은 알고 있다. 그리고 아마도 아버님은 그들에 대해 좀 더 많이 알고 계실 게다. 아니, 어쩌면 지금쯤은 그들을 모두 파악하고 계실지도 모르지. 그 때문인지 이번에 일을 처리하시는 방식은 그동안과는 조금 다르시더구나. 아, 어쨌든 이제 내가 해줄 말은 다 해준 것 같구나. 그런데 나도 하나 물어보고 싶은 말이 있다.”

을몽검이 파소를 돌아봤다. 을몽검의 눈에서 서서히 주단의 기운이 사라지고 있음이 느껴졌다. 파소는 그런 을몽검, 숙부이자 복수의 대상인 을몽검을 무감정한 표정으로 바라봤다. 죽음의 그늘을 뒤집어쓴 을몽검. 파소가 가볍게 한숨을 내쉬었다. 원한으로만 바라보기엔 을몽검의 모습이 너무 비참했다. 파소가 가볍게 고개를 끄덕였다.

“고맙다… 널 만나면 이 말을 묻고 싶었다. 그동안 어떻게 살아왔느냐?”

순간 파소의 가슴속에서 정체를 알 수 없는 기이한 감정이 뭉클거렸다.

“내 삶을 알고 싶은 겁니까? 그게… 궁금했었습니까?”

“그래… 항상 널 생각했었다. 어쨌거나 넌… 형님의 아들이니까.”

그날 파소는 을몽검과 함께 꽤 오랫동안 버드나무 아래 머물렀다. 해가 질 때까지, 그래서 죽음의 그림자가 석양과 함께 을몽검을 찾아올 때까지…….

　사조의 고수들은 도대체 파소와 을몽검이 무슨 이야기를 나누는지 궁금했지만 을목이 그들의 접근을 막고 있어 두 사람 사이에 오고간 이야기를 들을 수 없었다.

　그날 을몽검은 버드나무 아래서 파소가 지켜보는 가운데 숨을 거뒀다.

武天鄕
무천향

“널 만나서 기뻤다. 네가 날 어떻게 생각하든……”

파소의 머릿속에 을몽검의 마지막 말이 며칠 동안 맴돌았
다. 원한은 죽은 자 앞에서 힘을 잃었다.

을몽검의 장례식은 과거 무천향의 소천이었던 사람답지 않
게 조촐하게 치러졌다. 그가 소천으로서의 자격을 잃었기 때
문만은 아니었다. 본시 무천향에서의 장례 절차는 수련자들답
게 극히 간소하게 치러진다고 했다. 일반 무사에서부터 향주
까지 그 누구에게나 동일한 형식으로.

그러나 장례야 동일한 형태로 치러진다지만 그 죽음의 의미
까지 동일할 순 없었다. 을몽검이 무천향 동북쪽 천봉 인근에

파소가 어떤 무공을 선보일지, 그가 과연 검산무벽에 검흔을
남길 만한 고수로 성장할 수 있을지에 관심이 쏠려 있었다.

"변하셨다니, 어떻게 말입니까?"

단보의 말에 이어 파소의 목소리가 들려왔다.

"본래 향주께선 역대 향주 중 가장 온화한 성품을 시닌 분이
라고 평가받으시는 분이다. 그래서 어떤 노고수들은 정종의
위세가 지금처럼 땅에 떨어지게 된 것은 현 향주의 그 온화한
성품 때문이란 말들을 하기도 하지."

"제가 보기엔 그렇지도 않은 것 같습니다만……."

"무슨 말이냐?"

"아들 하나를 잃고 한 명은 주화입마에 빠져 사경을 헤맸었
습니다. 그것도 석연찮은 음모에 의해서 말입니다. 그런데도
그분은 그 와중에도 본래의 성품을 잃지 않고 자리를 지켰습
니다. 여전히 온화한 모습으로요. 어르신, 아무리 이곳이 무공
을 통해 선을 추구하는 곳이라 해도 과연 그 상황에서 그런 평
정심을 수십 년간 유지하는 것이 누구나에게 가능하겠습니
까?"

파소의 물음에 대한 단보의 답은 쉽게 들려오지 않았다. 그
렇게 잠깐의 침묵이 이어진 후 한숨 섞인 단보의 목소리가 들
려왔다.

"쉽지 않겠지. 그러고 보니 향주님은……."

"그렇습니다. 보통 무서운 분이 아니지요. 누군가에 의해
두 명의 아들이 희생되어 가는데도 그 분노를 드러내지 않고

오히려 온화함으로 향을 다스렸다는 것은… 보통 독한 분이
아니란 말이지요.”

“음… 그럼 지금 향주께서 보이시는 행동들은…….”

“이젠 더 이상 참지 않으시겠단 의미겠지요. 아니면 준비가
끝났다거나.”

“준비가 끝났다? 설마 지난 세월 동안……?”

“아마도 그랬겠지요. 겉으로 드러난 온화함 속에선 무서운
도검이 벼려지고 있었을 겁니다.”

“네 말이 사실이라면 향주께선 정말 무서운 분이시구나.”

단보의 탄식이 흘러나왔다. 그리고 다시 두 사람 사이에 잠
깐의 침묵이 이어졌다.

“그나저나 달빛이 참 좋지요?”

문득 파소의 엉뚱한 말이 들려왔다. 무거운 분위기 속에 향
주 을도산에 대한 평을 하던 파소의 입에서 갑자기 달빛을 칭
찬하는 목소리가 흘러나왔으니 기이한 일이 아닐 수 없었다.
그런데 더 이상한 것은 단보의 응대였다.

“그렇구나. 이렇게 달빛이 좋은데 어찌 방 안에만 머물 수
있겠느냐? 산보라도 하자꾸나.”

단보의 말이 끝나고 얼마 지나지 않아 모옥의 문이 열리며
세 사람의 신형이 달빛 아래 모습을 드러냈다. 파소와 석청, 그
리고 단보가 잔잔한 미소를 지으며 방을 나와 모옥 앞 작은 마
당에 내려섰다. 그런데 막 세 사람이 마당에 내려서는 순간 갑
자기 파소의 신형이 번개처럼 허공으로 치솟았다.

팟!

동시에 단보가 그 자리에서 십여 장 동쪽으로 이동하더니 역시 파소와 마찬가지로 번개처럼 허공으로 도약했다. 마당에 남아 있던 석청은 어느새 검을 뽑아 들고 십여 장의 거리를 두고 허공으로 숏구치는 파소와 단보를 응시하고 있었다.

"밤새가 날아들다니, 무천향에 들어온 이후 처음 있는 일이군."

순식간에 모옥의 지붕 위에 올라선 파소의 입에서 차가운 음성이 흘러나왔다. 그런 그의 앞에 흑의를 입은 중년의 사내가 급작스런 파소의 등장에 당황한 표정으로 파소를 바라보고 있었다.

그리고 그즈음 파소의 뒤를 이어 모옥의 지붕으로 올라선 단보가 흑의사내의 퇴로를 차단한 채 파소와 사내가 있는 쪽으로 다가왔다.

"누구냐? 감히 밤을 도와 타인의 거처를 염탐하다니, 그게 향의 천률에 어긋나는 행동이란 것을 모르느냐?"

단보의 입에서 서릿발 같은 음성이 흘러나왔다. 파소와 단보 두 사람 모두 무척 심각한 표정을 하고 있었다. 흑의사내의 존재가 문제가 아니었다. 누군가 두 사람의 동태를 살피고 있다는 것 자체가 두 사람에겐 큰 위협이 되는 일이었다.

그동안 행동을 조심해 왔다지만 이렇게 모옥에서 이야기를 나눌 때는 자신들도 모르게 오랫동안 함께한 버릇에서 흘러나와 편안한 대화가 종종 오고 갔기 때문이다. 그런 대화를 타인이 들었다면 분명 두 사람의 과거에 대해 의문을 품을 수밖에 없었을 것이다.

단보가 서릿발같이 추궁하며 다가오자 흑의사내가 어느새 평정심을 찾은 얼굴로 천천히 신형을 돌려 다가오는 단보를 바라봤다. 순간 단보의 표정이 순식간에 변했다.

"그대는……?"

"오랜만입니다, 어르신!"

"정말 자넨가?"

"그렇습니다. 못 알아보실 줄 알았는데……."

흑의사내가 빙긋 미소를 지어 보였다.

'아는 사람이었던가?

파소가 두 사람을 바라보며 의아한 표정을 짓고 있을 때 단보가 성큼성큼 다가와 흑의사내 앞에서 멈춰 섰다.

"아무리 세월이 흐른들 내가 어찌 고담 자네를 못 알아보겠는가. 도대체 그동안 어디 있었는가?"

"주인을 지키지 못했으니 빛을 보고 살 수 없었지요."

"아, 그건… 그건 자네 탓이 아니지 않은가?"

"아닙니다. 그 당시 제가 주인님 곁을 떠나 있지 않았다면 주인님께서 그리되시지는 않았을 겁니다."

"말도 안 되는 소리, 자넨 몽학의 수하이기 이전에 무천향의 무사네. 해서 몽학이 자넬 대성사께 보낸 것이었어. 그리고 자네가 있었다고 해도 몽학의 일이 달라지지는 않았을 걸세."

순간 파소의 눈이 흔들렸다. 이 사람, 흑의를 걸친 이 중년 사내가 아버지를 알고 있었다. 아니, 알고 있는 정도가 아니라 단보의 말을 들어보면 이 사내는 바로 아버지 곁에 있던 사람이었던 것이다.

"전 본래 을씨 가문의 무공을 익힐 자격이 없는 사람이지요. 저희 집안은 대대로 을씨 가문의 종복이었습니다. 그런네 그런 제게 을밀부의 무공이 가당키나 한 이야깁니까? 몽학 도련님이 권했어도 거절했어야 했습니다."

"그런 말 말게. 몽학은 자넬 종복으로 생각하지 않았네. 자넨 몽학의 형제였어."

단보의 말에 흑의사내가 작은 신음성을 흘려냈다.

"과분한 말씀이지요. 하지만 몽학 도련님이 절 형제처럼 대해주신 것은 맞습니다. 그래서 더 한이 됩니다. 곁을 지켰어야 했는데……."

"이러고 있을 게 아니라 내려가세. 수십 년 만에 만났는데 지붕 위에서 이게 무슨 짓인가? 아니, 그것보다 도대체 자넨 왜 지금 이곳에 있는 건가?"

단보가 갑자기 의아한 표정으로 변하며 물었다. 수십 년간 보지 못했던 사람이 갑자기 파소의 모옥 지붕에 나타난 것을 이해할 수 없었던 것이다.

"향주님의 전언을 가지고 왔습니다."

순간 파소와 단보 모두 깜짝 놀란 표정을 지었다.

"지금… 향주님이라 했나?"

단보가 의심 어린 목소리로 물었다.

“그렇습니다. 전 그동안 향주님을 모시고 있었습니다.”

“하지만 향주전에서 자넬 본 기억이 없네만⋯⋯.”

“말씀드렸듯이 전 몽학 도련님이 돌아가신 후 빛을 보지 않기로 결심했지요. 해서⋯⋯.”

“도대체 자네 어떻게 살아온 것인가?”

단보가 추궁하듯 물었다.

“나중에⋯ 나중에 말씀 올릴 기회가 있을 겁니다. 오늘은 주위의 이목이 두려우니 향주님의 말씀만 전하고 가겠습니다.”

“말해보게.”

단보가 고개를 끄덕였다. 그러자 고담이 단보에게서 시선을 돌려 파소를 바라봤다.

“도련님, 전 과거 도련님의 아버님을 모시던 사람입니다. 또한 그분의 목숨을 지켜 드리지 못한 죄인이기도 합니다. 그 죗값은 나중에 치르도록 하겠습니다. 오늘은 향주님께서 도련님께 전하는 말씀을 가지고 왔습니다.”

고담의 말에 파소가 신형이 작게 흔들렸다. 아버지의 수하였던 사람을 만난 것 때문만은 아니었다. 그것보다는 수십 년 전에 죽은 상전에 대한 충심을 아직도 변함없이 지키고 있는 이 고담이라는 흑의사내에 대한 작은 감동 때문이었다.

“알고 계셨군요.”

파소가 고담에 대한 생각을 감춘 채 낮게 입을 열었다.

“물론⋯ 알고 계셨지요. 을씨 가문의 적통만이 가지고 있는 특징이 있으니까요.”

“그 기운으로 날 알아보신 겁니까?”

파소가 담담하면서도 날카로운 목소리로 물었다.

“그건……”

“그건 아니겠지요. 단 어른께 사람을 붙인 겁니까?”

“그렇지 않습니다. 감히 누가 단 어른의 뒤를 쫓을 수 있겠습니까?”

“하면… 대성사님이겠군요.”

파소의 말에 고담이 움찔하더니, 이내 감탄의 기색을 드러냈다.

“역시 피는 속일 수 없군요. 이렇게 영민하시다니…….”

“향주께서 대성사님의 뒤를 밟고 있었다는 건가?”

단보가 놀란 기색으로 고담에게 물었다.

“놀랄 일은 아닙니다. 향주께선 무천향의 모든 주요 고수들의 동향을 파악하고 계십니다.”

“어떻게 그런……?”

“그때 향주께서 몽학 도련님의 그렇게 보내시고도 침묵하셨던 건 시간이 필요했기 때문입니다. 향주님은 그때 이미 무천향이 과거의 무천향이 아님을 깨달으신 거지요. 변해 버린 무천향에 대응하려면 향주께도 시간이 필요했던 겁니다.”

“도대체 지난 수십 년간 향주께선 무슨 일을 하신 것인가?”

“이야기가 복잡합니다. 나중에 향주께서 직접 말씀해 주실 겁니다. 제가 언급할 문제가 아니기도 하고…….”

고담이 말꼬리를 흐리자 이번엔 파소가 물었다.

“향주께서 전하라고 한 말이 뭔지 궁금하군요.”

“향주께서 파소 도련님과 단 어른께 전하라고 한 말은 은인자중하라는 말과 무벽에 도전하라는 말씀이셨습니다.”

“은인자중……?”

“향 내에 단 어르신의 과거 행적을 추적하는 자들이 있는 듯합니다.”

“응?”

고담의 말에 단보가 놀란 얼굴로 고담을 바라봤다.

“천안성 일부가 단 어른의 과거 행적을 조사하고 있다는 있는 듯합니다.”

“음… 내 과거를 조사한다면…….”

“역시 파소 도련님을 찾는 것이겠지요. 아마도 향주께서 을밀부의 적통을 찾으실 걸 미리 예상한 자들이 있는 듯합니다. 만약 파소 도련님의 정체를 알아낸다면 필히 살수를 보낼 것입니다. 앞서 두 분 도련님께 그랬듯이. 해서 향주께선 두 분께 은인자중하란 당부를 하신 겁니다.”

“알겠네. 그런데 무벽에 도전하란 말은 무엇인가?”

“제 얕은 소견으로 향주님의 내심을 짐작키 어려우나 향주께선 파소 도련님께서 무벽에 검흔을 남겨 소천의 자격을 입증하신 후에 도련님의 혈통을 밝히실 생각이신 듯합니다. 그전에 도련님의 존재를 밝히면 아무래도…….”

“이런저런 말들이 많겠지.”

단보가 고개를 끄덕였다. 그런데 그때 두 사람의 이야기를 가만히 듣고 있던 파소가 불쑥 질문을 던졌다.

"향주께선 제가 무벽에 도전할 능력이 있다고 믿고 계시는 모양이군요?"

"아니신지요?"

고담이 파소를 빤히 바라보며 물었다.

"제게 너무 큰 기대를 하셨군요."

"아마도 그렇지 않을 겁니다."

"당신도 내게 그런 능력이 있다고 생각하는 겁니까?"

파소의 질문에 고담이 깊은 눈으로 파소를 바라보다 확신 어린 표정으로 입을 열었다.

"대성사께 수년간 가르침을 받으셨고 이후, 단 어른과 대성사께서 무천향으로 인도하셨다면 아마도 도련님께선 두 분을 확신시킬 만한 능력을 갖추셨을 겁니다. 두 분께서 능력이 모자라는 도련님을 무천향으로 끌어들여 위험을 감수하게 하지는 않았을 테니까요. 또한 향주님의 눈은 천하의 그 누구보다도 밝지요. 향주께선 이미 도련님께서 무천향의 그 누구보다 고강한 무공을 지니고 있다고 하시더군요. 저야 그런 것을 알아볼 만한 눈은 없지만 향주님의 말씀이니 믿고 있습니다."

"향주께서 그리 말씀하시던가요?"

"그러시더군요. 아마 몽학 도련님이 살아 계셔도 파소 도련님을 능가하진 못할 거라고… 그리고 사실 그 모든 것보다 제가 믿는 것은 따로 있습니다."

“……?”

파소가 생면부지인 고담이 자신에 대해 그렇게 확신을 갖는 이유가 뭔지 눈빛으로 물었다. 그러자 고담이 나직하면서도 힘이 들어간 목소리로 입을 열었다.

“저희 집안은 대대로 을밀부 적통의 시종으로 살아왔습니다. 해서 을밀부의 혈손들, 그중에서도 을밀부 적통의 핏줄이 어떤 것이란 걸 너무 잘 알고 있습니다. 파소 도련님은 바로 그 핏줄의 유일한 계승자지요. 그러니 제가 어찌 도련님의 능력을 아니 믿을 수 있겠습니까?”

고담은 향주 을도산의 당부를 전하고 곧바로 파소의 모옥을 떠났다. 그러나 파소와 단보는 고담이 떠난 뒤에도 한동안 자리를 뜨지 않았다. 고담이 전한 향주 을도산의 행보는 두 사람의 예상을 뛰어넘는 것으로, 향후 무천향의 운명이 어찌 될지 도무지 예측할 수가 없었던 것이다.

“향주님은 도대체 무슨 생각을 하고 계신 걸까?”

“글쎄요. 뭔가 생각이 있으시겠죠. 그런데 우린 향주님의 당부대로 움직여야 하는 건가요?”

파소의 물음에 단보가 고개를 끄덕였다.

“애초부터 무벽에 도전하는 것은 생각했던 일 아니냐? 또한 향주가 수십 년간 뭔가를 준비해 오셨다면 향주께서 움직일 때까지 기다려 드리는 것이 좋을 것이다.”

“아무것도 하지 않고요?”

“그럴 수는 없지. 단지 조금 더 조심해야 할 뿐이지. 그리고 내 생각에는 아마도 조만간 향주께서 우릴 보자 하실 것 같구나. 적당한 이유를 만들어서 말이다. 자, 내려가자. 언제까지 지붕 위에 있을 수는 없는 일이니까.”

단보가 말을 하고는 자신이 먼저 훌쩍 날아올라 석청이 서 있는 마당으로 뛰어내렸다. 파소 역시 단보의 뒤를 따라 가볍게 마당에 내려섰다.

“괜찮아요?”

석청은 먼저 파소 걱정부터했다. 비록 마당에 있었지만 지붕 위에서 세 사람이 나누는 대화를 빠짐없이 들은 석청이었다. 당연히 파소의 심경에 신경을 쓰지 않을 수 없었다.

“웬만한 일로는 날 놀래킬 수 없지요.”

파소가 짐짓 미소를 지어 보이며 농을 했다.

“이게 어디 웬만한 일인가요?”

“이미 향주께서 내 존재를 알고 있을 거란 건 예상하고 있던 일이잖아요. 특별할 것도 없지요.”

“그것 말고… 향주님의 행보가…….”

“글쎄요. 조금 뜻밖이기는 하지만 충분히 가능한 일이지요. 자식이 죽었는데 손 놓고 있을 부모가 어디 있겠어요. 다만 그 양반이 일을 처리하는 속도가 지나치게 느린 게 흠이지만. 아니, 너무 신중한 것일까요?”

“신중하다는 쪽이 맞을 것 같구나.”

피소가 단보의 말을 거들었다.

"이제 어떻게 하죠?"

석청이 묻자 파소가 대답했다.

"무벽에 오를 준비를 해야겠죠."

파소가 북쪽, 검산무벽이 있는 방향을 바라보며 대답했다.

*　　　*　　　*

파소는 오랜만에 무공에 몰두하기 시작했다. 사막의 석동을 떠나 무천향에 든 이후 무공 수련을 거른 날이 없긴 하지만 무천향에서 무공 수련은 파소에게 우선순위가 아니었다. 무천향에 든 이후 파소는 과거 자신의 부모에게 일어났던 일에 대한 의혹을 푸는 것을 최우선으로 생각하고 있었다.

그러나 고담이 다녀간 후부터 파소는 일의 선후를 바꿨다. 아직 차기 소천을 뽑는 방법이 공식적으로 공표된 것은 아니었지만 검산무벽에 검흔을 남기는 자가 소천이 될 것이란 것은 이미 무천향의 무인 누구나 알고 있는 사실이었다. 비록 을씨 가문의 적통을 찾는다고 해도…….

단보가 파소의 곁에 있는 시간도 점점 늘어갔다. 하지만 단보가 파소 곁에 붙어 있다고 해서 의심의 눈초리를 보내는 사람은 없었다. 왜냐하면 무천향 곳곳에선 검산무벽에 검흔을 남기고자 하는 오십 세 이전의 후기지수와 그들을 후원하는 노고수들이 거의 매일 숙식을 같이하며 무공 수련에 매진하고 있기 때문이었다.

그렇게 과거와는 다른 이유로 무천향에 무공 수련의 열풍이 휘몰아치기를 보름여, 어느 날 십이종회가 다시 한 번 소집됐다. 그리고 이번에 열린 십이종회는 채 반나절이 지나지 않아 파회했고, 그날 저녁으로 율전의 율사들이 향의 곳곳으로 퍼져 나가 십이종회로부터 나온 한 가지 결정 사항을 향의 무인들에게 전했다. 그리고 그 소식은 지면(地面) 아래서 꿈틀거리던 무천향 무인들의 욕망을 한순간에 분출시켰다.

검산무벽에 여섯 조사의 무흔에 버금가는 검흔을 남겨라. 그에게 대무천향 소천의 지위를 부여하겠다.

과거의 무천향에선 소천의 자리, 아니, 향주의 자리조차 무도를 수련하는 사람들에게는 오히려 불편한 자리로 인식되었었건만 현재의 무천향 무인들은 십이종회의 결정에 환호했다. 그리고 그건 무천향이 무도를 수련하는 수련자들의 집단에서 평범한 강호의 한 세력으로 전락했음을 보여주는 일이었다. 그리고 그즈음 파소 역시 검산무벽에 검흔을 남기기 위해 자신의 무공을 점검하는 데 전념하고 있었다.

파소는 푸른 대나무 숲 한가운데 조용히 눈을 감고 있었다. 한 손에는 낡은 검을 들고 있었고, 다른 한 손은 가볍게 앞으로 내밀어져 바람의 흐름을 느끼고 있었다.
차르르!

한줄기 바람이 불어오면 대숲은 수십 줄기의 바람 소리를 흘려냈다. 그리고 가끔 마른 댓잎이 바람에 못 이겨 땅으로 떨어져 내리곤 했다.

그 한가운데서 파소는 마치 오래된 석상처럼 두 다리를 땅에 묻어두고 굳은 듯 서 있었다. 몇 가닥의 대나무 잎이 그의 어깨에 떨어져 내렸으나 파소는 미동도 하지 않았다.

그렇게 얼마의 시간이 흘렀을까. 굳게 감겨져 있던 파소의 눈이 반개했다. 눈꺼풀 속의 눈동자기 드러나지는 않았지만 살짝 열린 그의 눈꺼풀 속에서 한줄기 한광이 뻔쩍였다. 순간 그의 검이 움직였다.

슈우욱!

파소의 검은 기이한 파공음을 만들어내며 거의 한순간에 그의 신형을 한 바퀴 돌아 다시 제자리로 돌아왔다. 분명 하나의 선을 이루며 움직인 검이었지만 또한 파소의 검은 거의 동시에 팔방의 방위를 점한 것처럼 보였다. 사람의 시선이 따라잡지 못할 정도로 빠르다는 의미, 더군다나 검이 회전하는 동안 파소의 신형은 석상 같은 그 자세를 그대로 유지하고 있는 것처럼 보였다. 그렇다면 검은 과연 그의 몸을 한 바퀴 회전하긴 한 것일까?

이 기이한 검의 움직임은 그러나 곧이어 그 움직임의 결과를 드러내 보였다.

푸스스…….

바람이 댓잎에 부서지는 맑은 떨림과는 다른, 약간 소란스런 소리가 사방에서 흘러나오더니 파소의 주위를 둘러싸고 있던 대숲이 원형을 그리며 차례로 푸른 댓잎들을 땅으로 떨어뜨리기 시작했다. 그러자 대숲에 매끄러운 단면이 드러나면서 파소가 서 있던 공터의 넓이가 둥근 원을 그리며 일 장 정도 넓어졌다.

"후욱!"

대나무 잎들이 모두 땅에 떨어지고 대숲에 다시 맑은 바람 소리만이 남자 파소가 깊은숨을 들이쉬며 굳어져 있던 자세를 풀었다. 그리곤 자신이 넓혀 놓은 공간을 빙 둘러보았다.

"나쁘지 않군. 눈이 아니라 마음으로 본 것치고는… 그런데 오시는 건가?"

파소가 문득 고개를 돌려 공터로 이어지는 대숲 사이의 길로 시선을 돌렸다. 그러자 과연 대숲 저쪽에서 누군가의 인기척이 느껴졌다.

"향이 온통 난리야."

단보가 대나무 숲으로 이어진 길을 따라 들어오며 입을 열었다. 파소는 단보가 다가오자 검을 내려놓았다.

"무슨 일이 있나요?"

"무슨 일이 있겠어. 검산무벽 때문이지."

"누가 검산무벽에 도전하기라도 했나요?"

그러자 단보가 풋, 하고 실소를 흘려냈다.

"왜요?"

"누군가 도전하긴 했지. 껄껄!"

"도대체 무슨 일인데요?"

"조청이란 자가 있어. 경공으로 유명한 자인데, 칠십 년 전 강호에서 경공으로 일가를 이룬 풍신 조옥환의 손자지. 풍신은 당시 천안성의 눈에 들어 무천향에 들어와 금옥산이란 여협과 혼인을 해 자손을 두었지. 금옥산 또한 신법에 일가견이 있던 여고수라 두 사람 사이에서 태어난 조청의 아버지 조일환은 경공에 관한한 가장 늦게 검선에 오른 무선 을고승의 경지에 육박할 거란 평가를 받는 사람이었지. 하지만 운이 없게도 조일환은 미처 그 재능을 다 발휘하기도 전에 요절했지. 향의 모든 무인들이 그의 죽음을 무척 아쉬워했었지. 조청이란 자는 바로 그 조일환의 아들이란다. 그런데 이 조청이란 녀석은 그 조부나 아비와는 전혀 딴판이란 말씀이야. 호부(虎父)에 견자(犬子) 없다지만 이 조청이란 자는 그 조부와 아비의 재능을 절반도 이어받지 못했단다. 아니, 재주는 좀 이어받았는지도 모르지. 하지만 심성이 전혀 달랐어. 조옥환과 조일환은 무도일로에 매진하는 끈기가 대단한 사람들이었지. 그런데 조청이란 자는 끈기는 없고 약삭빠른 머리만 가진 자야. 그런 자가 가장 먼저 검산무벽에 도전했어."

"결과는요?"

"뭐, 검흔을 남기긴 했지."

"네?"

파소가 놀란 눈으로 단보를 바라봤다.

"훗, 애초에 경공에 관한한 대대로 이어진 비술이 있으니 검산무벽에 남겨진 육조사의 무혼이 있는 곳까지는 도약할 수 있었지. 그리고 무벽을 향해 회심이 일검을 뻗어냈어. 당연히 무벽에 검흔이 남았고. 그런데……"

"어떻게 됐죠?"

"지금 율전에 갇혀 있다."

"예? 무엇 때문에요?"

"감히 검산무벽에 낙서 같은 흠집을 남겨놓은 죄 때문이지."

단보가 정색한 표정을 지었다. 그리곤 파소가 되묻기 전에 다시 입을 열었다.

"검산무벽에 검흔은 남기는 자에게 소천의 자리를 주겠다는 이 결정은 다시 말해 검산무벽에 육조사가 남긴 무혼에 버금가는 검흔을 남겨야 한다는 말이다. 그런데 조청 그자는 주제도 모르고 낙서와 같은 검흔을 남겼으니 그건 육조사의 유품을 크게 훼손한 것이나 다름없는 것이지. 해서 율전에선 그자를 육조사에 대한 불경의 죄로 잡아들인 것이다."

"후후, 그렇게 된 것이군요. 율전까지 나섰다는 건 경고의 의미도 있겠군요."

파소의 말에 단보가 고개를 끄덕였다.

"그렇다고 봐야지. 어쭙잖은 실력으론 아예 도전을 하지 말라는 의미겠지."

"많은 사람들이 실망했겠군요."

"후후, 그렇진 않을 거야. 무천향의 무인들이 모두 조청 같은 멍청이는 아니니까. 그나저나 어떠냐?"

단보가 주변을 돌아보며 물었다. 반경 십여 장의 죽림 안 공간에는 가늘게 잘려 나간 대나무 잎들이 무수히 떨어져 있었다.

"무인들이 고향이라 그런지 감이 좋아요."

"감이 좋다라… 심검(心劍)의 경지에 완전히 들어선 모양이구나."

"그런지는 모르겠지만 어쨌든 이젠 마음과 검이 같이 움직이는 것 같긴 해요."

파소의 대답에 단보가 한편으로는 놀란 눈으로, 다른 한편으론 대견한 눈으로 파소를 바라보며 고개를 끄덕였다.

"마음이 이는 곳에 검이 있는 것. 그게 바로 심검이지. 그 정도면 능히 검산무벽에 검흔을 남길 수 있을 것이다. 정말 놀라운 일이다. 네 나이에 심검이라니…….'

"모두 어르신 덕이지요. 어르신께서 선검을 전해주셨기에 오늘의 제가 있는 거지요."

"그때는 어쩔 수 없이 선택한 무공이었다만 그게 복이 될 줄은 몰랐구나. 그나저나 언제 무벽에 도전할 생각이냐?"

단보의 물음에 파소가 잠시 생각에 잠겼다가 되물었다.

"다른 사람들은 어떤가요?"

"글쎄, 지금 향 내에선 대략 서너 명이 검산무벽에 검흔을 남길 수 있는 실력을 갖춘 것으로 보고 있다. 물론 드러나지 않은 고수가 있을 수도 있겠지만… 어쨌든 그중 누군가 무벽에 도전하기만 하면 그것을 시작으로 모두 나서겠지. 아마 오래 걸리지 않을 것이다."

"일 년이라고 하지 않았나요?"

애초에 십이종회에선 검산무벽에 도전할 기간을 향후 일 년으로 못 박아놓고 있었다. 그 일 년 안에 검산무벽에 최고의 검흔을 남기는 사람이 향의 새로운 소천이 된다는 것이었다. 그러니 사실 무벽에 도전하는 것이 그리 급한 일은 아니었다.

"물론 일 년이라는 시간이 있긴 하지만 아마도 무벽에 도전하는 자들은 행보를 서둘게 될 것이다. 그리고 그건 바로 너 때문이지."

"저 때문이라고요?"

파소가 의아한 눈으로 되물었다.

"지금 향의 무인들은 검산무벽을 통한 새로운 소천을 선출하는 일에 흥분해 있으면서도 한 가지 사실을 주목하고 있다. 그건 바로 향주께서 을밀부의 적통을 찾고 계시단 것이지. 만약 누군가 검산무벽에 모든 사람의 인정을 받을 만한 검흔을 남기지 못한 상태에서 을밀부의 적통이 나타나면 향주의 후계자를 정하는 일이 묘하게 꼬일 수 있음을 모두 알고 있기 때문이다. 그래서 야망이 있는 자들이라면 을밀부의 적통이 나타나기 전에 무벽에 오르고자 할 것이다. 본래 지난번 십이성회에서는 검산무벽에 도전하는 기간을 사오 년 정도로 하자고 논의했었다고 하더구나. 그러나 이번 십이종회에서 그 기간이 일 년으로 줄어들었지. 그건 향주께서 을밀부의 적통을 찾으시겠다고 선언했기 때문에 다른 종성들의 마음이 급해졌기 때문일 것이다. 후후후, 향주께선 당연히 네 존재를 알고 있으니 그들의 제안을 승낙하신 걸 테고……."

단보의 설명에 파소가 고개를 끄덕이다가 침착한 목소리로 입을 열었다.

"일단 일 년이라는 시간이 있으니 다른 사람들의 결과를 보며 시기를 결정하도록 하지요."

"서둘러 기선을 제압하는 것도 좋다. 일을 뒤로 미루면 그 안에 무슨 사단이 날 수도 있으니……."

단보는 파소가 빨리 검산무벽에 도전하길 원하는 모양이었다.

"일 년은 그리 길지 않은 시간이지요."

"녀석 고집은… 제 아비를 닮아서. 알았다. 네 생각대로 하거라. 그나저나 점심은 먹어야지?"

"시간이 벌써 그렇게 됐나요?"

"벌써라니. 이미 끼니때가 지난 지 오래다. 내가 온 것도 석 부인이 널 데려오라고 부탁했기 때문이다."

"저런 그녀에게 또 혼이 나겠군요."

"후후, 그래도 다행 아니냐. 네 녀석을 혼낼 사람이 세상에 한 명이라도 존재한다는 것이 말이다."

단보의 말이 끝나자 두 사람이 나직이 웃음을 흘려내며 공터를 벗어나기 시작했다.

*   *   *

구름이 잔뜩 낀 오후, 사막 한가운데 위치한 무천향에 이렇게 먹구름이 끼는 것은 무척 드문 일이었다. 바람마저 스산하게 불어 이런 날이면 누구라도 따뜻한 아랫목이 그리워지는 날씨였다. 그런데 잔뜩 흐린 날씨에도 불구하고 무천향의 무인들이 삼삼오오 짝을 지어 북쪽 검산을 향해 걸음을 옮기고 있었다.

남녀노소가 따로 없어 보이는 사람들의 행렬, 그중에는 파소와 석청, 그리고 단보와 남독마군 기신도 포함돼 있었다.

"과연 그가 먼저 나서는군. 하긴 처음 보았을 때부터 보통이 아니었지."

남독마군이 기대에 찬 음성으로 입을 열었다.

"검산이목의 뛰어남은 무천향에 모르는 사람이 없을 걸세."

단보가 남독마군의 말을 받았다. 단보와 남독마군은 둘 모두 파소와 가까이 지내는 관계로 어느새 서로 호형호제하는 사이로 발전해 있었다. 단보의 나이가 남독마군보다 많았기에 단보는 남독마군에게 자연스럽게 하대를 하고 있었다.

"소문이야 저도 들어 알고 있지요. 하지만 그들의 실력을 내 눈으로 보지 못했으니 솔직히 반신반의할 수밖에요. 오늘 보면 소문이 사실인지 알게 되겠죠."

"좋은 구경이 될 걸세."

"그런데 검산이목 중 나머지 한 명은 안 나오는 겁니까?"

"글쎄, 모르겠군. 아직 돌아오지 않은 것 같네만, 그는 외부에서 수련 중이었거든."

"두 사람 중 누가 뛰어납니까?"

"후후, 그야말로 모를 일이지. 소문에 의하면, 이괄은 호협하고 탁발무 신중하다 했으니 그 정도 차이일까?"

"아무튼 알려진 바대로라면 그들 두 사람이 가장 강력한 후보자군요."

"그렇다고 봐야지. 정종과 죽림에도 기대주가 있긴 하지만 역시 명성으로는 검산이목을 따를 수 없지. 실력이 언제나 소문대로는 아니지만……."

"그 말씀은 달리 기대하는 사람이 있단 말씀 같군요."

남독마군이 호기심을 드러내며 묻자 단보가 잠시 생각에 잠겼다가 입을 열었다.

"난 사실 정종의 을현이란 사람을 주목하고 있다네."

"정종 출신이란 말입니까?"

남독마군이 의외라는 듯 물었다. 작금에 들어 무천향의 형세는 완연 검산으로 기울고 있다 해도 과언이 아니었다. 그 이유 중 가장 큰 것은 정종에 사람들의 이목을 끌 만한 후기지수가 없기 때문이었다.

정종 을씨 가문이 적통은 물로 방계까지 합쳐도 자손이 귀하다는 것은 이미 익히 알려진 사실, 그 와중에서도 무천향의 무도를 주도해 가며 뛰어난 고수들을 배출하던 정종이 최근 수십 년 내에는 주목할 만한 후기지수를 키워내지 못하고 있었다. 정종의 권위가 허물어지기 시작한 것은 여러 요인이 있지만 결정적인 이유는 정종이 내세울 만한 후기지수를 길러내지 못했기 때문이다. 그런데 단보가 그런 정종의 후기지수를 주목하고 있다니 무천향 생활이 길지 않은 남독마군이었지만 의외의 일이 아닐 수 없었다.

"정종은 누가 뭐래도 무천향의 중심일세."

단보가 정색을 하며 말했다.

"그야 저도 알고 있습니다. 하지만 현재의 정종은 몇몇 뛰어난 노고수들을 제외하고는 특출난 후기지수를 배출하지 못했지 않습니까? 그래서 다른 세력들이 검산무벽을 통해 소천을 선출하자고 한 것이고 말입니다."

"물론 그렇다네. 하지만 정종은 정종일세. 피를 어찌 속이겠는가? 무천향을 만든 사람들인 것을……."

"을현이라고 했나요? 어떤 사람입니까?"

"아마 무천향에서 그의 이름을 주목하고 있는 사람은 거의 없을 걸세. 그가 더더욱 드러나지 않은 이유는 그가 을씨 방계의 인물이기 때문일세. 방계의 인물에게는 본시 을밀부 삼대무공이 전수되는 일이 극히 드물지."

"을밀부 삼대무공은 또 뭡니까?"

"을씨 가문에는 세 개의 절대무공이 존재한다네. 선검과 밀검, 그리고 정해공이란 무공이지. 하지만 워낙 난해한 무공이기에 스승의 주밀한 지도 없이는 쉽게 익혀낼 수 없는 무공들이지. 그중 선검은 수련의 난해함 때문에 거의 절맥이 된 것이나 마찬가지고 지금은 밀검과 정해공만이 수련되고 있다네. 그것들마저도 보통의 재질로는 도저히 연성할 수 없을 뿐 아니라 그 무공을 전수받는 것 자체도 무척 까다로운 편일세. 해서 정종의 무인이라도 그 무공들을 익히는 사람은 그리 많지 않다네. 방계의 혈족은 더더욱 어렵지."

"그런데 그는 그 삼대무공을 전수받았단 말입니까?"

그러자 단보가 잠시 말을 멈췄다가 조용히 입을 열었다.

"아주 오래전의 일일세. 난 본래 죽림의 사람이지만 전대 소천과 막연한 사이였기에 정종에서 보내는 시간이 더 많았다네. 그때 한 소년을 만난 적이 있네. 정종 출신의 소년이기는 하나 방계 출신일뿐더러 부모가 없는 관계로 제대로 수련을 하지 못한 친구였는데, 마침 전대 소천의 눈에 들어 제대로 된 무공을 수련하기 시작했다네. 그런데 일단 그 아이가 무공을 수련하기 시작하자 당시 무천향 역사상 최고의 재능을 타고 났다던 전대 소천조차 놀랄 정도로 빠른 성취를 보이기 시작했네. 그대로 무공을 수련했다면 정말 대단한 고수가 되었을 걸세. 그런데 불운하게도 그즈음 전대 소천께서 돌아가셨네. 해서 그 아이는 다시 돌봐줄 사람이 없는 신세가 되어버렸지."

"그럼 무공 수련도 중단되었겠군요."

"그렇지는 않을 걸세. 무천향에서는 누구라도 무공을 수련할 수 있으니까. 단지 좋은 스승을 만나지는 못했을 걸세. 나도 그 이후론 그 아이를 거의 보지 못했으니까. 지금 나이가 사십대 중반이 되었을 텐데, 지난번 보니 위사로 지내는 것 같더군."

"허! 정종 출신 위사라… 그런데도 그에게 기대를 걸고 있으시단 말입니까?"

남독마군이 어이없다는 표정으로 물었다. 그러자 단보가 고개를 끄덕였다.

"자네뿐 아니라 누가 들어도 이상한 말이겠지. 정종 출신이 위사로 살아간다는 것은 그야말로 그 실력이 볼품없다는 것을 의미하는 것이니까. 하지만……."

"다른 뭔가가 있습니까?"

"이건 나만 아는 사실이네만……."

단보가 말꼬리를 흐리며 좌우를 살핀 후 나직한 목소리로 말했다.

"그는 전전대 소천에게서 은밀히 을밀부 삼대무공 중 하나인 정해공을 전수받았네. 그 재질 또한 대단했고… 그러니 만약 그가 지금까지 수련을 꾸준히 했다면……."

"설마 그럼……?"

남독마군이 놀란 얼굴로 단보를 돌아봤다. 그러자 단보가 천천히 고개를 끄덕였다.

"뚜껑을 열어봐야 속을 알겠지만 난 이 후계자 싸움이 시작된 이후에 줄곧 그의 얼굴이 눈에 밟히더군……?"

파소는 묵묵히 단보의 뒤를 따르고 있었다. 당연히 단보와 남독마군이 나누는 대화를 빠짐없이 듣고 있었다. 어쩌면 단보는 남독마군이 아니라 파소에게 이야기를 하고 있는지도 몰랐다. 어쨌든 파소는 단보의 이야기가 끝나자 불쑥 을현이란 사람에 대해 궁금해졌다. 그의 무공이 궁금한 것은 아니었다. 아버지가 선택한 기재는 도대체 어떤 사람인지 그것이 궁금했다. 어쩌면 얼굴도 보지 못한 아버지의 흔적을 그에게서 조금이나마 찾길 원하고 있는지도 몰랐다.

그렇게 이야기를 나누는 동안 일행은 어느새 검산 중턱에 위치한 무벽 앞에 도착했다.

"휴… 이거야……."

무벽에 도착하자 남독마군이 난감하다는 듯 탄식을 흘려냈다. 무벽 아래, 기울어진 산비탈에는 이미 수백 명의 무천향 고수들이 비집고 들어갈 틈조차 없이 빼곡하게 들어서 검산이목 중 한 명인 이괄의 등장을 기다리고 있었던 것이다.

第三章

이괄의 도(刀)

武天鄉
무천향

　파소와 단보가 검산무벽에 다가서자 무벽 앞을 빼곡하게 메우고 있던 무천향의 고수들이 스스럼없이 몸을 비켜 일행에게 길을 열어주었다. 물론 파소의 얼굴을 봐서 하는 행동들은 아니었다. 과거 죽림 최고의 기재였고, 지금도 죽림뿐 아니라 무천향에서 무시할 수 없는 영향력을 가지고 있는 단보에 존중의 표시였다.

　단보는 그런 대접에 익숙한지 스스럼없이 사람들 사이를 지나 무벽 아래에 당도했다.

　"단보, 자네도 왔는가?"

　단보의 출현이 놀라웠는지 무벽 아래에 먼저 자리를 잡고 있던 검산 출신 대성사 소유거가 놀란 눈으로 단보를 보며 말을 걸었다. 무벽 아래에는 무천향의 주요 고수들이 여럿 나와 있었는데, 그중에서도 검산 출신 노고수들이 제일 많이 눈에 들어왔다.

"재미있는 일 아닙니까?"

단보가 퉁명스럽게 대답하자 소유거가 살짝 얼굴을 찌푸렸다.

"사람 참, 무천향의 후계자를 찾는 일일세. 이게 어디 재미로 볼 일인가?"

불만스런 표정이었지만 그렇다고 드러내 놓고 단보를 책망하지는 않는 소유거였다. 소유거의 성정이 추상같기로 유명했지만 단보는 소유거조차 함부로 대할 수 없는 인물이었던 것이다.

"무천향에서 권세야 홍밋거리에 지나지 않는 것 아닙니까? 무도(武道)라면 또 모를까."

단보가 차갑게 말을 내뱉었다. 순간 소유거가 할 말을 잃은 채 얼굴을 붉히며 헛기침을 해댔다.

"허헛, 험. 물론 그렇긴 하지만 그래도 향의 소천을 뽑는 일 아닌가. 사람 참……."

무천향이란 곳이 애초에 무도를 위해 탄생한 곳. 무도를 추구하는 사람들에겐 권력이란 한낱 거추장스런 옷가지에 지나지 않아야 한다. 그런데 소유거는 그 권력을 쟁취하는 일을 가볍게 본 단보를 나무랐고, 단보는 그 일을 무겁게 본 소유거를 비꼬았으니 승부로 보자면 단보의 승리가 명백했다.

'단 어른도 대단하시군. 소유거 대성사는 무천향에서 자존심이 강하기로 유명한 사람인데 그런 사람을 면전에서 면박주다니.'

파소가 단보의 행동에 한편으론 통쾌함을 느끼면서도 한편으론 걱정스러운 마음이 들어 단보와 소유거를 번갈아 살피고 있는데 단보가 좀 누그러진 목소리로 입을 열었다.

"어쨌든 대성사께서 수년간 가르치신 저 친구가 검산무벽에 도전을 한다니 감회가 새로우시겠습니다."

단보의 부드러운 말투 때문일까 소유거가 얼굴에 빙그레 미소를 지으며 고개를 끄덕였다.

"사실대로 말하자면, 소천이라는 지위 때문이 아니라 저 아이의 성취를 확인한다는 기대 때문에 내가 조금 긴장한 것은 맞네."

"곁에서 지켜보시지 않았습니까?"

"그렇긴 하지만 이렇게 정식으로 도를 잡는 것은 처음이라서 말일세. 무벽에 무흔을 남긴 조사님들과의 차이도 궁금하고……"

"그건 저도 마찬가지입니다. 해서 이곳까지 나온 것이지요. 무천향에서 무공 구경을 하지 않으면 무슨 구경을 하겠습니까?"

"하하하, 역시 단보 자네는 철저한 무천향의 무인이로세. 그나저나 요즘 저 친구를 가르치고 있다고?"

문득 소유거가 파소에게로 관심을 돌렸다. 과거 검산으로 끌어들이려 애썼던 파소이기에 자연히 관심이 가는 모양이었다. 더군다나 죽림 최고의 고수일지도 모른다는 단보의 가르침을 받고 있으니 은연중 경계심이 생긴 것인지도 몰랐다.

"제가 어디 남 가르칠 재주가 되나요. 그저 향에 갓 들어와 모든 게 낯설 테니 곁에서 약간의 도움을 줄 뿐이지요."

"흐흠, 듣기로는 그게 아니던데……?"

"무공으로 말하자면 제가 이 친구에게 더 이상 가르칠 것은 없습니다."

단보의 말에 소유거의 안색이 변했다. 지금 단보가 한 말은 그냥 흘리는 듯한 말이지만 기실 그 속에 내포된 의미는 결코 가벼운 것이 아니었다. 농담이 아니라면 단보가 더 이상 가르칠 것이 없는 실력이란 말인데, 그렇다면 파소의 무공은 소유거가 생각했던 것 이상이란 의미였다.

"그렇게 대단한 친구였던가? 잠룡이라고는 생각했었지만……."

소유거가 깊은 눈으로 파소를 보며 말했다. 물론 그 또한 초성관으로 파소를 찾아가기까지 했었지만 불과 몇 달 사이에 파소가 단보의 가르침이 필요없을 정도로 성장했을 거라고는 생각지 않는 모양이었다.

그가 파소를 검산에 끌어들이려 했던 것은 그의 잠재력 때문이기도 했지만 정종에 들어 대성사 을지행의 가르침을 받아 자신이 가르치는 검산이목을 위협할 만한 고수로 성장하는 것을 막기 위한 목적이 더 컸었다. 그래서 파소가 정종이 아닌 죽림을 택한다고 했을 때 아쉬움없이 파소를 단념했던 것이 아니던가.

그런데 지금 단보의 평가대로라면 이 젊은 청년 고수를 어쩌면 자신이 잘못 판단하고 있었는지도 모른다는 불안감이 불현듯 생겨났던 것이다.

"하면 무벽에 도전하겠군."

소유거가 조금 긴장한 목소리로 단보에게 물었다.

"글쎄요. 저 친구가 본래 번거로운 것을 싫어하니 어떨지 모르겠군요. 세속의 번잡함을 피해 무천향에 들어온 친구인데 과연 이런 번잡한 권력 놀이에 뛰어들지는……."

단보가 고개를 갸웃했다. 그러자 소유거의 표정이 조금 편해졌다.

"그렇긴 하네. 명예욕이 있는 사람이었다면 아마 정종이나 검산에 거처를 정했겠지."

"그랬겠지요. 하지만 또 어떨지 모르겠습니다. 마음은 약한 것 같아서 말입니다."

"무슨 말인가?"

"죽림에는 무벽에 도전할 변변한 후기지수가 없어 저나 죽림의 어른들이나 지금 모두 저 친구를 설득 중입니다. 아마 조금만 설득하면 흔들릴 것도 같은데……."

단보가 말꼬리를 흐렸다. 그러자 소유거의 표정이 다시 굳어졌다. 그 모습을 보고 있던 파소가 내심 실소를 흘렸다.

'단 어르신도 참 고약하시구나. 사람을 이토록 가지고 노시

다니…….'

파소의 무벽 도전은 이미 정해진 사실이었다. 그럼에도 불구하고 단보는 소유거를 데리고 말장난을 하고 있었던 것이다. 그러나 단보의 장난은 더 이상 이어지지 않았다. 갑자기 소유거 앞쪽의 사람들이 좌우로 쫙 갈라지더니 굴강한 모습의 이괄이 소유거 앞으로 다가왔다. 그리곤 대성사 소유거에게 정중하게 포권을 해 보였다.

"준비는 다 됐느냐?"

단보의 말장난에 심난해하던 소유거가 안색을 바꾸며 이괄에게 물었다.

"예, 대성사님!"

이괄이 도도한 자신감이 흐르는 표정으로 대답했다.

"긴장하지 말거라. 네 본래 실력만 보이면 되느니……."

"알겠습니다, 대성사님!"

"그럼 가보거라!"

소유거가 이괄에게 자신감을 불어넣으려는 듯 힘이 깃든 목소리로 말했다. 이괄은 그런 소유거를 향해 다시 한 번 정중하게 허리를 숙여 보인 후 천천히 신형을 돌려 검산 육조사의 무흔이 남아 있는 무벽을 향해 다가갔다.

'대적을 앞에 둔 전장(戰場)의 장수 같군.'

파소는 검산무벽 앞에 선 이괄에게서 무도를 수련하는 수련자의 모습이 아닌 전장을 호령하는 장수의 모습을 느꼈다. 굴

강한 신체와 보통 사람이라면 두 손으로도 들지 못할 대도(大刀)를 한 손에 움켜쥔 이괄의 모습이 그를 지켜보는 사람들을 압도했다.

"우우!"

어디선가 이괄의 전의를 북돋은 함성 소리가 일어났다. 파소가 고개를 돌려보니 검산 출신 무인들이 서 있는 곳에서 일어나는 소음이었다.

"젠장, 무슨 강호의 무림대회도 아니고… 아, 무천향이 정말 변하긴 변했구나."

함성 소리를 듣고 있던 단보가 인상을 찡그리며 중얼거렸다. 하지만 그런 단보의 생각에 아랑곳없이 사람들이 흘려내는 함성 소리는 점점 더 커져 갔다.

그 함성의 기운을 받은 것일까. 대도를 들고 서 있는 이괄의 옷자락들이 하나둘 부풀어오르기 시작했다. 드디어 이괄이 진기를 일으키기 시작한 것이다.

'시작이군.'

파소가 긴장한 눈으로 이괄을 바라봤다. 무천향에 들어 몇 차례 싸움에 휩쓸리기는 했으나 냉정한 눈으로 무천향 고수의 무공을 보는 것은 이번이 처음이었다. 내심으론 천하 무성들의 고향이라는 무천향 고수의 무공에 은근한 기대감까지 느껴지는 파소였다.

후웅!

성해에서 검산을 거슬러 오르며 불어오는 바람이 검산무벽에 부딪쳐 비명을 지르며 멀어져 갔다. 바람을 가로막은 무벽으로 인해 검산무벽 아래쪽에는 강한 바람의 와류가 생겨나곤 했다. 보통 사람이라면 바람에 휩쓸려 이리저리 흔들릴 만한 강풍, 그러나 이괄은 강풍에 휘날리는 옷자락에도 아랑곳하지 않고 처음 그 자세 그대로 서 있었다.

그렇게 강풍 속에 서 있던 이괄이 한순간 천천히 고개를 들어 올렸다. 그리고 그의 시선이 이십여 장 위쪽에 남겨진 검산 육조사의 무흔을 응시했다. 도와 검, 권, 장, 그리고 깊이 파인 족적과 기인한 문양의 흔적들, 검산 육조사가 남긴 무흔이 마치 그에 도전하는 이괄을 짓누르듯 절벽 위에서 이괄을 내려다보고 있었다.

한순간 이괄이 콱 입술을 깨물었다. 동시에 그의 신형이 천천히 무벽에서 멀어졌다. 그러자 이괄을 바라보고 있던 무천향의 무인들 사이에서 나직한 웅성거림이 일어났다. 뒷걸음질치는 이괄의 모습이 마치 검산무벽에 남겨진 육조사의 무흔에 질려 무벽에 도전하는 것을 포기한 사람 같았기 때문이다.

그러나 보통의 무천향 고수들과 달리 무천향의 노고수들은 오히려 기대가 서린 눈으로 이괄을 바라보고 있었다.

'도약을 준비하는 것이군.'

파소 역시 이괄의 의도를 알고 있었다. 아무리 고수라도 제자리에 선 채 몸을 띄워 올려 육조사가 남긴 무흔 근처에 도달할 수는 없었다. 이괄은 지금 무벽을 타고 오르기 위한 거리를 벌리고 있는 것이었다.

그렇게 무벽에서 십여 장 거리로 멀어진 이괄이 뒤로 옮기던 걸음을 멈춘 후 깊은 호흡을 두세 번 연달아 토해냈다. 그리고 그 호흡이 끝나는가 싶은 순간 이괄의 신형이 바람처럼 무벽을 향해 달려나갔다.

"오오!"

누가 먼저랄 것도 없이 사람들 사이에서 탄성이 흘러나왔다. 포기하는 줄 알았던 이괄이 맹렬한 기세로 검산무벽을 향해 돌진하는 모습은 사람들을 처음보다 더 강한 흥분으로 이끌고 있었다.

스스슥!

이괄이 발은 마치 땅을 스치듯 움직였다. 무벽까지 이어진 대지에는 이괄의 발자국조차 남아 있지 않았다. 그렇게 순식간에 무벽에 도달한 이괄이 마치 바람에 밀려 오르듯 무벽을 거슬러 오르기 시작했다.

파파팟!

디딜 것이라고는 거의 없는, 거울처럼 매끄러운 무벽을 이괄의 발이 보이지 않을 정도의 빠른 속도로 차냈다. 그리고 그때마다 이괄의 신형은 육조사가 남긴 무흔을 향해 무서운 속도로 치솟아 올랐다.

"와아!"

이괄의 신형이 무벽을 타고 오르는 순간부터 사람들의 환호성은 거대한 함성으로 돌변했다. 너나할 것 없이 장내의 모든 사람들이 이괄에게 힘을 부어주고 있는 듯 보였다.

“하앗!”

한순간 무벽을 타고 오르던 이괄의 입에서 강렬한 기합성이 터져 나왔다. 동시에 그의 신형이 거미처럼 붙어 오르던 무벽에서 약간 바깥쪽으로 떨어져 나왔다. 물론 그러면서도 이괄은 여전히 위쪽을 향해 치솟고 있었다. 동시에 그의 손이 어깨 위로 올라갔다.

“와!”

사람들의 함성이 좀 더 강해졌다. 어깨 위로 쳐들린 손에는 거대한 도가 들려 있었고, 그 도에서 족히 삼 장은 넘어 보이는 도기가 치솟았기 때문이다. 거대한 도의 형상을 만들어낸 이괄의 도기는 크면서도 정갈해 보였다. 보통 도기나 검기를 무리하게 키우면 공력의 부족으로 그 경계가 흐트러지는 경우가 대부분인데 이괄은 삼 장에 이르는 도기를 만들어내고도 그 도기의 모양을 전혀 흐트러뜨리지 않고 있었다. 그건 이괄의 공력이 그만큼 정순하다는 의미였다.

“대단하다!”

파소의 곁에 서 있던 남독마군의 입에서 감탄사가 흘러나왔다. 그 또한 패도의 대명사로 강호에서 절정고수 소리를 듣던 사람이었지만 삼 장에 이르는 도기를 만들어내는 이괄의 무공에는 절로 탄성이 새어 나올 수밖에 없었던 것이다.

그렇게 모든 사람들의 시선을 자신 한 명에게 끌어들인 이괄이 삼 장 높이의 도기를 매달고 있는 대도(大刀)를 힘차게 휘둘렀다.

찌저적!

마른하늘에 낙뢰가 번쩍였다. 낙뢰는 매끄러운 검산무벽을 거침없이 파고들었다. 순간 무벽에서 희뿌연 흙먼지가 솟아올랐다. 무벽에서 솟아오른 먼지는 순식간에 이괄의 신형을 집어삼켰다.

"오오!"

곳곳에서 탄성의 목소리가 쏟아져 나왔다. 무벽에 격돌한 낙뢰는 이괄이 만들어낸 도초였다. 그 도초가 일으킨 경천동지할 충격은 가히 자연이 만들어낸 가장 강한 기운인 낙뢰에 버금갈 만큼 강력한 것이었다.

사람들의 탄성 속에 서서히 이괄을 휘감고 있던 먼지가 바람에 날려가기 시작했다. 동시에 이괄의 신형이 천천히 검산무벽을 타고 내려오기 시작했다.

그러자 다시 한줄기 바람이 불어와 미처 사라지지 않고 있던 먼지들을 말끔히 씻어냈다. 순간 사람들 사이에서 다시금 경탄의 함성이 터져 나왔다.

"와아!"

정종, 검산, 죽림, 어느 곳에 속한 사람이든 상관없었다. 장내에 있는 모든 고수들의 입에서 흘러나온 탄성이 무벽에서 떨어져 내리는 이괄을 휘감았다.

바람이 먼지를 밀어내자 드러난 무벽의 상황, 검산 육조사가 남긴 여섯 개의 무흔(武痕)이 남겨진 무벽에 다시 하나의 뚜렷한 무흔이 새겨져 있었다. 바로 검산이목 중 한 명인 이괄이 남긴 무흔. 그것은 육조사의 무흔에 크게 뒤지지 않는 형상으로 사람들의 눈길을 사로잡고 있었다.

이괄이 남긴 도흔은 육조사의 무흔으로부터 이 장여 떨어진 곳에 있었다. 이괄의 공력이 육조사에 못 미친 것인지, 아니면 육조사에 대한 예의 때문인지는 알 수 없었지만 이괄이 만든 무흔은 육조사의 무흔보다는 이 장 정도 아래에 위치해 있었다.

하지만 그 높이에 차이가 있을지언정 무벽에 새겨진 이괄의 도흔은 힘과 유려함에서 육조사의 도흔과 비교해 거의 차이가 없어 보였다. 천신이 분노해 내리꽂은 번개 모양의 도흔은 그렇게 검산무벽에 또 하나의 전설을 만들어냈던 것이다.

"대단해……."

다시금 남독마군의 탄성이 들려왔다. 그의 시선은 무벽에 새겨진 도흔에서 벗어날 줄 몰랐다. 그리고 그건 남독마군뿐 아니라 장내의 모든 고수들 모두가 보이고 있는 행동이었다.

그렇게 사람들을 자신이 만든 도흔에 매혹시켜 버린 이괄이 어느새 무벽 아래에 내려서더니 천천히 신형을 돌려 파도처럼 갈라지는 사람들 사이를 지나 소유거 앞으로 다가왔다.

"수고했다."

이괄이 도착하자 소유거가 만족한 표정으로 이괄을 맞이했다.

"실망시켜 드린 것이 아닌지 두렵습니다."

이괄이 패도적인 도흔을 남긴 사람답지 않은 겸손함을 담은 목소리를 흘려냈다.

"아니다. 내가 기대했던 것 이상이구나. 네 도법이 이 정도일 줄은 몰랐다. 아마 불괴 무인 조사께서 살아 계셨어도 널 칭찬했을 것이다."

소유거의 말에 이괄의 얼굴에 감출 수 없는 기쁨이 드러났다.

"감사합니다. 모두 대성사님의 가르침 덕분입니다."

"하하, 나야 뭐 한 일이 있겠느냐? 모두가 네 노력과 선대 조사의 보살핌 덕분이지. 아마 네가 내 나이 때쯤 되면 어쩌면 불괴 무인 조사의 경지에 도달할지도 모르겠구나."

"설마 그렇게까지 바라겠습니까?"

이괄이 겸양한 모습을 보였다.

"후후, 오늘은 충분히 너 자신을 자랑스러워해도 좋은 날이다. 자, 이제 가서 어른들께 인사를 드리도록 하거라."

소유거의 말에 이괄이 다시 한 번 정중히 고개를 숙여 보이고는 그에게 시선을 집중하고 있는 무인들 중 무천향의 노고수들로 보이는 자들을 향해 걸음을 옮겼다. 이괄이 움직이는 곳마다 마치 바닷길이 열리듯 길이 생겨났다.

이괄을 찾아간 무천향의 노고수들 중에는 파소가 지난번 종전에서 보았던 십이종성 중 일부의 얼굴도 있었다.

"십이종성까지 나왔군요."

파소가 조금 씁쓸한 말투로 말했다.

"향주의 행보 때문에 조급한 모양이지."

단보가 나직한 목소리로 대답했다. 단보의 말이 맞을지도 몰랐다. 을씨 가문의 적통을 찾고 있는 향주의 행보가 무천향의 주인 자리를 노리는 자들에겐 크나큰 부담이 되고 있을 것이 분명했다.

"어쨌든 오늘 좋은 구경했군요."

파소가 슬쩍 고개를 돌려 무벽에 새겨진 번개 모양의 도흔을 바라보며 말했다.

"그는 이제 자격을 갖춘 건가요?"

파소의 질문에 단보가 고개를 끄덕였다.

"뭐, 저 정도면 모두가 만족할 만한 수준이라고 할 수 있지 않겠느냐? 물론 자세히 보면 사람들이 감탄하는 것처럼 육조사의 무흔에 비견될 만한 것은 아니지. 찾자면 흠이 없는 게 아냐. 조금 거칠어. 위치가 낮은 것도 육조사에 대한 예의라기보단 공력의 부족 같고… 그러나 어쨌든 무천향에서 오십 세 이전에 저런 정도의 흔적을 무벽에 남길 수 있는 사람을 찾는 것은 그리 쉽지 않을 거야. 그러니 일단 그가 남긴 저 흔적이 무벽에 도전하는 자들의 기준이 되겠지. 그를 능가하는 사람이 나오지 않으면 그가 곧 소천이 되는 것이겠고……."

"그 이상의 흔적을 남길 사람이 나올까요?"

"모르지. 하지만 시간이 아직 많이 남아 있으니 두고 볼 일이야. 분명한 것은 그에 못지않은 사람 한 명이 우리 곁에 있다는 사실이고."

단보의 말에 곁에 있던 남독마군이 의구심 어린 눈으로 단보를 바라봤다.

"지금 우리 주변에 저 정도 실력을 지닌 인물이 있단 말입니까?"

"모르고 있었나?"

"아니, 도대체 누가……?"

"이런 노제는 생각보다 눈치가 없군. 바로 여기 있지 않은가?"

단보가 한심하단 표정으로 파소를 가리켰다. 그러자 남독마군이 깜짝 놀라며 되물었다.

"지금 파소 소제를 말하시는 겁니까?"

"그렇다네."

단보가 망설이지 않고 대답하자 남독마군이 기이한 눈으로 파소를 바라보다가 불쑥 물었다.

"자네… 정말 저 정도 무흔을 만들 수 있나?"

"글쎄요. 해봐야 알겠죠."

파소가 미소를 지으며 대답했다. 그러자 남독마군이 탄식을 흘려내며 중얼거렸다.

"부인하지 않는다는 건 자신이 있다는 말이겠고… 아아, 기신아, 기신아. 네가 죽을 때가 된 모양이구나. 수개월을 함께 지내면서도 사람을 못 알아보다니. 이런, 허허허!"

갑작스레 허망한 웃음을 흘리는 남독마군을 주위에 있던 무천향 고수들이 이상하다는 듯 돌아봤다.

"사람 참, 남의 눈이 있네."

　단보가 질책을 하자 남독마군이 그제야 자신의 실태를 깨닫고는 서둘러 신색을 회복했다. 그리곤 정색을 한 얼굴로 파소에게 물었다.

　"언제 도전할 건가?"

　"네?"

　"무벽에 말일세. 기왕에 실력이 된다면 속히 자네가 무벽과 맞서는 걸 보고 싶네만……."

　"단 어르신의 말씀처럼 아직 시간은 많이 남지 않았습니까?"

　"그렇다고 뒤로 미룰 것도 없지 않은가?"

　남독마군은 마치 당장에라도 파소를 무벽 앞에 세울 기세로 말했다.

　"그리 서둘 일이 아닐세. 다른 사람들이 나선 이후에 나서도 괜찮아. 괜히 서둘러 나서서 사람들의 이목을 끌 필요가 없네. 이런 하수상한 시절에는 말이야."

　단보의 말에 남독마군이 표정을 굳히며 물었다.

　"설마하니 무벽에 검흔을 남기면 누군가에게 공격이라도 받을 거란 말씀이십니까?"

　"아니라고 할 수 있나?"

　단보가 되묻자 남독마군이 잠시 생각에 잠겼다가 고개를 저었다.

　"그렇군요. 하물며 향의 소천이 암습당하는 상황에서야……."

　　　　　＊　　　　　＊　　　　　＊

　검산이목 이괄이 무벽에 인상 깊은 도흔을 남겼다는 소문은 삽시간에 무천향 전체로 퍼져 나갔다. 덕분에 이괄은 단번에 가장 강력한 새로운 소천 후보자로 지목됐다.

　이괄이 검산무벽에 도흔을 남긴 지 며칠 사이 당시 무벽에 가지 않았던 무천향의 고수들까지 무벽을 찾아 이괄의 도흔을 확인한 이후부터는 점점 더 이괄의 명성이 높아졌다. 혹자는 이괄의 도흔을 넘어설 무흔을 남길 인물이 존재하지 않을 거라 말하면서 이괄이 이미 소천이 된 것인 양 말하는 이도 생겨났다.

　그러나 무천향의 무인들이 무벽에 자신의 무공을 증명할 시간은 여전히 많이 남아 있었다. 아직도 무천향이라는 이 기이한 집단의 주인이 되고자 하는 사람들에게는 십여 개월의 시간이 남아 있었던 것이다. 그리하여 이괄에 대한 광풍이 바람처럼 무천향을 휩쓴 지 한 달여가 지나자 이제 사람들은 이괄을 뒤로한 채 새로운 영웅을 기다리기 시작했다. 그리고 그즈음 파소는 여전히 향의 위사로서 무천향의 경계를 지키고 있었다.

　"결국 그 삼 인의 배후 세력은 끝내 밝혀내지 못하고 마는 겁니까?"

　파소와 사조의 위사들은 무천향의 남쪽 경계를 따라 걷고 있었다. 향 내에 분란이 생긴 이후 위사들의 경계도 한층 강화되어 이젠 낮에도 한 시진 단위로 순찰을 나서고 있었다. 말을 꺼내는 것은 무료한 순찰에 지친 산웅이었다.

“그렇다고 봐야지. 아직까지 아무 소식이 없으니……”

산웅의 말에 정천이 대답했다. 정천 역시 계속 이어진 순찰에 지쳐 이야기할 거리가 필요했던 모양이다.

“그렇다면 무천향은 큰 화근을 품고 있는 셈이군요.”

산웅이 걱정스런 표정으로 말했다. 소천을 습격하고 소천을 향해 검을 들이댄 반역자들의 배후를 밝히는 일은 무극동천에 머물던 삼 인의 노고수에게서 한 치도 앞으로 나가지 못하고 있었다. 그래서 사람들은 어쩌면 그 사건에 대한 조사가 이쯤에서 끝나지 않을까 하는 생각도 하고 있었다.

“그들이 정말 이 음모의 주재자들일 수도 있지 않습니까?”

과거 사조의 위사였던 무악이 송림혈사에서 배신자들 중 한 명으로 변해 죽임을 당한 이후 새롭게 사조에 들어온 죽림 출신 젊은 무사 초영이 문득 입을 열었다. 초영은 파소와 비슷한 나이로, 죽림에선 제법 이름이 알려진 후기지수였다.

“그건 가능성이 없는 일이야. 소천께 일어난 일은 하루 이틀 사이에 이루어진 일이 아니야. 아주 오래전부터, 그러니까 전대 소천께서 돌아가신 삼십여 년 전 이전부터 이어진 일이란 말일세. 그런 긴 시간 동안 하나의 세력이 꾸준히 활동해 왔다면 무극동천에서 잡혀 나온 세 사람만으로는 설명이 안 돼. 물론 그들의 무공이 무천향 최고의 반열에 올라 있기는 하지만

그들이 삼십 년 전에도 그런 무공을 가지고 있었던 것은 아니
거든……."

"그 말씀은 결국 배후에는 수십 년 전부터 무천향의 수뇌부
였던 사람들이 있을 거란 말이군요."

"아무래도 그렇지 않겠어?"

"그럼 결국… 십이종!"

"그만!"

초영의 말을 사조 조장 비량이 매섭게 끊었다. 그리곤 사조
의 조원들을 돌아보며 말했다.

"지금 조사 중인 사건이다. 함부로 입을 놀리지 마라. 자칫
하면 몸을 망칠 수 있을 일이다."

비량의 차가운 경고에 이야기를 나누던 삼 인이 움찔하며
고개를 끄덕였다.

"알겠소이다. 조장, 저희가 경솔했습니다. 조심하지요."

정천이 다른 사람을 대신해 사죄를 하자 비량이 조금 누그
러진 목소리로 입을 열었다.

"지금은 누구라도 조심해야 할 때네. 향 곳곳에 눈과 귀가
있어. 또한 소천께서 돌아가신 이후 향주께서 전에 없이 강경
하게 향을 이끌고 계시네. 이런 상황에선 작은 잘못도 크게 벌
을 받을 수 있음을 명심하게."

"알겠소이다, 조장!"

정천이 다시금 고개를 숙여 보였다.

"알았으면 됐네. 가세."

비량이 고개를 한 번 끄덕이고는 신형을 돌려 다시 길을 가기 시작했다.

"어서 오시오."

무천향 남쪽에는 거대한 암석군이 자리를 잡고 있다. 풀 한 포기 없는 황량한 곳이라 산이라 부르긴 어렵고 그렇다고 작은 언덕 정도로 부르기엔 그 높이와 넓이가 지나치게 방대했다. 이렇게 애매한 지형을 가진 이 암석군은 그러나 무천향에는 무척 중요한 장소이기도 했다. 왜냐하면 이곳에 무천향에서 외부로 이어지는 동굴이 위치해 있기 때문이었다.

파소와 사조의 위사들이 그 암석군의 중턱에 도달했을 때 일단의 사람들이 사조의 위사들을 맞이했다. 사조에 앞서 경계에 나섰던 갑대 삼조의 위사들이었다.

"수고하셨소이다."

비량이 삼조의 고수들을 이끌고 있는 삼조 조장 홍성을 보며 말했다.

"수고랄 게 뭐 있겠소. 항상 하던 일인데. 그런데 경계를 조금 더 철저히 해야 할 것 같소이다."

"무슨 일이라도 있습니까?"

"율사들이 눈에 보이더이다."

"흠, 위사들이 경계를 소홀히 할까 그걸 걱정하나 보구려."

비량의 표정이 밝지 않았다. 위사와 율사들의 신분 차이야 오래전부터 있어온 것이지만 이렇게 노골적으로 위사들의 행동을 감시하는 것은 처음 있는 일이었던 것이다.

"뭐, 어쩔 수 있겠소이까? 작금에 들어 향주께서 워낙 서릿 발 같은 기상을 보이시는 통에 율사들도 제대로 쉰 적이 없다 고 하더이다."

"그렇소이까?"

"율전에도 향주께서 파견한 정종의 고수가 나와 있을 지경 이라니 말 다하지 않았겠소이까?"

"그걸 십이종회에서 승인했단 말입니까?"

비량이 놀란 얼굴로 물었다. 보통 율사나 위사, 그리고 의방 에 향주가 정종 고수를 보내 관여하는 일은 관례에 없던 일이 었다.

"십이종성들께서도 묵인했다고 하더이다. 전대 소천께서 돌아가신 후 향주의 성정이 크게 변하셨다고 합니다. 아마 그 동안 향의 무인들은 향주님을 몰라도 너무 모르고 있었던 것 같소이다."

"그건 또 무슨 말이외까?"

"그 유하시던 향주께서 소천의 임종과 함께 추상같은 성정 을 드러내셨소이이다. 십이종성뿐 아니라 향내의 무인 누구도 예상치 못한 변화지요. 물론 두 아드님을 잃으셨다고 하나…… 어쨌든 향주께서 서릿발 같은 위엄을 드러내시는 순간 십이종 성들께서도 완전히 향주께 꼬리를 내리셨다고 하더구려. 그 기세의 변화가 너무도 급작스럽기 때문이기도 하거니와 변화 된 향주님의 기세에 묻어나는 풍모가 그동안 알려진 향주님의 무공과는 천양지차였다고 합디다."

"그럼 무공을 숨기고 계셨단 말이오?"

얼마 전까지만 해도 향주 을도산의 무공은 십이종성들에 비해 크게 뛰어나지 않다고 알려져 있었다. 아니, 몇몇 종성들에게는 오히려 한 수 뒤진다는 것이 정설이었다. 정종의 권위가 무너지고 십이종성들이 향주를 압박할 수 있었던 것도 향주의 유한 성정보다는 그 무공이 역대의 향주들과 달리 십이종성을 압도하지 못했기 때문이란 말이 있을 정도였다.

"글쎄올시다. 숨기고 계셨던 것인지, 아니면 유하신 성품 때문에 잘못 평가받아 오신 것인지는… 어쨌든 지금 향의 주도권은 완전히 향주께서 쥐고 계시다고 하오. 십이종성들도 향주 앞에서 과거와 같은 오만함을 전혀 드러내지 않는다고 하더이다. 그 덕에 향주께선 곁에 두고 있는 정종의 고수들을 일제히 향의 주요 조직에 파견할 수 있었던 것이고 말이외다."

"일이 그렇게 되어가고 있었구려. 근자에 들어 이 무천향에 생각지도 않은 변화가 너무 많이 일어나고 있구려."

"이럴 때일수록 조심해야지 않겠소이까? 괜히 꼬투리 잡히면 골치가 아파지니 말이오."

"그렇겠구려."

"자, 그럼 수고하시오. 우린 그만 가보겠소이다."

"그러시구려. 수고하셨소이다."

비량이 고개를 끄덕이자 삼조 조장 홍성이 삼조의 위사들을 이끌고 파소 등이 온 길 반대편으로 걸음을 옮겼다. 위사들의 일은 이렇게 한 단계씩 앞선 위사들을 밀어내며 향을 한 바퀴 돌게 되어 있었다.

"향주께서 변하셨단 소리를 듣긴 했지만 그 정도일 줄은 몰랐군요."

삼조가 떠나가자 정천이 나직한 목소리로 말했다.

"두 아드님을 잃으셨네. 변하지 않으면 사람이 아니지."

"하긴 그렇지요. 아무리 무천향의 향주라도 말이죠."

정천이 고개를 끄덕였다.

사조는 조금 침울한 표정으로 주위를 경계를 서고 있었다. 비량과 홍성의 대화를 통해 전해 들은 을도산의 변화가 왠지 모르게 마음을 불편하게 하고 있었다.

'지금 향주의 곁에는 누가 남아 있을까?

두 아들을 잃은 향주 을도산의 심정이 어쩌면 얼굴도 보지 못한 채 부모를 잃은 자신보다 더 비참할지도 모른다는 생각에 파소는 향주이자 조부인 을도산에 대해 자신도 모르게 연민이 생겨났다.

'애써 찾은 뿌리가 참으로 고약스런 뿌리였구나.'

파소가 한숨을 내쉬며 십여 장 오른쪽에 입을 열고 있는 검은 동굴을 바라봤다. 이 동굴은 파소에게도 나름대로 의미가 큰 동굴이었다. 파소가 처음 무천향에 발을 들여놓을 때 통과했던 바로 그 동굴이었기 때문이다. 무천향 외부로 나가는 유일한 통로, 아니, 파소가 모르는 다른 통로가 있을지도 모르지만 어쨌든 무천향의 공식적인 외부 출입구는 이 동굴이 유일했다.

‘그때 무천향은 참 아름다운 곳이었는데…….’

그날 밤 이 동굴을 통해 무천향에 들어왔을 때 성해에 드리운 눈부신 밤하늘은 얼마나 아름다웠던가.

“뭐지?”

그런데 파소가 과거의 기억을 떠올리며 감상에 젖어 있을 때 문득 정천의 긴장한 목소리가 들려왔다. 순간 사조의 위사들이 일제히 안색을 바꾸며 정천이 가리킨 방향으로 고개를 돌렸다.

정천의 시선은 파소를 회상에 젖게 했던 바로 그 검은 동굴을 향해 있었다. 그리고 사조의 위사들은 곧 정천이 흘려낸 말의 의미를 깨달았다. 그건 파소 역시 마찬가지였다.

‘인기척이다.’

검은 동굴 저쪽에서 느껴지는 기운은 분명 사람의 기운이었다. 무척 차갑고 서늘한 기운이기는 했지만 사람 이외에 이런 기운을 흘려내는 물체는 세상에 존재하지 않았다.

“들어올 사람이 있었습니까?”

정천이 비량을 보며 급히 물었다. 보통 무천향의 출입이 예정된 사람은 미리 위관에 그 일정을 통보하기 때문에 위사들은 순찰에 앞서 미리 동굴을 통과할 사람에 대한 정보를 전해받기 마련이었다.

“들은 바 없네.”

비량이 고개를 저었다. 순간 사조 위사들의 긴장감이 좀 더 강해졌다. 누군가는 어느새 자신의 병기를 잡기까지 했다.

"거리를 두고 물러난다."

비량이 짧게 명을 내리고는 자신이 먼저 동혈에서 십여 장 거리를 두고 물러났다. 그러자 사조의 위사들이 일제히 비량을 따라 동혈과 거리를 만든 후 비량을 중심으로 부채꼴 모양으로 포진했다.

'이건 보통 인물이 아니다.'

사조가 만든 포진의 한 귀퉁이를 지키고 선 파소의 등줄기를 타고 한줄기 서늘한 기운이 흘러내렸다. 동굴 속 존재는 파소가 지금껏 경험하지 못했던 기이한 기세를 지니고 있었다. 강하고 약하고의 문제가 아닌 독특한 자신만의 기세를 지닌 존재. 보통 그런 존재감을 지닌 인물치고 뛰어나지 않은 자가 없는 것이 무림이 아니던가.

그렇게 파소를 포함한 사조의 위사들을 긴장 속으로 몰아넣은 존재가 어느 순간부터 기운뿐 아니라 소리로도 자신의 존재를 알리기 시작했다.

툭툭툭!

마치 발로 땅을 차는 듯한 소리, 어쩌면 그의 발자국 소리가 동굴에 울려 나오기 때문일지도 몰랐다.

'왔군!'

파소가 살짝 검의 손잡이를 잡았다. 어느새 동굴 속 존재의 발자국 소리가 동굴 입구까지 다가왔기 때문이다. 그리고 잠시 후 드디어 이 기이한 기운의 주인이 모습을 드러냈다.

"누구냐?"

비량의 입에서 나직하면서도 위압적이 음성이 흘러나왔다. 어두운 동굴을 통해 나타난 인물의 행색은 그 정체를 쉽게 알아볼 수 없을 만큼 지저분했다. 입고 있는 옷은 때에 찌들어 있었고 그마저도 세월에 낡아 이곳저곳 구멍이 숭숭 뚫려 있었다. 또한 머리는 수년간 손질하지 않았는지 얼굴 전체를 가리고 있었다.

어찌 보면 사막을 헤매다 우연히 무천향에 들어온 사람인 것처럼도 보였다. 그러나 사조의 위사 그 누구도 이 사내가 우연히 무천향에 들어온 것이 아니라는 것을 알고 있었다. 왜냐하면 겉으로 드러난 행색은 사내의 일부분에 지나지 않기 때문이었다.

그의 허리에는 한 자루 도가 매달려 있었다. 도갑이 먼지로 뒤덮여 있기는 했지만 먼지를 쓸어내면 무척 귀하게 보일 게 분명한 도갑, 거기에다 허름한 옷차림 속으로 보이는 그의 신체는 강건하기 이를 데 없어 보였다. 오랜 수련을 통해서만 만들어질 수 있는 강한 근육과 작은 움직임에도 꿈틀거리는 힘줄을 지닌 사내였다.

그리고 그 무엇보다도 사내가 그냥 평범한 유랑자가 아니라는 사실을 확신하게 하는 것은 그의 눈빛이었다. 보이는 모든 것을 꿰뚫어 버릴 정도로 강렬한 눈빛이 얼굴을 가린 부스스한 머리칼 속에서 번쩍이고 있었던 것이다.

"누구냐?"

다시 한 번 비량의 입에서 차가운 질문이 던져졌다. 그러자 사내가 한 손을 들어 얼굴을 가린 머리칼을 쓸어 올렸다. 그리곤 가벼운 미소를 지으며 입을 열었다.

"오랜만입니다, 비 대협님!"

순간 비량의 눈이 살짝 좁혀졌다. 사내는 분명 비량을 알고 있는 눈치였다. 그러나 비량은 쉽게 사내의 정체가 떠오르지 않았다. 그러자 사내가 약간 실망한 표정으로 다시 입을 열었다.

"이거 서운한데요? 절 몰라보시다니요. 제 꼴이 아무리 힘해졌기로서니……."

그러면서 사내가 도갑을 들어 툭툭 먼지를 털었다. 순간 비량의 얼굴에 놀람의 빛이 떠올랐다.

"자네……?"

"이제야 기억나십니까?"

사내가 빙긋 미소를 지었다. 먼지를 털어낸 사내의 도갑에는 살아 움직일 듯 꿈틀거리는 용 문양이 새겨져 있었다.

"돌아왔군."

"네, 돌아왔습니다. 이곳은 여전하군요."

사내가 고개를 들어 아스라이 펼쳐져 있는 무천향의 정경을 바라봤다.

"많이 달라졌을 걸세."

사내의 말에 비량이 대답했다.

“그런가요?”

“소문 듣지 못했나?”

“마지막으로 사람을 만난 것이 일 년 전 대성사님을 뵌 것이
지요.”

사내의 말에 비량이 고개를 끄덕였다.

“그렇군. 그럼 이곳 사정을 잘 모르겠군.”

“뭐, 전서구를 통해 돌아오라는 연락과 함께 대충 소식을 듣
긴 했지만…….”

“전서구?”

비량의 눈빛이 번쩍였다. 그러자 사내가 고개를 저으며 말
했다.

“오해하지 마십시오. 향주께 허락을 득한 전서구였습니다.
제가 워낙 외진 곳에 자리를 잡은 통에…….”

“그렇군. 그럼 무벽에 대한 소식도 들었겠군.”

“들었습니다.”

“도전할 건가?”

“조부님을 실망시키지 않으려면 그래야겠지요. 그런데 무
벽에 도전한 사람이 있습니까?”

“아직 그 소식까지는 못 들은 모양이군.”

“누군가 무벽에 도전했다는 말이군요. 혹 이괄 형이……?”

사내의 물음에 비량이 고개를 끄덕였다. 그러자 사내가 그
럴 줄 알았다는 듯 고개를 끄덕였다.

“역시 그렇군요. 누군가 무벽에 도전했다면 그건 이괄 형일

거라 생각했었습니다."

"후후, 그 말고는 자네의 경쟁자가 없다는 말처럼 들리는
군."

비량이 약간 조소 어린 표정으로 말했다.

"그럴 리가요. 이곳이 어딥니까? 대무천향 아니겠습니까?
누구든 무벽에 검흔을 남겨도 이상할 것이 없는 곳이지요."

"정말 그렇게 생각하는가?"

비량이 되묻자 사내가 묘한 미소를 지으며 대답을 거부했
다. 그러자 비량이 다시 입을 열었다.

"가보시게. 아마 자네의 조부께서 자넬 무척 기다리고 계실
걸세."

"알겠습니다. 나중에 다시 뵙죠."

"아마도 무벽에서겠지?"

"아마도… 그럼!"

사내가 말꼬리를 흐리다 비량에게 고개를 숙여 보이고는 서
둘러 장내를 떠나 무천향 중심으로 이어진 비탈길을 따라 내
려가기 시작했다. 비량은 그런 사내를 한동안 바라보고 있었
다.

"그가 돌아왔군요."

잠시 정적이 흐른 후 정천이 비량을 보며 말했다.

"그래, 돌아왔군."

"무공을 완성한 걸까요?"

"글쎄, 곧 무벽에서 그의 성취를 볼 수 있겠지."

“이러다간 검산이 무벽을 독차지할지도 모르겠군요.”

“뭐, 그의 말대로 이곳은 무천향이니까 아직 드러나지 않은 고수가 있을지 누가 알겠는가?”

비량이 대답을 하며 이미 멀어진 사내를 돌아봤다. 그때 가장 최근에 사조의 위사가 된 초영이 정천에게 나직한 목소리로 물었다.

“누굽니까?”

“모르나? 그가 바로 검산이목 중 나머지 한 명일세. 탁발무라고… 들어봤지?”

第四章

사로(死路)

소문은 하루가 지나지 않아 무천향을 휩쓸었다. 누군가에게 극형의 벌이 내려진 것은 무천향주 을도산이 무천향의 향주가 된 이후 거의 처음 있는 일이었다.

을도산이 무천향의 향주가 된 것이 사십 년이 넘은 지 오래, 그 와중에 무천향 역사상 처음이랄 수 있는 여러 사건들이 일어났고 그 때문에 여러 무인들이 목숨을 잃기도 했지만 유한 성정으로 알려진 무천향주 을도산이 사람의 목숨을 빼앗는 극형의 벌을 내린 경우는 없었다. 과거 파소의 아버지인 을몽학조차도 스스로 자결을 선택해 죽은 것이 아니었던가.

을도산이 그간 내린 최고의 형벌은 무공을 폐하고 향을 떠나게 하는 추방형이 전부였다. 피를 멀리하고 사람의 목숨을

중시하는 무천향의 전통을 심하다 싶을 정도로 고집스레 지켜
온 을도산이었다. 그런데 그런 을도산이 사람의 목숨을 빼앗
는 극형의 벌을 죄인들에게 내렸던 것이다. 그것도 보통 신분
이 아닌 사람들에게.

"그 말이 정말 사실입니까?"

한차례 순찰을 마치고 위관으로 돌아왔을 때 전해진 소식에
정천이 놀란 눈으로 비량을 보며 물었다. 전혀 믿을 수 없다는
표정이었다.

"그렇다네."

"추방이 아니고 죽음이라고요?"

"그렇다니까 그러는군."

"율전의 주청이 아니라 향주께서 직접 결정을 내리신 것이
고요?"

"이 사람, 말을 여러 번 시키는군."

비량이 계속되는 정천의 질문에 살짝 짜증을 냈다.

"아아, 이게 도대체. 정말 향주는 사람이 변한 걸까요? 사사
라니……."

"죽어 마땅한 자들 아닌가?"

"그야 그렇지만……."

"보게. 그들은 두 분 소천의 목숨을 앗아간 자들일세. 그들
에게 죽음이 아니면 무슨 벌을 내리겠나?"

"세속의 강호에서야 당연한 일이지만 이곳은 무천향 아닙
니까?"

"제길, 그 무천향이 이젠 변한 것 모르나? 무천향이 변했으면 당연히 죄인에 대한 벌도 변하는 것이지. 그리고 그 망할 놈의 세 늙은이는 일을 이 지경으로 만들어놓고도 자신들이 왜 그런 일을 벌였는지, 또 그들의 뒤에 다른 누군가가 있는지에 대해선 완전히 함구하고 있단 말일세. 그러니 죽음조차도 가벼운 형벌일지 모르네."

비량이 전한 소식은 무극동천에서 끌려 나온 세 명의 노고수에 대한 일이었다. 삼 인의 무극동천 수련자 을산인, 도연관, 마한은 서릿발 같은 율전의 조사에서도 입을 열지 않았다. 단지 그들이 두 명의 소천, 을몽학과 을몽검의 사건에 자신들이 관여했다는 것만을 인정했을 뿐이었다.

"그런데 이상하군요. 너무 빨리 그들의 죄를 묻는 것 아닐까요?"

두 사람의 대화를 듣고 있던 산웅이 문득 입을 열었다.

"그건 무슨 말인가?"

"그들이 저간 사정에 대해 입을 열고 있지 않은 상태에서 그들을 벌하는 것은 너무 성급한 것 아닌가 해서 말입니다. 시간을 두고 철저히 그 배후를 밝히는 것이 맞는 것 아니겠습니까?"

산웅의 말에 비량과 정천 모두 고개를 끄덕였다.

"그러고 보니 그도 그렇군. 왜 이렇게 서둘러 그들을 벌하는 것이지? 아무것도 알아내지 못한 상태에서……"

정천이 고개를 갸웃거리며 중얼거렸다.

"어쩌면 하루빨리 이 불유쾌한 사건의 그림자를 무천향에
서 씻어내 버리고 싶으신 것인지도 모르지. 왜 예전에도 그랬
지 않았나?"

"그 전전대 소천의 일 말입니까?"

비량의 말에 정천이 되묻자 비량이 고개를 끄덕였다.

"그래, 당시에도 향주께선 자신의 아드님이 죽은 그 사건을
깊이 조사치 않으시고 그냥 덮었지 않았나? 사건에 대해 함구
할 것을 명하시면서까지……."

"듣고 보니 그도 그렇군요. 향주께선 누구보다 향의 안정을
원하시는 분이니 말입니다."

"더군다나 새로운 후계자를 뽑기 위해 검산무벽을 연 상태
일세. 아무래도 분위기를 일신할 필요가 있는 때지."

그러자 그때까지 침묵하고 있던 파소가 입을 열었다.

"하지만 그렇다고 문제가 모두 해결된 것은 아니지 않습니
까? 여전히 향에는 다른 마음을 품고 있는 자들의 남아 있게
되는 것이니 말입니다."

"그렇긴 하네만……."

"그건 오히려 문제를 키우는 일이 될지도 모릅니다. 본래 더
러운 것은 덮어둘수록 악취가 심해지기 마련이지요. 그게…
지금의 무천향이 가진 문제가 아닐까요?"

파소의 말에 비량도 정천도, 그리고 다른 두 명의 위사도 기
이한 표정으로 파소를 바라봤다. 파소가 사조의 위사가 된 이
후 향의 문제에 대해 이렇게 직접적으로 자신의 의견을 표현

한 적이 없었기 때문이다. 하지만 그렇다고 파소가 못할 말을 한 것도 아니기에 비량이 잠시 후 파소의 말을 받았다.

"물론 자네의 말이 옳을지도 모르겠네. 사실 삼십 년 전에 그 사건을 깨끗이 해결했다면 오늘날의 분란은 없었을지도 모르지. 하지만……."

비량이 잠시 말꼬리를 흐렸다. 그리곤 잠시 후 다시 입을 열었다.

"하지만 향주께서 그리 결정하신 데에는 무슨 이유가 있지 않겠나?"

비량의 말에 파소가 고개를 끄덕였다.

"그렇겠지요. 무슨 이유가 있으시겠지요. 두 아들의 죽음을 묻어두려는 데에는……."

파소의 마지막 말에는 약간의 빈정거림이 내포되어 있었기에 사조의 위사들은 조금 더 이상한 눈으로 파소를 바라보는 것이었다.

"그들 셋의 목숨을 앗는다고?"

일을 마치고 모옥으로 돌아왔을 때 단보가 일찍 귀가한 석청과 이야기를 나누고 있다가 파소가 들어오자마자 물었다.

"벌써 들으셨군요."

"작은 동네 아니더냐?"

파소는 조금 침울한 표정으로 단보 곁에 자리를 잡고 앉았다.

“무슨 안 좋은 일이라도 있었어요?”

금세 파소의 표정을 읽은 석청이 걱정스런 얼굴로 물었다.

“아뇨. 별일 없었어요.”

“그런데 안색이……..”

“그냥 기분이 썩 좋지가 않아요.”

“향주의 결정 때문이냐?”

단보가 물었다. 그러자 파소가 망설이지 않고 고개를 끄덕였다.

“예전이나 지금이나 변하신 게 없는 것 같아요. 사람들은 변했다고 하지만… 역시 무천향의 안정이 우선이란 걸까요?”

“내 생각은 조금 다르구나.”

그러자 파소가 무슨 의미냐는 듯 단보를 바라봤다.

“향주께서는 변하셨다.”

단보가 거의 단정적으로 말했다.

“뭐가 변하셨다는 거죠? 그들 삼 인의 목숨을 앗는 것으로 사건을 덮으려 하는데?”

그러자 단보가 조용히 고개를 젓고는 걱정스런 눈빛을 드러내며 말했다.

“솔직히 말하자면, 난 두렵기까지 하구나.”

단보의 말에 파소와 석청 모두 놀란 눈으로 단보를 바라봤다. 두 사람은 단보라는 이 노고수를 잘 알고 있었다. 이 노고수는 무엇에든 두려움을 느낄 사람이 아니었다. 그런데 그가 지금 두렵다는 말을 입에 올리고 있었다.

“제가 놓치고 있는 것이 있는 건가요?”

파소가 침착한 목소리로 물었다.

“그래, 하지만 네 잘못은 아니다. 넌 향주와 많은 시간을 보내지 않았으니까. 하지만 향주를 오랫동안 보아온 나로서는 오늘 내려진 결정이 네가 생각하는 것과 전혀 다른 의미를 지닐 수도 있다는 생각이 드는구나.”

“전혀 다른 의미라뇨?”

“어쩌면 향주는 일을 덮으려는 게 아니라. 일을 키우고 계신지도 모르겠다.”

“이해할 수가 없군요.”

“만약 향주께서 일을 덮으려고 하셨다면 세 사람에게 죽음의 벌을 내리지는 않았을 것이다. 아마도 무공을 폐하고 추방하셨겠지. 그런데 향주님은 삼 인에게 죽음을 내렸다. 이건… 다른 의미가 있다고 봐야 해.”

단보의 표정이 자못 심각했다.

“도대체 무슨 의미가 있다는 거죠?”

석청이 답답하다는 듯 물었다.

“어쩌면 향주께선 단단히 일을 벌이시려는지도 모르겠다. 그들의 목숨을 빼앗는다는 것은 앞으로 누구라도 이 일에 연관된 자가 나타나면 죽음을 내리겠다는 것이고, 또 그들을 더 철저히 조사하지 않고 이렇게 빨리 벌을 내리시는 것은 그들이 입을 열지 않아도 충분히 그 뒤에 있는 자들을 밝혀낼 수 있다는 자신감을 드러내신 게 아닐까?”

단보의 말에 파소의 눈에 기광이 스치고 지나갔다.

"지나친 비약이 아닐까요?"

"물론 그럴 수도 있다. 하지만 너도 알고 있지 않느냐? 최근 향주님의 행보가 얼마나 거칠었는지 말이다. 이런 상황에서 향주께서 갑자기 향의 안정을 이유로 이 일을 묻어둘 리가 없지 않느냐?"

단보의 말에 파소와 석청이 고개를 끄덕였다. 확실히 최근 무천향주 을도산의 행보는 지금까지 알려져 왔던 그의 성정과는 정반대로 움직이고 있었다. 최근의 그는 그동안의 유약한 모습이 아닌 일대 패자의 면모를 드러내고 있던 중이었다. 이런 상황에서 하루아침에 그의 행보가 뒤바뀔 이유가 없었다.

"하면… 일이 좀 더 커질 수도 있겠군요."

"두 가지 상황이 가능하겠지. 저들이 향주의 의도를 충분히 알아채고 수면 아래로 숨든지, 아니면 향주가 다시 유약한 모습을 보였다 생각하고 노골적으로 수면 위로 머리를 내밀지. 하지만 일단 그들이 머리를 내밀면 아마도 향주는 기다리지 않고 그들을 제압해 나갈 것이다. 그리되면 무천향은……."

단보의 얼굴에서 그늘이 사라질 줄 몰랐다. 무천향의 무인들 중 단보만큼 과거의 순수한 무천향을 그리워하는 무인이 또 있을까. 하지만 단보의 예상대로 일이 진행된다면 과거의 무천향으로 절대 돌아갈 수 없을 터였다. 어쩌면 무천향 자체가 와해될 수도 있었다.

"모든 일은 결국 운명대로 흘러가겠지요. 무천향의 운명이 여기까지라면 그 또한 받아들여야 하지 않을까요?"

파소가 담담한 목소리로 말했다.

"그리 생각하느냐?"

"이미 은원이 시작된 무천향입니다. 은원이 시작된다는 것은 다시 말해 강호의 일부분이 되어간다는 말이지요. 그리되면 무천향은 강호에 큰 위협이 될 수도 있는 집단입니다. 오히려 와해되는 것이 좋을지도 모르지요. 야심가들의 손에 들어가느니……."

"그럴지도 모르겠구나. 하지만 혹 되돌릴 수도 있지 않을까? 만약… 너라면?"

단보의 눈이 파소를 정면으로 응시했다. 그의 눈에서 파소는 한가닥 열망을 보았다. 그러나 파소는 냉정하게 고개를 저었다.

"한 사람이 세상의 운명을 거스를 순 없지요. 세상 사람들은 몇몇 대단한 사람이 세상의 운명을 바꿀 수 있다고 생각하지만 사실 세상이 변해가는 것은 그 몇몇 사람들에 의해서가 아니라 그 시간을 살고 있는 대다수의 사람들에 의해서지요. 다시 말해 지금 이 무천향의 무인들 가슴속에 무도보다 야망이 자리 잡고 있다면 누가 향주가 되든 무천향의 변화를 막을 수 없다는 말이지요. 지금 무천향의 무인들은 무도의 추구가 아닌, 자신들의 야망을 충족시켜 줄 새로운 향주를 원하고 있을 겁니다. 그것이 을씨 가문에게서 향주의 위를 빼앗아오려는 진짜 목적이겠지요."

"다시 말해 이 모든 변화는 무천향의 무인들이 원하기 때문에 일어난 것이란 말이구나."

단보의 말에 파소가 고개를 끄덕였다. 그러자 단보가 낮은 탄식을 흘려냈다.

"그렇다면 네 말대로라면, 아… 네가 소천이 된다 해서 문제가 해결되지는 않겠구나."

그러자 파소가 조금 단호한 말투로 대답했다.

"전 사실 무천향에 큰 기대를 걸고 있지 않습니다. 제 목적은 언제나 하나지요. 은원을 정리하는 것. 솔직히 제가 하고자 하는 그 일이 무천향의 운명에 어떤 영향을 미칠지 별 관심이 없습니다."

파소의 대답에 단보가 새삼스런 눈으로 파소를 바라봤다. 그의 시선에선 한줄기 두려움이 느껴지고 있었다.

누군가 죽음을 당한다는 건 그리 유쾌한 소식이 아니다. 그래서 일단 그 죽음이 자신과 상관이 없다면 사람들은 금세 그 불유쾌한 소식을 털어버리고 자신의 기분을 전환시킬 새로운 소식을 기다리게 된다. 무천향의 무인들에게도 그런 소식이 전해졌다. 드디어 유력한 두 번째 무벽 도전자가 등장했기 때문이다.

검산이목의 두 기재 중 한 명인 탁발무의 귀환은 향주가 내린 삼 인의 죄인에 대한 사사의 명과 거의 동시에 무천향의 무인들에게 전해졌다. 그리고 며칠이 지나자 이제 사람들은 죽

음을 기다리는 삼 인보다 탁발무가 언제 무벽에 도전할지에
더 관심을 기울이기 시작했다.

그렇게 탁발무의 출현이 무천향에 전해진 불유쾌한 소식을
씻어내던 어느 날, 파소가 속한 갑대 사조는 조금 특이한 명을
위관의 호천성 을아생으로부터 전해 받았다.

"출향을 한단 말입니까?"

정천이 놀란 눈으로 비량을 바라봤다.

"맞네. 모두 준비들 하게."

비량이 명을 내리자 사조의 위사들이 분주히 움직이기 시작
했다.

"이런 일도 종종 있습니까?"

움직일 준비를 하면서 파소가 나직하게 산웅에게 물었다.
그러자 산웅이 고개를 끄덕였다.

"아주 없지는 않네. 하지만 자주 있는 일은 아니지. 보통의
경우 향에서 추방되는 죄인이 있는 경우, 율사와 위사가 함께
무천향을 벗어나지. 자네도 천률에 의해 무천향 내에서 피를
보는 일이 금지되어 있다는 건 알고 있지?"

"그건 알고 있습니다."

"바로 그 천률 때문에 일어난 일들이지. 하지만 근 수십 년
내 추방당하는 자 말고 극형에 처해지는 죄인은 없었기에 조
금 당황스럽기는 하군. 결국 피를 봐야 한단 말인데……."

산웅이 누군가의 죽음을 봐야 한다는 사실에 불편한 기색을
드러냈다.

"이미 한바탕 혈투를 겪은 사람이 뭘 꺼리는가?"

산웅의 말을 듣고 있었는지 비량이 퉁명스럽게 말했다.

"듣고 보니 조장님의 말씀이 맞군요. 뭐, 이미 송림에서 칼부림을 실컷 했으니 그나마 쥐꼬리만큼 쌓였던 선기도 티끌처럼 날아갔을 겁니다. 하지만 그래도 이렇게 자꾸 피를 보는 일은 좋은 일이 아니지요."

"어쩌겠나. 죄라면 위사가 된 게 죄지. 가세."

먼저 준비를 마친 비량이 일행을 재촉했다. 사조의 위사들이 급히 준비를 마치고 비량과 함께 위관을 벗어났다.

죄인들은 율전의 지하 감옥에 갇혀 있었다. 사조를 비롯해 특별히 소집된 다른 세 개 조의 위사들이 율전에 모이자 율사 다섯 명이 지하 감옥에서 삼 인의 죄인을 끌어냈다.

죄인이라고 보기엔 너무도 깨끗한 모습들. 도저히 옥에 갇혀 있던 사람들이라고 생각하기 어려운 행색을 한 삼 인이 사람들 앞에 모습을 드러냈다.

"정말 죄인들이 맞는 겁니까?"

파소가 의아한 표정을 지으며 나직한 목소리로 비량에게 물었다. 그러자 비량이 고개를 끄덕이며 대답했다.

"아마 쉽게 이해할 수 없을 걸세. 하지만 이 무천향에선 아무리 죄인이라도 함부로 대하지 않는다네. 외부인의 눈으로 보자면 이상한 모습이긴 하지만 죄보다는 사람을 먼저 생각하는 무천향의 전통 때문이지. 역시 무도를 닦는 수련자의 입장에서 죄인들을 대한다고는 할까."

"저들이 입을 열지 않는 것도 당연한 일이군요."

"고문을 하지 않아서 저들이 입을 열지 않았다고 생각한다면 그건 잘못된 생각일세. 무천향엔 말이야, 기이한 무공을 지닌 사람들이 제법 된다네. 육체적인 고통보다 몇 배나 극심한 정신적 고통을 줄 수 있는 사람들이 있다는 말일세. 저들이 입을 열지 않았다는 것은 저들은 그 고통을 이겨냈다는 말일세. 대단한 인내심이라고 할 수 있지. 물론 무극동천에 들 정도의 고수니 당연히 그 정도의 정신력을 있어야겠지만 말일세."

"어떤 무공인지 궁금하군요."

"훗, 그 무공일랑 경험해 볼 생각 말게. 그건 곧 자네가 율전에 갇힌다는 의미고, 그건 다시 말해 죄인이 된다는 말이니까."

비량이 가벼운 미소와 함께 말을 건네는 사이 어느새 대법사 조청광이 장내에 모습을 드러냈다.

"모두 준비되었는가?"

조청광의 입에서 서늘한 목소리가 흘러나왔다.

"옛! 대법사님!"

삼 인의 죄인을 옥에서 끌고 나온 다섯 명의 율사가 일제히 고개를 숙여 대답했다. 그러자 조청광이 고개를 끄덕이고는 차가운 목소리로 명을 내렸다.

"그럼 출발한다. 오늘 중으로 돌아와야 할 테니 서둘러라. 위사들도 경계를 철저히 해주시기 바라네. 작은 문제라도 있어선 안 되네. 향주님의 엄명이 있으셨네."

조청광의 말에 사조를 포함한 세 개 조의 조장들이 일제히 고개를 숙여 보였다. 그러자 조청광이 앞서서 율관을 빠져나가기 시작했다.

"이런 길이 있었나요?"

사위를 경계하며 전진하던 파소가 나직한 목소리로 비량에게 물었다. 조청광이 열어가는 길은 파소가 처음 가보는 길이었다. 그건 향주전을 통과해 정종의 뒤쪽으로 이어진 소로였는데, 그 주변으로 사람 키 높이의 담장이 서 있어서 주변에서 사람의 이동을 볼 수 없게 만들어진 길이었다.

"사람들이 사로(死路)라 부르는 길인 모양일세. 솔직히 말하자면 나도 오늘 처음 가보는 길일세."

"무천향에 어울리지 않은 이름이군요."

"그렇지? 하지만 이 길은 무천향이 처음 생겼을 때부터 존재했다네. 이 길을 걸은 죄인들은 다신 무천향에 돌아오지 못했지."

"외부로 연결되어 있는 것이겠죠?"

"그렇다네. 남쪽의 정식 통로에 가려진, 그야말로 사로지."

파소를 포함한 일행은 죽음의 길을 걸어 무천향의 외곽 지역으로 향했다. 사로 역시 무천향을 둘러싼 거산 암벽들 사이에 있는 동굴로 이어졌다.

대법사 조청광은 사로가 이어진 동굴 입구에서 잠시 일행의 걸음을 멈춰 세웠다. 그리곤 차가우면서도 한편으론 동정심이 깃든 목소리로 세 명의 죄인에게 말했다.

"마지막으로 잘 보아두시구려. 지금이 그대들이 무천향을 보는 마지막 순간이오."

순간 율사들에게 둘러싸여 있던 삼 인의 노고수의 안색이 살짝 변했다. 평생을 살아온 곳을 떠나려니 아무리 마음이 독한 사람들이라 할지라도 마음이 흔들리는 모양이었다.

"이제 정말 마지막인가 보군."

삼 인의 노고수 중 가장 나이가 많아 보이는 자가 나직하게 입을 열었다.

"그러게 말이외다. 이렇게 무천향을 떠나게 될 거라곤 생각지 않았는데……."

다른 한 명의 노고수가 말을 이었다. 그러자 가장 나이가 어려 보이는 자가 분기가 느껴지는 목소리로 말했다.

"진즉에 움직였다면 오늘처럼 죽기 위해 이 길을 나서지는 않았을 것이오. 실수였소. 조금만 서둘렀다면 아마도 우린 세상을 정복하기 위해 이 길을 나섰을 것이오."

순간 대법사 조청광의 입에서 서늘한 호통이 터져 나왔다.

"입을 닫아라. 감히 대무천향을 그따위 더러운 욕망의 웅덩이에 끌어들이려 했단 말이냐?"

그러자 마지막에 입을 열었던 노고수가 조청광을 노려보며 말했다.

"흥, 무인이 검을 든 이유는 천하에 군림하기 위함이지 도나 닦자는 것은 아니다. 조청광, 그대의 가슴속에 야망이 없다고 누가 말할 수 있을 것인가? 그대야말로 이 무천향에서 가장 강력한 힘을 휘둘러 온 자가 아닌가?"

"아아, 그대는 이 지경이 되고도 아직 헛된 욕망에서 벗어나지 못했구나. 목숨이 끊기는 이 순간에도 말이야. 내가 이 대법사의 직책을 맡고 있는 것은 결코 내가 원해서가 아니다. 난 오히려 무극동천에 든 그대들이 한없이 부러웠건만 그대들은 오히려 날 부러워하고 있었던 것인가?"

"흥, 홀로 고고한 척하지 말아라! 이미 무천향은 돌아올 수 없는 다리를 건넜어. 이제 곧 야망의 광풍이 무천향을 휩쓸 것이다. 그리곤 다시 태어나겠지. 천하의 지배자로……."

"애초에 무천향에 어울리지 않은 심성을 지닌 자들이었구나. 이런 자들에게 더 이상 무엇을 기대하겠는가. 한시라도 빨리 이자들을 무천향에서 끌어내는 것이 무천향의 선기를 지키는 일일 것이다. 서둘러라!"

한가닥 인정을 베풀어 죄인들에게 그들이 살아온 무천향을 마지막으로 볼 기회를 제공하려던 조청광의 배려는 싸늘한 분노로 변했다. 조청광의 재촉에 죄인들을 에워싼 율사들이 서둘러 단단한 암벽에 뚫린 동굴로 향했다.

"열어라!"

동굴 안쪽으로 십여 장 들어가자 거대한 철문이 일행을 막아섰다. 철문에는 금(禁)이라는 글씨가 깊이 음각되어 있었고, 사방을 둘러 여섯 개의 열쇠 구멍이 뚫려져 있었다. 대법사 조청광은 품속에서 각기 세 개씩의 열쇠가 매달린 꾸러미 두 개를 율사 한 명에게 건넸다. 열쇠 꾸러미를 건네받은 율사가 재빨리 열쇠들을 풀어 여섯 개의 구멍에 각기 하나씩의 열쇠를 꽂아 넣었다. 그리곤 철문의 오른쪽 중간 위치에 있는 커다란 원형 손잡이를 힘겹게 돌렸다.

그그긍!

순간 두께가 근 한 자에 이르는 거대한 철문이 안쪽으로 밀려들어 갔다. 철문 뒤쪽에서는 깊은 동굴이 일행을 향해 어두운 입을 벌리고 있었다.

차가운 냉기가 파소의 몸을 파고들었다. 사막이라도 햇빛이 들지 않는 동굴은 이렇게 냉기가 흐르기 마련이었다. 더군다나 동굴이 뚫린 위치는 높은 바위 산 위쪽이었기 때문에 더더욱 그 기온이 차가웠다.

'어디서 물도 흐르는 모양이군.'

냉기 속에 느껴지는 축축한 습기에 파소가 동굴 주위를 돌아보며 물길을 찾았다. 그러나 동굴 어디서도 물이 흐르는 것을 발견할 수는 없었다.

'역시 사로라는 이름 때문일까? 이 음습한 기운과 냉기… 불쾌하군.'

앞서 무천향 남쪽의 정식 통로를 통과했던 파소로서는 사로라 불리는 이 동굴의 분위기가 무척 불쾌하게 느껴졌다. 동굴 남쪽의 정식 통로는 비록 깊은 동굴이었지만 그 기온이 쾌적하기 이를 데 없었다. 그런데 이 사로는 이름 그대로 음습하고 사이로운 기운으로 가득 차 있었던 것이다.

그런 사이로운 기운 때문일까. 일행의 발걸음은 동굴을 깊숙이 들어갈수록 점점 더 빨라졌다. 누구도 말이 없었다. 사람들은 오직 걸음을 옮기는 일에만 집중했다.

그렇게 한 시진 정도의 이동 끝에 일행은 드디어 동굴의 끝에 도달했다. 동굴 끝에서도 동굴 입구에서처럼 거대한 철문이 다시 일행을 막아섰다.

"열어라!"

조청광이 다시 하나의 열쇠 꾸러미를 율사 중 한 명에게 건넸다. 입구의 철문과는 달리 출구의 철문에는 열쇠 구멍이 세 개만 존재했다. 열쇠 꾸러미를 받은 율사가 재빨리 세 개의 열쇠를 꽂은 후 출구의 철문을 밖으로 밀었다.

그그긍!

거대한 마찰음과 함께 서서히 철문이 동굴 바깥쪽으로 밀려나갔다. 순간 어둠에 익숙해진 일행의 눈을 한순간 멀게 할 만큼 강렬한 태양빛이 열린 문틈을 파고들어 왔다. 또한 그 빛으로부터 느껴지는 강렬한 열기가 동굴 출구까지 가득 차 있던 음습한 기운을 한번에 날려 버렸다.

"나가자!"

조청광이 망설이지 않고 일행을 이끌고 동굴을 벗어났다. 그러자 일행의 눈앞에 거대한 암석의 계곡이 펼쳐졌다. 수십 리에 걸쳐 펼쳐져 있는 거대한 암석군, 그리고 그 너머론 끝이 없이 펼쳐진 모래사막이 자리 잡고 있었다. 드디어 일행은 무천향을 벗어나 사막으로 나온 것이었다.

"가자!"

일행들은 오랜만에 보는 무천향 밖의 풍경에 시선을 주고 있었지만 조청광은 그런 일행의 걸음을 재촉했다. 그는 암벽들 사이로 난 계곡을 따라 일행을 이끌기 시작했다.

조청광은 일행을 이끌고 반 시진 정도를 이동했다. 동굴에서 이동할 때보다 훨씬 속도가 빨랐으므로 동굴을 벗어난 후 이동한 거리는 동굴 길이의 거의 배에 가까웠다. 그렇게 한동안 메마른 암석의 계곡 사이를 이동한 끝에 일행은 사방이 절벽으로 가로막힌 원형의 공터에 도착했다. 그리고 그곳에서 조청광은 걸음을 멈췄다.

공터에 도착하는 순간 파소는 직감적으로 이곳이 목적지임을 느꼈다. 일행이 멈춰 선 공터의 사방이 막혀 있기 때문이기도 했지만 공터를 감싸고 있는 공기에서 왠지 모를 살기가 느껴졌기 때문이다.

'살기란 놈은 오랜 세월 동안 죽음이 쌓인 곳에 만들어지기도 하지.'

파소가 주변을 둘러보며 우울한 생각에 잠겼다. 어쩌면 그의 아버지 을몽학도 이곳에서 스스로 자진했을지도 몰랐다. 극형이 아니라 자진이라면 스스로 죽을 곳을 선택했을 수도 있었겠지만 그것이 거의 징벌에 가까운 자진이었기에 스스로 죽을 곳을 선택하지 못했을 수도 있었다.

'그는 알고 있을까?'

파소의 시선이 문득 대법사 조청광에게로 향했다. 듣기로 조청광이 율관의 대법사가 된 것은 십오 년 전, 그러나 그가 율사로 일한 그보다 훨씬 오래인 근 사십 년에 이른다고 했었다. 그렇다면 그는 파소의 아버지 을몽학의 혈사가 일어났을 때도 분명 무천향의 율사였을 것이다. 물론 지금처럼 율관 최고의 지위가 아니라 율사 중 신참에 지나지 않았을지도 모르지만. 하지만 어쨌든 당시 그가 율사였다면 당연히 을몽학이 자진한 장소를 알고 있을 터였다. 하지만 지금 그걸 물어볼 수는 없는 일, 파소가 침잠된 마음으로 공터 한 곳 한 곳에 꼼꼼히 시선을 주었다.

공터의 넓이는 사방 이십여 장, 벽처럼 사방이 절벽으로 막혀 있고 그 안쪽에 제법 넓은 평평한 바위가 놓여 있었다. 바위에는 곳곳에 검게 그을린 듯한 얼룩이 져 있었는데, 파소는 그것이 아마도 오래된 핏자국일 거라 생각했다. 평평한 바위는 죄인들이 극형을 당하는 장소로 쓰이는 곳이 분명했기 때문이다.

"꿇려라."

조청광의 차가운 명이 떨어졌다. 그러자 율사들이 지체없이 삼 인의 죄인을 파소의 시선이 닿아 있는 널따란 바위 위에 일렬로 무릎 꿇렸다. 조청광은 죄인들이 바위에 무릎을 꿇자 그 앞으로 다가가더니 세 자루의 단도를 그들 앞에 내려놨다.

"향주께서 자결의 기회를 허락하셨다. 마지막으로 할 말들

없는가?"

조청광의 말에 삼 인의 죄인이 눈빛을 반짝였다.

"자결의 기회를 주다니, 역시 향주는 마음이 약해."

죄인 중 한 명이 자신 앞에 내려진 단도를 빼 들며 중얼거렸다.

"을조인… 그대는 아직 향주를 모르는군."

조청광이 차가운 목소리로 말하자 을조인이 기이한 미소를 지었다.

"아니, 아마 무천향에서 나만큼 향주를 잘 아는 사람이 없을 것이다."

"그런 사람이 향주가 마음이 약한 분이라 말하는가?"

"후후, 향주를 잘 모르는 사람들은 향주의 성정이 유약하다고 말했지. 그러나 향주를 무척 잘 안다고 생각하는 사람들은 향주가 강함을 숨기고 있다고 생각하지. 그러나 정말 향주를 아는 사람은 향주의 마음이 한없이 여리다는 걸 알고 있다. 조청광 그대는 향주를 잘 안다고 생각하는 사람이고, 난 향주를 잘 아는 사람이다. 향주는 마음이 여려… 난 그게 싫었지. 사실 그래서 향주에게 반기를 든 거야. 난 유약한 무천향주를 원하지 않았거든. 난 강한 무천향주를 원했어. 오늘 같은 경우 우리 삼 인의 목을 자신의 손으로 직접 벨 수 있는 그런 향주를 말이야. 후후후……."

"끝까지 향주의 은혜에 감사치 못하는구나."

"아니, 고맙게 생각한다. 무인으로서, 그것도 무천향의 무인으로서 남의 손을 빌리지 않고 스스로 목숨을 끊을 수 있는 기회를 준 것에 어찌 감사하지 않을 수 있겠는가? 단지, 그저 그런 향주의 유약함이 마음에 들지 않는다는 것뿐이지.”

“할 말은 그것뿐인가?”

조청광이 더 이상 을조인의 말을 듣고 싶지 않다는 듯이 싸늘하게 물었다. 그러자 을조인이 고개를 끄덕이더니 곁에 앉아 있는 다른 두 명의 죄인, 도연관과 마한을 보며 말했다.

“이제 준비를 해야 할 것 같소이다.”

을조인의 말투는 전혀 죽음을 앞둔 사람답지 않게 담담했다. 그러자 도연관과 마한 두 사람도 역시 을조인과 마찬가지로 눈앞에 놓인 단도를 집어 들었다. 그리곤 그중 도연관이 역시 을조인과 같은 담담한 목소리로 말했다.

“때가 되었다면 준비를 해야겠지요. 실수없이 끝내야 할 텐데…….”

“후후, 비록 공력은 폐쇄되었지만 그래도 도검을 든 지 반백 년이 넘은 우리들이오. 실수할 일이 있겠소이까?”

을조인이 나직한 웃음을 흘리며 말하자 도연관과 마한 두 사람이 고개를 끄덕이며 맞장구를 쳤다.

“하하, 맞는 말이오. 실수를 한다면 그야말로 창피한 일이겠지.”

세 사람의 행동을 지켜보고 있던 무천향 율사들과 위사들의 표정이 변했다. 이들의 행동은 전혀 죽음을 앞둔 사람들 같지가 않았다. 마치 가벼운 소일거리를 눈앞에 둔 사람들처럼 여유 있는 모습.

'역시 무극동천에 들 만한 인물들이란 건가? 죽음 앞에서도 이렇게 초연하다니… 오히려 이 상황을 즐기고 있는 듯하군.'

본래 파소는 삼 인에 대해 적지 않은 원한을 가지고 있었다. 이들이 파소의 아버지 을몽학의 죽음에 관여되어 있다는 것만으로도 그들은 파소의 불구대천 원수였던 것이다. 하지만 그들과의 사사로운 원한을 떠나 한 명의 무인으로서 보자면 담담한 모습으로 죽음을 맞이하는 이들의 모습은 확실히 인상적인 것이었다.

"준비되었으면 실행하시오."

장내의 위사와 율사들 중 삼 인의 행동에 전혀 미동치 않은 사람은 오직 조청광뿐이었다. 그는 기다리기 지루하다는 듯 세 사람의 자결을 재촉했다.

"흐흐, 길을 재촉하니 그만 떠나야겠구려."

을조인이 두 명의 동료를 돌아보며 말했다. 그러자 도연관과 마한이 고개를 끄덕였다.

"그럼 시작해 봅시다."

도연관이 손에 든 소도를 자신의 목으로 가져가며 말했다. 그러면서도 여전히 그의 표정은 담담하기 이를 데 없었다. 그런데 그때 을조인의 입에서 모호한 의미의 말이 흘러나왔다.

"그럼… 시작합시다. 어서 오시오. 친구들!"

본시 목숨을 끊으려는 자라면 잘 가시오라든가 저승에서 봅시다 정도의 말을 남겨야 옳았다. 그런데 을조인은 그와 정반대의 말을 내뱉었던 것이다.

순간 파소는 전신의 솜털이 올올이 솟구치는 것을 느꼈다. 그리고 그의 시선이 재빨리 사방을 둘러선 암벽들을 향했다.

"조심하세요. 기습입니다!"

한순간 파소의 입에서 날카로운 경고성이 터져 나왔다. 그 경고성이 장내의 위사들과 율사들에게 전해졌을 때 파소의 신형은 이미 허공으로 이 장 정도 치솟아 올라 검을 휘두르고 있었다.

차차창!

날카로운 금속성이 파소의 검이 뻗어나가는 길목에서 일어났다. 동시에 십여 대의 강전이 파소의 검에 막혀 다시 하늘로 솟구쳤다.

"웬 놈들이냐?"

파소가 쏟아지는 강전들을 막아내는 사이 어느새 상황을 파악한 조청광의 입에서 노성이 터져 나오며 그의 신형이 허공으로 솟구쳤다.

콰콰쾅!

계곡을 울리는 충돌음, 조청광은 무천향 최고의 율사인 대법사로서 유명했지만 무인으로서의 능력 역시 만만한 것이 아니었다. 그는 본래 지공에 통달한 고수였으나 지금은 강력한 장력을 떨쳐 내고 있었다. 그 장력은 허공에서 떨어져 내리던 십여 명의 복면 괴한 중 두 사람의 도검과 무섭게 격돌했다.

"목숨이 아깝거든 뒤로 물러나라!"

공터를 둘러싸고 있던 절벽 사이에서 기습적으로 모습을 드러낸 열 명의 괴한 사이에서 싸늘한 경고성이 터져 나왔다.

그러나 기습을 당했다고 뒤로 물러나거나 겁을 먹을 무천향의 무인들이 아니었다. 잠시 당황했던 장내의 고수들이 일제히 기합성을 토해내며 하늘에서 떨어져 내리는 괴인들을 향해 부딪쳐 갔다.

까가강!

삽시간에 장내가 도검의 충돌음으로 메워졌다. 곳곳에서 검기와 도기가 충천했고, 공터를 둘러싸고 있던 암벽들이 그 검기와 도기에 베어져 나가며 큰 덩어리의 암석들이 공터로 떨어져 내렸다.

싸움은 일순 팽팽하게 진행되는 듯 보였다. 장내에 있는 위사와 율사들을 모두 합치면 이십여 명가량 되었기에 기습을 한 괴인들보다 그 숫자에서 월등히 많았다. 그 숫자의 우위로 기습을 당한 불리함이 상쇄되는 듯 보였다. 그러나 싸움이 시작된 지 채 일각이 되지 않아 싸움의 양상이 급변하기 시작했다.

"크억!"

누군가의 격한 신음성이 터져 나왔다. 파소가 재빨리 시선을 돌려보니 무천향의 위사 중 한 명이 괴인의 검에 피를 뿌리며 쓰러지고 있었다.

'보통 자들이 아니다!'

과연 괴인들은 보통 인물들이 아니었다. 개개인이 검기와 도기를 만들어낼 수 있는 수준의 무인임에도 불구하고 무천향의 무인들은 괴인들과의 싸움이 십여 초가 넘어서자 서서히 뒤로 밀리기 시작했던 것이다.

"죄인들을 베라!"

다른 사람들과 달리 괴인 두 사람을 상대하면서도 뒤로 밀리지 않고 있던 대법사 조청광의 입에서 싸늘한 명이 떨어졌다.

그러자 삼 인의 죄인을 에워싸고 괴인들을 상대하고 있던 무천향의 율사 다섯 중 한 명이 재빨리 신형을 돌려 을조인 등 삼 인의 목을 베려 했다. 그런데 그 순간 갑자기 도연관의 입가에 한줄기 살기 어린 미소가 지어지더니 그의 손에 들려 있던 소도가 번개처럼 자신들의 목을 베려던 율사의 목을 향해 날았다.

"윽!"

갑작스럽게 날아드는 도연관의 비도에 놀란 율사가 급히 검을 들어 날아드는 비도을 쳐냈다.

깡!

순간 날카로운 격돌음과 함께 율사의 목을 노리고 날아들던 비도가 그의 목 바로 앞에서 허공으로 튕겨져 나갔다. 그러나 다음 순간 그의 입에서 한마디 신음 소리가 새어 나왔다.

"큭!"

"후후후, 강호에선 항상 앞뿐 아니라 좌우도 살펴야 하는 법이란다. 하긴 도를 닦는답시고 실전을 등한시한 무천향의 수련법으로 무공을 수련한 네가 어찌 그 이치를 알겠느냐? 그게 바로 무천향이 나약해져 가는 이유일 것이다."

양쪽 옆구리에서 피를 뿜어내며 쓰러지는 율사를 바라보며 피 묻은 소도를 손에 든 을조인이 불만스런 목소리를 흘려냈다. 세 사람의 목을 베려던 율사가 도연관이 날린 비도를 막아내는 사이 어느새 을조인과 마천이 양쪽 옆에서 율사의 옆구리에 소도를 찔러 넣었던 것이다.

비록 공력이 폐쇄되었다고는 하나 이들 삼 인은 무천향 최고의 고수로서 무극동천에 들었던 사람들이었다. 작은 검 하나만 있다면 공력이 없어도 강호의 웬만한 고수 하나쯤은 충분히 상대할 수 있는 인물들이었던 것이다.

그렇게 한 명의 율사가 삼 인의 죄인에 의해 목숨을 잃는 사이 어느새 장내의 사정은 점점 더 무천향의 무사들에게 불리해지고 있었다.

"검을 내려놓으면 목숨을 빼앗지는 않겠다."

상황이 유리하게 전개된다고 판단했는지 복면 괴한 중 수뇌로 보이는 자가 무천향의 고수들을 향해 경고를 던졌다. 그러나 무천향의 무인들이 순순히 도검을 내려놓을 리 만무였다. 아직 삼 인의 죄인은 율사들의 포위 속에 있었고, 목숨을 잃은 사람도 아직은 겨우 두 사람에 지나지 않았다.

"흩어지지 말고 한곳으로 모여라."

조청광의 입에서 명이 떨어지자 공터 곳곳에 흩어져 복면

괴인들을 상대하던 무천향의 고수들이 일제히 조청광과 율사
들이 있는 곳을 향해 신형을 날리기 시작했다.

"어딜!"

무천향의 무사들이 한곳에 모이면 당연히 싸움이 길어질 것
이고, 율사들 사이에 들어 있는 을조인 등 삼 인을 구출하는 일
이 어려워진다는 걸 알고 있는 복면 괴한들이 조청광과 율사
들을 향해 몸을 날리는 위사들을 향해 섬뜩한 도기와 검기를
뻗어냈다.

차창!

"으음!"

거친 격돌음 속에서 몇 마디의 신음성이 흘러나왔다. 괴인
들의 무공은 시간이 갈수록 대단해져 조청광의 명에 따라 공
터 중앙으로 모여들던 위사들이 한순간에 다시 공터 곳곳으로
흩어졌다.

그리고 그 틈을 이용해 괴인들 중 두 명이 을조인 등 삼 인
의 죄인을 둘러싸고 있는 네 명의 율사를 향해 뛰어들었다.

"서랏!"

율사들 사이에서 고함 소리가 터져 나왔다. 그러나 율사들
을 향해 닥쳐드는 두 복면인은 율사들의 경고 따위는 신경조
차 쓰지 않았다.

한 사람은 도(刀), 다른 한 사람은 검(劍)을 든 두 명의 복면
괴한이 율사들의 경고가 터져 나오는 것과 동시에 각자의 병
기를 번개처럼 휘둘렀다.

꽈릉!

순간 벽력 떨어지는 소리가 터져 나오더니 두 사람의 도검에서 검기와 도기가 이 장 길이로 쭉 뻗어 나왔다.

"위험해!"

누가 먼저랄 것도 없이 네 명의 율사가 고함을 지르며 도기와 검기를 피해 좌우로 몸을 날렸다. 덕분에 삼 인의 죄인들은 순식간에 자유의 몸이 됐다.

"늦었습니다."

강력한 도기와 검기를 만들어내 삼 인의 죄인을 구한 복면인 중 한 명이 가볍게 을조인 등 삼 인에게 고개를 숙여 보이며 말했다.

"아니올시다. 괜히 우리 때문에 번거롭게 해서 미안할 뿐이라오."

"번거롭다니요. 어찌 세 분을 포기할 수 있단 말입니까?"

"그리 생각해 주시면 고마운 일이오. 허허!"

을조인이 싸움터 한가운데서 여유로운 웃음을 터뜨렸다.

"그나저나 몸들은 어떠신지요?"

"크게 상한 곳은 없소이다. 단지 공력이 폐쇄되어 있으니 도움이 되진 못할 것이오."

"그렇지 않아도 회정단을 준비해 왔습니다."

복면인이 재빨리 품속에서 세 알의 백색 환약을 꺼냈다.

"오, 회정단을 가져왔다니, 정말 다행이구려."

"어서 복용하시고 몸을 회복하십시오. 무천향으로 돌아가실 수는 없으니 사막을 가로질러야 합니다. 그러려면 공력을 회복하셔야 하지요. 저희가 호법을 서겠습니다.”

“알겠소이다. 그럼 신세를 집시다.”

을조인이 고개를 끄덕이고는 싸움의 여파가 미치지 않는 곳으로 신형을 옮겼다. 그러자 두 명의 복면 괴한이 을조인 등 삼 인의 앞을 도검을 빼 들고 지켜 섰다.

두 명의 복면 괴인이 을조인 등을 지키기 위해 몸을 빼낸 덕에 장내의 싸움은 얼추 다시 균형을 맞춰가고 있었다. 비록 몇 사람이 상하기는 했지만 아직도 인원 면에서는 무천향의 고수들이 월등히 많았다.

그때 파소는 회정단 세 알을 나눠 들고 폐쇄된 공력을 회복하려 하고 있는 을조인 등 삼 인을 바라보고 있었다.

‘그대로 보낼 수는 없겠지. 누가 뭐라 해도 저들은 결국 아버지를 죽음으로 내몬 자들 중 하나가 아닌가?

파소가 두 복면 괴한 뒤에서 막 회정단을 입에 밀어 넣고 있는 을조인 등 삼 인을 바라보며 검을 든 손에 힘을 주었다.

第五章
덫

　파소의 신형이 물새처럼 땅을 박차고 날아올랐다. 그러나 도기와 검기가 충천하는 장내에서 파소의 움직임에 관심을 보이는 사람은 없었다. 파소의 신형이 이 장 이상 도약했음에도 불구하고 파소에게선 사람들의 이목을 집중시킬 만한 어떤 기운도 흘러나오지 않았다. 그러나 그의 움직임만은 달빛처럼 신비로우면서도 빠르고 현묘했다.

　스스스!

　허공을 날아가는 파소의 신형에서 가벼운 바람 소리가 흘러나왔다. 그 바람 소리는 어떤 살기나 적에 대한 적의도 담고 있지 않아 오히려 듣는 사람의 기분을 상쾌하게 만드는 소리였다.

그래서인지 파소가 두 명의 복면 괴한의 호법을 받으며 회정단을 복용해 폐쇄된 공력을 회복하려는 을조인 등과의 거리를 삼 장 안쪽으로 좁혔을 때조차 두 명의 복면 괴한은 파소에 대해 어떤 경각심도 일으키지 않고 있었다. 그러다 한순간 우연처럼 복면 괴한 중 한 명의 시선이 자신들의 머리 위에 떠 있는 파소를 발견했다.

“엇!”

복면 괴한의 입에서 자신도 모르게 당혹스런 음성이 흘러나왔다. 무공으로 보건대, 복면 괴한들은 강호에서 절정고수 소리를 들을 만한 인물들이었다. 그들은 단 열 명이서 무천향의 고수 이십여 명을 압도하지 않았던가. 그런 만큼 스스로의 무공에 대한 자신감도 대단할 터였다.

그런데 그런 자신들의 삼 장 안쪽까지 다가온 파소의 기운을 놓치고 있었다는 사실이 파소를 발견한 괴인을 당황하게 만든 모양이었다. 괴인의 당혹스런 음성이 흘러나오자 곁에 있던 다른 복면 괴인 역시 파소를 발견했다. 그리고 그 역시 당황스런 표정을 지었다.

분명 이 젊은 위사의 손에는 한눈에 보기에도 허름하지만 한 자루 검이 들려 있었다. 그리고 그가 날아오는 방향과 속도로 보건대, 분명 자신들을 공격하려는 것이 분명했다. 그런데 왜 그에게 아무런 긴장감이 느껴지지 않는 것일까. 싸움에 임한 무인에겐 당연히 있어야 할 그 흔한 살기조차 이 젊은 무천향의 위사는 흘려내지 않았다. 그리고 아마도 그것이 자신들의 몸이 적의 출현에 본능적으로 느꼈어야 할 긴장감을 느끼지 못한 이유일 터였다.

그러나 일단 눈으로 적의 공격을 확인했으니 그에 대한 대비를 해야 할 때인 것은 분명했다.

"무모하구나, 애송이!"

비록 그들이 경험하지 못한 기이한 기운을 흘리며 공격을 해오는 상대였으나 한눈에 보아도 아직 새파란 젊은이. 무천향의 고수들을 두려워하지 않고 세 명의 죄인을 구해낸 복면 괴인들에게 파소는 한낱 겁없는 애송이에 지나지 않아 보이는 모양이었다.

두 명의 괴한 중 도를 쓰는 자가 훌쩍 날아오르며 파소를 향해 일도를 그어댔다.

구우웅!

사내의 도에서 물이 소용돌이치는 듯한 묵직한 소음이 만들어지며 순식간에 일 장이 넘는 도기가 만들어졌다. 그리고 다음 순간 그 도기가 빠르게 다가오는 파소를 베어갔다.

순간 파소 역시 허공에서 가볍게 자신의 검을 휘둘렀다. 순간 파소의 검에서 보일 듯 말 듯한 투명한 기운이 일렁였다. 그 기운은 가벼운 미풍처럼 상대의 강력한 도기와 부딪치는가 싶더니 이내 도기를 타고 흘러내려 번개처럼 상대의 몸에 가 닿았다.

"악!"

순간 놀랍게도 도기를 뻗어낸 복면 괴한의 입에서 찢어지는 듯한 비명 소리가 터져 나왔다. 그리곤 그 비명 소리가 미처 장내로 모두 퍼지기 전에 도의 주인이 가슴에서 피를 뿌리며 삼 장여 뒤로 날아가 단단한 절벽에 부딪치고 있었다.

쿵!

"끄으윽… 너… 너!"

강하게 절벽과 충돌한 복면 괴인이 고통스런 신음성을 흘려내며 파소를 노려봤다. 그러나 그의 몸은 더 이상 서 있을 기운을 내지 못했다. 사내는 여전히 분노와 당혹으로 물든 시선으로 파소를 노려보다 순식간에 땅 위에 나뒹굴었다.

그러나 파소는 사내가 보내는 분노의 시선을 보고 있지 않았다. 그에겐 아직 상대해야 할 적이 남아 있었다.

자신을 향해 도기를 날린 자를 일검에 베어버린 파소의 신형이 허공에서 빙글 회전하더니 나머지 한 명의 괴인을 향해 재차 검을 뻗어냈다. 파소의 검은 마치 속도가 없는 것 같았다. 강렬한 검기가 뻗어 나오는 것도 아니어서 그저 자신의 주위 일 장 안에서 평범한 초식을 휘두르는 것 같았다. 하지만 일단 그가 초식을 한 번 시전하면 제법 거리를 두고 있는 적의 몸 앞에 희미한 검기가 모습을 드러내 순식간에 한줄기 상흔을 만들어내는 것이었다.

"웃!"

검을 든 복면 괴인 역시 그의 동료와 마찬가지로 이 기이한 파소의 검법에 놀라 기겁성을 통해내며 재빨리 신형을 뒤로 물렸다. 그러나 그럼에도 불구하고 그의 옆구리에는 어느새 한줄기 상흔이 생겨나 있었고, 그 상흔을 통해 붉은 피가 배어 나오고 있었다.

"도대체 웬 놈이냐?"

복면 괴인의 입에서 노성이 흘러나왔다.

"보면 모르는가? 무천향의 위사가 아니냐."

파소가 뒤로 물러난 복면인을 향해 재차 신형을 날리며 나직하게 대꾸했다.

"하지만……."

아마도 복면인은 하지만 파소의 무공이 무천향의 위사치고는 너무 뛰어나단 말을 하고 싶었을 것이다. 그러나 그는 미처 자신의 생각을 입 밖으로 내뱉지 못했다. 어느새 파소가 만들어낸 실핏줄 같은 검기가 그의 가슴에 꽂혀 들었기 때문이다.

"큭! 이……!"

복면인이 도저히 승복할 수 없다는 시선으로 파소를 노려보며 신음성을 흘려냈다. 파소의 검공은 상식을 뛰어넘는 것이었다. 검이란 비록 검기를 만들 수 있다 하더라고 공간의 제약을 받는 병기였다. 일정한 거리가 있으면 그 거리를 검이 이동하는 데는 분명 시간이라는 것이 필요했다. 아무리 쾌검의 달인이라도 그건 마찬가지였다. 그런데 파소의 검은 그 공간의 제약을 벗어난 것처럼 보였다. 파소가 일단 검을 휘두르면 거의 동시에 삼사 장 떨어진 상대의 몸에는 어느새 검흔이 생겨났던 것이다.

쿵!

승복할 수 없다는 눈빛으로 파소를 바라보며 신음성을 흘려 내던 복면인이 그의 동료를 따라 땅 위에 무너져 내렸다. 그리고 그때 파소는 무너져 내리는 복면인에겐 시선 한 번 주지 않고 가부좌를 튼 채 회정단을 복용하고 공력을 회복하려 운기를 하고 있는 삼 인의 죄수 앞으로 다가서고 있었다.

"정체가 뭐냐?"

파소가 다가서자 을조인이 서늘한 음성으로 물었다. 그리고 그때쯤 장내에서 싸움을 벌이고 있던 고수 중 일부가 파소와 삼 인의 죄인 쪽으로 관심을 주고 있었다.

파소가 신형을 움직여 두 명의 복면인을 제거한 것은 거의 한 번의 흐름 속에서 이루어졌기 때문에 장내에서 격전을 벌이고 있던 사람들 중 파소가 어떤 무공으로 두 명의 복면인을 제거했는지 제대로 본 사람이 없었다. 그들이 본 것은 두 명의 복면인이 땅에 쓰러져 죽어 있고 파소가 삼 인의 죄인 앞에 다가서 있는 것이 전부였다.

"놈을 막아랏!"

파소의 귀에 누군가의 다급한 외침 소리가 들려왔다. 아마도 세 명의 죄인을 구해내려던 복면인 중 누군가의 목소리일 터였다. 그러자 이번에는 대법사 조청광의 목소리가 들려왔다.

"놈들을 막앗!"

순간 파소의 등 뒤에서 들려오던 도검의 충돌음이 한층 더

격렬해졌다. 그리고 그 와중에 다시 조청광의 목소리가 들려
왔다.

"어서 죄인들을 베게!"

분명 파소에게 한 말일 터였다. 그러나 파소는 을조인의 질
문에도 조청광의 다급한 명에도 전혀 반응을 보이지 않았다.
그는 그저 물끄러미 을조인과 다른 두 명의 죄인을 바라보고
있을 뿐이었다.

"네놈은 누구냐?"

다시 을조인의 입에서 차가운 질문이 흘러나왔다. 그러자
파소가 무감정한 목소리로 조금은 퉁명스럽게 입을 열었다.

"혹 살 수 있는 길이 있을지도 모르오. 지금부터 다섯을 셀
텐데, 그 안에 당신들 뒤에 도사리고 있는 자나 혹은 그 세력을
말하시오. 그러면 그대들의 목숨을 한 번은 살려줄지도 모르
겠소."

파소의 말에 을조인의 눈빛이 흔들렸다. 그의 표정에는 한
낱 위사에 지나지 않는 이 젊은 놈이 도대체 왜 그런 질문을 하
는지, 그리고 어떻게 두 명의 복면인을 물리치고 자신 앞에 서
있는지에 대한 풀리지 않는 의문이 떠올라 있었다.

"도대체 네놈은 누구란 말이냐? 향주가 보냈느냐?"

"하나… 둘… 셋……."

파소는 을조인의 질문에는 아랑곳하지 않고 자신이 약속한
숫자를 세어나가기 시작했다. 그리고 숫자는 곳 다섯에 이르
렀다.

“다섯!”

파소의 입에서 다섯이란 숫자가 흘러나오는 순간 파소의 검이 움직였다. 시선은 여전히 을조인의 눈을 향해 있었지만 파소의 손은 을조인의 곁에서 기력 회복에 사력을 다하고 있던 도연관과 마한을 향해 움직이고 있었다.

“큭!”

“컥!”

두 마디 비명 소리가 거의 동시에 흘러나왔다. 본시 절대지경에 이른 고수라 할지라도 운기 중에 기습을 받으면 치명적인 위험에 빠지게 된다. 하물며 내력을 상실한 두 사람이 파소의 일검을 피해낼 수는 없었다. 파소와 맹렬하게 눈싸움을 벌이고 있던 을조인의 도움은 더더욱 기대할 수 없었을뿐더러 그들을 구하러 왔던 복면 괴인들은 무천향의 율사와 위사들의 필사적인 저항에 막혀 을조인 등을 구하러 올 틈을 만들지 못한 상태였다. 그러니 도연관과 마천의 죽음은 파소의 입에서 다섯이라는 숫자가 흘러나오는 순간 결정된 것이라고 할 수 있었다.

“이… 악독한!”

을조인의 입에서 분노로 떨리는 음성이 흘러나왔다.

“악독하다고? 그대 같은 자의 입에서 나올 소리는 아닌 것 같군. 자신이 모시는 향주의 두 아들을 죽음으로 몰아넣은 그대가 아니던가. 그리고… 이젠 그 빚을 갚아야겠지.”

파소의 말에 을조인이 발악하듯 물었다.

“도대체 네놈은 누구냐?”

순간 파소의 왼손이 을조인의 관자놀이에 가 닿았다. 그 손을 통해 강렬한 한줄기 진기가 을조인의 머릿속으로 파고들었다.

“내가 누구냐고? 알려주지. 난 바로 너희들의 음모에 의해 스스로 자결하신 전대 소천 을몽학, 그분의 아들이다. 알고 있겠지? 그분께 한 명의 혈육이 있었다는 걸! 내가 바로 그 아이야. 그러니… 억울하진 않겠지?”

순간 을조인의 눈이 더 이상 커질 수 없을 만큼 커졌다. 파소는 을조인이 전혀 상상할 수 없었던 신분을 지니고 있었다. 을조인이 다급히 입을 열어 뭔가를 말하려 했다. 그러나 이미 생명의 기운이 다한 을조인의 입은 어떤 말도 흘려내지 못했다.

털썩!

을조인의 신형이 옆으로 쓰러지며 작은 먼지를 일으켰다. 그가 죽음으로써 파소의 정체는 다시 비밀의 장막 속에 가려졌다.

“시작일 뿐이야.”

파소가 쓰러진 을조인과 두 명의 죄인을 바라보며 나직하게 중얼거리고는 천천히 고개를 돌려 장내를 바라봤다.

파소가 시선을 돌렸을 때 장내의 싸움은 거짓말처럼 멈춰져 있었다. 을조인 등 삼 인이 죽는 순간 양측 고수들이 일제히 거리를 벌리며 싸움을 중지했기 때문이다. 그리고 그들의 시선은 하나같이 파소를 향해 있었다.

"죄인들은 모두 죽었습니다."

파소가 자신에게 쏟아지는 시선들을 무시하며 대법사 조청광에게 담담한 목소리로 세 죄인의 죽음을 알렸다. 순간 대법사 조청광이 갑작스런 파소의 말에 잠시 당황한 빛을 보이다가 이내 고개를 끄덕였다.

"수고했네. 그리고… 이젠 정말 제대로 싸워볼 수 있겠군."

조청광의 시선이 파소에게서 떠나 이젠 여덟 명이 된 복면괴한 중 우두머리로 보이는 자에게로 향했다. 그런데 조청광의 시선을 받은 복면인은 예상외의 답을 내놓았다.

"그들이 죽었다면 우리가 이곳에 머물 이유가 없겠지."

"꼬리를 말겠다는 말이냐?"

"귀찮은 일을 피하고 싶을 뿐이지. 모두 돌아갑시다."

복면인이 나직하게 말을 흘려내고는 자신이 먼저 신형을 날려 공터를 둘러싼 암벽을 타고 오르기 시작했다.

"그냥 갈 수 있을 거라 생각했더냐?"

조청광이 노성을 터뜨리며 복면인을 쫓아 암벽으로 치솟아 올랐다. 동시에 그의 열 개의 손가락 쫙 펼쳐졌다. 순간 그의 열 손가락 끝마디에서 마치 쥐들이 찍찍거리는 듯한 소리가 일어났다. 그리곤 어느새 만들어진 열 개의 지력이 암벽을 타고 오르는 복면인을 향해 뻗어나갔다.

"역시 무천향의 대법사답군."

조청광의 지력이 바로 등 뒤로 닥쳐들자 도주하던 복면인이

허공에서 연달아 두 번 신형을 비틀어 조청광의 지력을 피해
내며 말했다.

파팟!

그러나 조청광의 지력은 쉽게 피해낼 수 있는 것이 아니었
다. 열 개의 손가락에서 뻗어나간 지력 두 가닥이 검처럼 복면
인의 옷깃을 뚫고 지나갔다.

"음!"

복면인의 입에서 나직한 신음성이 흘러나왔다. 아마도 옷을
뚫고 들어간 조청광의 지력이 그의 몸에 상처를 낸 모양이었
다. 그런데 바로 그 순간 조청광을 향해 두 개의 검기가 매섭
게 닥쳐들었다. 복면인의 신호와 동시에 장내에서 후퇴하던
복면인들 중 두 명이 어느새 신형을 돌려 조청광을 향해 검을
뻗어내고 있었던 것이다.

"엇!"

순간 암벽 아래서 조청광과 복면인의 대결을 바라보고 있던
무천향의 고수들 사이에서 다급성이 터져 나왔다. 현묘한 지
력을 발출해 도주하는 적의 수뇌를 부상 입힐 때까지만 해도
유리했던 싸움이 도주하던 자들 중 두 명의 복면인이 갑작스
레 방향을 바꿔 달려들자 순식간에 조청광이 위기로 내몰렸던
것이다.

하지만 무천향의 고수들 중 누구도 조청광을 위기에서 구하
기 위해 움직이지는 않았다. 조청광과 복면인들 간의 싸움은
암벽의 십여 장 위쪽에서 이루어지고 있었고, 복면인들의 반

격이 워낙 급작스레 이루어졌기 때문에 미처 무천향의 고수들이 싸움에 관여할 여유가 없었던 것이다.

"죽어랏!"

양쪽에서 조청광의 어깨를 향해 검기를 뻗어내는 복면인들 중 한 명이 살기 어린 음성을 흘려냈다. 두 개의 도기는 이미 조청광의 양어깨를 파고들고 있었다.

"흥!"

순간 조청광의 입에서 한마디 냉소가 흘러나오더니 그의 신형이 마치 꺼지듯 암벽 아래쪽으로 떨어져 내렸다. 그러자 그토록 매섭게 닥쳐들던 복면인들의 검기와 조청광과 거리가 순식간에 일 장 이상으로 벌어지는 것이었다.

"이리된 것, 무천향 대법사의 목이라도 베고 가겠다."

조청광이 두 복면인의 검기에서 벗어나려는 찰나, 갑자기 두 복면인의 머리 위쪽에서 서늘한 음성이 들려오더니 조청광의 지력에 부상을 입은 복면인이 벽력처럼 두 복면인 사이로 떨어져 내리며 강력한 일검을 뻗어냈다.

순간 복면인의 검끝에서 푸르스름한 기운이 어른거리더니 이내 시퍼런 도기가 쏘아진 화살처럼 아래로 떨어져 내리는 조청광의 머리를 쪼개왔다.

'저건!'

순간 파소의 눈이 번쩍였다. 복면인이 떨쳐 내는 검기가 이상하게도 파소의 눈에 익어 보였다. 그리고 다음 순간 파소는 복면 속에서 번뜩이는 복면인의 안광을 일견하고는 순식간에 복면인의 정체를 알아챘다.

'백혼(白魂)!'

삼 장여에 이르는 검기, 살기가 너무 짙어 한기가 느껴지는 눈빛, 파소의 머릿속에 그 검기와 눈빛의 주인에 대한 기억이 선명하게 떠올랐다. 복면인은 분명 지난날 파소가 북삼룡 중 한 곳인 묵철가의 백벽에서 만났던 바로 그 백혼이었다.

파소가 복면인의 정체를 알아채는 순간에도 여전히 백혼의 검기는 조청광의 머리를 향해 떨어져 내리고 있었다. 조청광의 무공은 결코 백혼의 아래가 아니었지만 두 복면인의 기습을 피해 내느라 드러낸 허점을 파고드는 백혼의 공격은 뒤로 물러서고 있던 조청광으로서는 쉽게 벗어날 수 없는 것이었다.

목숨은 몰라도 최소한 어깨 한 곳쯤은 내줘야 하는 위기, 그런데 그렇게 백혼의 검기가 조청광의 어깨를 깊숙이 찌르려는 순간, 한줄기 검기가 무서운 속도로 백혼의 검기를 횡으로 잘라갔다.

쩡!

순간 조청광의 어깨에 꽂혀들려던 백혼의 검기가 날카로운 파열음을 내며 사방으로 흩어졌다.

"음!"

백혼의 입에서 나직한 신음성이 흘러나오더니 조청광을 향해 떨어져 내리던 그의 신형이 암벽 중간에 튀어나온 돌출부를 강하게 차며 무서운 속도로 다시 상승하기 시작했다. 그러면서도 백혼의 시선은 자신의 검기를 반으로 가른 검기의 주인, 파소에게서 시선을 떼지 않았다.

파소 또한 백혼에게서 시선을 떼지 않고 백혼을 따라 암벽 위로 치달아 올랐다. 그런데 백혼은 파소의 추격을 받고도 반격할 생각을 하지 않은 채 훌쩍 암벽 위로 올라서더니 그를 기다리고 있던 복면 괴인들과 함께 암벽과 암벽 사이로 난 험준한 계곡을 따라 바람처럼 사라지는 것이었다.

순식간에 암벽 위로 올라선 파소도 더 이상 백혼의 뒤를 쫓지 않았다. 백혼의 무공이 두려워서는 아니었다. 수년 전에는 묵철가의 백벽에서 백혼의 무공에 밀려 동료들과 함께 뒤도 돌아보지 못하고 도주했었지만 지금의 파소는 그때와는 차원이 다른 경지에 올라 있었다. 더군다나 백혼의 검기를 가르며 손끝으로 느낀 상대의 힘은 파소에게 충분한 자신감을 주기에 충분했다.

그렇지만 파소는 백혼의 뒤를 쫓는 것이 지금으로선 큰 의미가 없다는 것을 알고 있었다. 그들이 이 비밀스런 사형이 집행되는 공터에 나타났다는 의미는 백혼과 그 동료들이 이미 안전한 퇴로를 확보하고 있다는 의미였다. 그들을 쫓아봐야 따라잡을 가능성은 거의 없었다. 오히려 어쩌면 그들의 준비한 덫에 걸려들 수도 있었다.

"쫓지 않는가?"

어느새 파소의 곁에는 사조 조장 비량이 올라와 있었다. 그리고 좀 전 백혼의 공세에 공터로 내려섰다 다시 암벽 위로 올라온 조청광이 두 사람과 합류했다.

"의미가 없을 듯합니다. 이미 퇴로를 준비하고 왔을 겁니다."

"음, 그렇긴 하지만……."

비량이 아쉬운 듯한 음성을 흘려냈다. 그런데 그때 파소의 눈빛이 번뜩였다.

'저건……'

눈앞에 펼쳐진 황량한 계곡들, 그중 백혼과 그의 동료들이 이동했을 것으로 추정되는 방향을 응시하고 있던 파소의 시야에 한순간 생경한 느낌을 주는 두 개의 검은 물체가 들어왔던 것이다. 그 두 개의 검은 물체는 아주 짧은 순간 파소의 시야에 잡혔다가 미처 그 정체를 확인할 사이도 없이 계곡 속으로 사라졌다.

'분명 백혼과 그자의 동료들은 아니다.'

짧은 순간이었지만 두 개의 검은 물체는 분명 사람의 형상을 하고 있었을 뿐 아니라 복면 괴인들과는 다른 복장을 하고 있었다. 파소가 재빨리 시선을 돌려 주변을 살펴봤다. 어쩌면 이 한바탕의 소란을 지켜보고 있던 제삼자가 있을 수도 있었다. 그러나 복면 괴인들이 사라진 주위는 조용하기 이를 데 없었고 사람의 기척은 찾아볼 수 없었다.

"사라져 버린 건가?"

다시 아쉬움이 묻어나는 비량의 목소리가 들려왔다. 그는 아마도 암벽 위로 아주 짧은 순간 모습을 드러냈던 두 명의 이

방인을 발견하지 못한 모양이었다. 아니면 그들을 보았더라도 그들이 도주한 복면 괴인들 중 일부라고 생각하고 있을 수도 있었다.

"그런 모양이군. 돌아가지."

반면 대법사 조청광의 목소리에서는 별반 아쉬움이 느껴지지 않았다. 애초에 냉정하기로 소문난 사람이지만 생각지도 않은 난리를 겪은 사람치고는 지나치게 침착한 조청광이었다. 또한 도주한 복면인들을 놓친 것에 대한 아쉬움 같은 것도 느껴지지 않았다. 순간 파소의 머릿속에 한 가지 생각이 번개처럼 스치고 지나갔다.

'설마 함정을 판 건가?

생각해 보면 모든 일은 조금씩 의문을 담고 있었다. 을조인 등 삼 인에 대한 조사가 너무 빨리, 그리고 너무 허술하게 끝난 것 같기도 했고, 또 그들에 대한 형벌 역시 지나치게 빨리 진행되는 감이 있었다. 그런데 그 모든 일들이 숨어 있는 적을 끌어내기 위함이라면, 그럼 이 모든 의문에 대한 답이 나온다. 더군다나 대법사 조청광의 태도는 파소의 생각에 확신을 불어넣어 주고 있었다.

'향주께서 삼 인을 이용해 덫을 놓은 건가? 죽은 삼 인의 무게로 보아 저들은 분명 암중의 인물들에게도 무척 중요한 존재였을 것이다. 그런 그들을 구하기 위해 암중의 인물들이 움직일 것을 예상했다면……'

파소가 암벽을 내려가기 전 슬쩍 고개를 돌려 광활하게 펼쳐지는 황량한 암석군을 다시 바라봤다. 사위는 조용했다. 그러나 저 조용한 암석들 사이에선 지금쯤 치열한 추격전이 벌어지고 있을지도 모를 일이었다.

"돌아간다."

대법사 조청광의 짧은 명에 무천향 고수들이 돌아갈 준비를 하기 시작했다. 죽은 자의 시신은 공터 안쪽에 바위로 가려져 있는 끝을 알 수 없는 무저갱에 던져 넣었다. 아마도 그동안 이곳에서 죽어간 무천향의 죄인들은 모두 그렇게 무저갱 속으로 던져졌을 거라 생각하니 파소의 마음이 썩 좋지 않았다. 어쩌면 그의 아버지 을몽학의 시신도 저렇게 버려졌을지 모르기 때문이었다.

어쨌든 그렇게 죽은 자들의 시신을 처리한 무천향의 고수들은 서둘러 왔던 길을 되짚어가기 시작했다. 그런데 이동하는 중간 파소는 뭔가가 조금 변해 있다는 느낌을 받았다. 그리고 잠시 후 그 변화가 무엇인지를 깨달았다.

시선들, 파소를 보는 무천향 고수들의 시선이 달려져 있었다. 사조의 위사들조차도 지금까지와는 다르게 파소를 생경한 눈으로 바라보고 있었다. 마치 그를 처음 만난 사람들처럼……

어쩌면 당연한 일일지도 몰랐다. 파소가 보인 무위(武威), 두 명의 복면인을 제거하고 삼 인의 죄인을 벤 것과 백혼의 공격에서 조청광을 구해낸 것, 이 두 가지 일은 아무리 무공이 뛰

어난 무천향의 고수들이라 할지라도 놀라지 않을 수 없는 신
위였다.

물론 파소에 대한 소문은 이미 무천향에 제법 많이 퍼져 있
었다. 파소가 은하의 계곡을 통과해 무천향에 들어온 이후 파
소의 동정은 제법 많은 사람들의 관심을 끌었다. 그러나 지금
까지 사람들이 파소에 대해 가졌던 관심은 한 젊은 무인의 가
능성에 대한 관심이었다.

젊은 나이에 은하의 계곡을 통과했고, 범상치 않은 기도로
무천향의 수뇌부에게 큰 기대를 불러일으킨 후기지수에 대한
관심. 그런데 오늘 파소는 자신이 그저 가능성을 지닌 후기지
수가 아닌 그 이상의 존재임을 무천향의 고수들에게 각인시켰
던 것이다.

그리고 사람들은 당연하게도 검산무벽을 떠올렸다. 오늘 보
여준 파소의 능력이라면 이 젊은 위사 역시 향의 후계자에 도
전할 만한 충분한 실력을 지녔음이 분명했다. 더군다나 그는
죽림 최고의 무인이라는 단보의 가르침을 받고 있지 않던가.

"무벽에 도전할 생각인가?"

얼음장처럼 차가운 성정의 대법사 조청광조차도 다른 사람
들과 같은 마음이었을까. 어느새 파소의 곁에 다가온 조청광
이 파소에게 물었다.

"아마도……."

파소가 부인하지 않았다. 그러자 무천향의 무사들이 하나둘
파소를 돌아봤다. 짐작은 하고 있었지만 당사자의 입으로 직

접 들으니 그 느낌이 좀 더 강하게 와 닿는 모양이었다.

"좋은 결과가 있을 걸세."

조청광이 고개를 끄덕이며 말했다. 조청광 역시 파소의 실력을 인정하고 있는 모양이었다.

"무벽은 높지요."

"물론 그렇긴 하네만 자네라면 아마도 누구나 인정할 만한 검흔을 남길 수 있을 걸세."

그러자 파소가 빙긋 미소를 지으며 다시 입을 열었다.

"무벽만 높은 것이 아니지요. 검산과 정종의 높이도 만만치는 않지요."

순간 대법사 조청광의 눈이 가늘어졌다. 그는 날카로운 눈매로 파소를 잠시 바라보다 가볍게 한숨을 쉬며 고개를 끄덕였다.

"휴, 맞는 말일세. 실력이 비슷하다면 검산과 정종의 벽을 넘기는 어려울 걸세."

"더군다나 전 무천향에 든 지 채 일 년이 안 되는 초심자지요. 그러니……."

파소의 말대로 파소가 무벽에 다른 도전자들과 비슷한 수준의 검흔을 만든다 해도 무천향의 수뇌들, 정확하게는 십이종성이 파소를 무천향의 후계자로 결정할 가능성은 그리 많지 않았다. 조청광 역시 파소의 말을 부인할 수는 없었다. 천하의 어느 조직이 이제 갓 조직에 들어온 자를 조직의 수장으로 받아들을 수 있을 것인가. 파소에게 필요한 건 다른 도전자들이 넘볼 수 없는 압도적인 무위였다. 그러나 그건 그렇게 쉬운 일이 아니었다.

"그러면 자네가 무벽에 도전하려는 이유는 뭔가?"

애초에 무천향의 수뇌들이 쉽사리 자신을 향의 후계자로 인정치 않을 것을 짐작하고 있다면 파소가 굳이 검산무벽에 도전할 이유가 없다고 생각한 조청광이 물었다. 그러자 파소가 빙긋 미소를 지으며 대답했다.

"이곳은 무천향 아닙니까? 무인이 무도를 추구하는 거야 당연한 일이지요. 전 제 무공을 시험해 보고 싶을 뿐입니다."

순간 조청광의 차가운 얼굴에 일순 허를 찔린 듯한 표정이 스치고 지나갔다.

"야망이 아니라 무도를 위해서라… 그래, 그게 바로 무천향이지."

조청광이 깊은 울림이 느껴지는 목소리로 중얼거렸다. 그리고 그즈음은 일행은 어느새 긴 동굴을 통과해 다시 무천향을 눈앞에 두고 있었다.

*　　　*　　　*

소문은 끊임없이 생겨났다 사라졌다. 그러나 쉽게 사라지지 않는 소문도 있었다. 그중 가장 사람들의 관심을 끄는 것은 검산이목의 일인 탁발무에 대한 소문과 죽림의 젊은 무인 파소에 대한 소문이었다.

　특히나 파소에 대한 소문은 삽시간에 무천향을 휩쓸어 순식간에 파소를 무천향에서 가장 유명한 인물로 만들어놓았다. 조용히 행해진 세 죄인에 대한 처형, 그리고 그 처형 장소에서 일어났던 일들이 대법사 조청광의 엄명에도 불구하고 채 오일이 지나지 않아 무천향에 전체에 퍼져 나갔다.

　그리고 언제나처럼 사람들은 어두운 곳보다는 밝은 곳으로 시선을 돌렸다. 삼 인의 죄인을 구출하기 위해 급습을 감행한 자들이 있었다는 건 극히 놀라울 일일뿐더러 무천향이 외부로부터 공격을 받을 수도 있다는 경악스런 사건임에도 불구하고 무천향의 무인들은 그 습격자들보다 그 습격자들을 패퇴시킨 파소라는 젊은 무인의 이야기에 열을 올리고 있었다.

　이야기는 점점 그 덩치를 키워 급기야 어느새 파소는 무벽에 검흔을 남길 무천향의 잠룡들 중 가장 주목받는 사람이 되어 있었다. 혹자는 파소의 출신에 대한 불분명한 이야기들까지 지어내고 있었다. 무천향이 만들어지기 전의 전설적인 강호의 고수들까지 파소가 익힌 무공의 근원으로 언급되고 있는 실정이었다.

　진실과 거짓이 뒤섞인 파소에 대한 이야기들이 무천향을 떠도는 사이 사람들의 관심은 과연 파소가 언제 무벽에 도전할 것인가에 쏠리고 있었다.

　그러나 파소는 사로에서 돌아온 후 깊은 침묵을 지키고 있었고 그러던 중 무천향을 뒤덮고 있던 파소에 대한 관심이 어느 날 아침 한 사람의 등장과 함께 한 걸음 뒤로 물러나 버렸다.

드디어 정종에서도 무벽에 도전하는 후기지수가 모습을 드러낸 것이다. 그것도 한 사람이 아닌 두 명씩이나. 그리고 그 중에서 특히나 사람들의 관심을 끄는 인물이 있었다. 그런데 그가 관심을 끈 것은 무벽에 도전하는 그에 대한 기대 때문이 아니었다. 오히려 무벽에 도전하는 그의 행동이 너무도 무모해 보였기 때문이다.

“이것참, 정말 그가 무벽에 도전하는군요. 단 노형님의 예상이 맞았습니다.”

남독마군이 흥분한 어조로 말했다. 파소와 석청, 그리고 단보와 남독마군은 또다시 검산무벽을 향해 걸음을 옮기고 있었다.

“혹시나 했었지만 나도 그가 무벽에 도전할 확률은 채 일 할도 안 된다고 생각했었네.”

단보 역시 조금 흥분한 듯 보였다. 파소는 그런 단보가 무척 신기하게 보였다. 이 냉정한 노고수에게서 이런 모습을 보는 경우는 극히 드물었기 때문이다.

‘아마 겨우 한두 번일까?

수십 년 단보를 알아온 파소로서도 단보가 이런 모습을 보인 기억을 떠올리는 것은 그리 쉽지 않았다.

“하지만 사람들은 온통 그를 비웃고 있어요. 우리 낭군에 대한 관심이 그에 대한 비웃음으로 묻힐 정도라고요.”

석청이 단보와 남독마군의 대화에 끼어들었다.

"그럴밖에. 수십 년간 그저 이름없는 위사로 살아온 사람이 갑자기 무벽에 도전하겠다고 선언을 했으니 누구든 비웃지 않겠는가. 하지만 단 노형님의 말씀대로라면 그가 어떤 모습을 보일지는 예측할 수 없는 일 아닌가."

"그런데 정말 그가 정해공을 완성했을까요?"

석청이 단보를 보며 물었다. 그러자 단보가 잠시 생각에 잠겼다가 입을 열었다.

"을현, 그가 정해공을 완성했는지 아닌지는 쉽게 예측할 순 없네. 하지만 정해공이 을밀가의 삼대무공인 것을 생각하면 그가 정해공을 십이성 대성했다고는 생각할 수 없을 것 같네. 정해공을 완성하기엔 그의 나이가 너무 젊어. 그가 만약 정해공을 완성했다면 그는 무선으로 추앙받기에 부족함이 없을 걸세. 그러나 그가 비록 정해공을 완성하지는 못했다고 해도 일정한 경지에 오른 것은 분명한 것 같네. 그렇지 않다면 그가 무벽에 오르겠다고 나섰겠는가?"

단보는 처음 검산의 이괄이 무벽에 도전할 때 정종에서 무벽에 도전할 만한 사람 중 을현이란 사람을 넌지시 언급한 적이 있었다. 그런데 단보의 예상은 적중해서 을현이란 인물은 무벽에 도전하겠다고 선언하고 오늘 정종 출신의 또 다른 도전자 을경과 함께 무벽 도전에 나서고 있었던 것이다.

누구도 예상치 못한 인물의 등장. 물론 세상사란 게 이렇게 예상치 못한 일들이 일어나야 재미가 있는 법이지만 을현의 무벽 도전은 너무도 엉뚱한 일이었다.

　무천향의 무인들이 아는 을현은 그저 이름없는 위사 중 한 명일 뿐이었다. 더군다나 정종 출신으로 향의 위사 일을 하고 있으니 그의 신분은 그야말로 정종의 무인들 중 최하위에 속한다고 볼 수 있었다. 그러니 사람들은 그런 그가 과연 무벽 앞에서 어떤 모습을 보일지 관심을 갖지 않을 수가 없었다.

　대부분의 무천향 무인들은 그가 무벽 앞에서 검조차 뽑지 못하고 도망치고 말 거라 말했다. 그러나 그들은 그가 을밀가 삼대무공 중 하나인 정해공을 익히고 있다는 사실을 알지 못했다. 그 사실을 아는 사람은 아마도 단보를 포함해 채 다섯 사람이 넘지 않을 터였다.

　"어쨌든 무척 재밌는 구경이 될 것 같습니다. 그런데 을현 그 사람 말고 을경이란 사람은 어떻습니까? 사람들이 그에겐 제법 기대를 하는 눈치더군요."

　남독마군이 을현과 함께 무벽에 도전하는 을경이란 인물에 대해 물었다.

　"그는 기대를 받을 만한 인물이지. 일단 그 출신이 범상치 않아. 자네도 알겠지만 그는 향주님의 조카일세. 그의 부친인 을청산 어른께서는 비록 그 무공이 향주님의 형제분들 중 가장 떨어진다고 알려졌지만 십이종성의 한 분일뿐더러 을씨의 핏줄이란 것은 역시 누구도 무시할 수 없는 것이지."

　단보가 말을 하면서 슬쩍 파소를 돌아봤다. 그러나 파소는 단보의 눈길을 받고도 아무런 반응도 보이지 않았다. 오늘 무벽에 도전하는 두 명의 정종 출신 무인 중 한 명인 을경은 파소에게는 오촌 숙부가 되는 사람이었다. 관심을 보일 만한 관계였지만 파소는 전혀 관심이 없는 듯했다.

"듣자 하니 그 을청산이란 분은 향주님과 가히 사이가 좋지 않다고 하더군요."

"그런 말은 어디서 들었나?"

"뭐, 그냥 여기저기서……."

"나무꾼들이 나무는 하지 않고, 쓸데없는 말들이나 하고 있나 보군."

"나무를 베는 일은 좀 지루하지요."

남독마군이 변명처럼 말했다. 그러자 단보가 잠시 혀를 차더니 낮은 목소리로 입을 열었다.

"사실 을청산 노사는 향주님을 포함해 다섯 분의 형제 중 조금 소외된 삶을 살아오신 분일세. 향주님에 이어 둘째로 태어나셨고 그래서 을씨를 대표하는 종성 중 한자리를 차지하고 있지만 역시 그 무공에 대한 자질이 형제분들 중 가장 뒤떨어졌기 때문에 향의 일에 거의 나서지 않고 오직 십이종회에만 모습을 보이는 분이었지. 해서 그런 소문이 떠돈 걸세."

"그런가요? 흠, 그런 아버지 밑에서 자랐다면 어쩌면 제법 독하겠군요."

"아마도 그렇겠지. 아버지가 그늘진 삶을 사는 걸 보고 자랐을 테니. 어쩌면 그것이 그를 무벽에 도전할 수 있는 정도의 무인으로 만든 걸지도 모르겠고… 아무튼 그래도 향주님과는 가장 가까운 혈족이니 제법 기대하는 사람이 많을 걸세."

단보가 주변을 둘러보며 말했다. 이괄이 무벽에 도전할 때
와는 달리 이번엔 정종의 고수들을 많이 눈에 들어왔다. 눈에
보이는 정종 고수들의 얼굴에는 숨길 수 없는 기대감이 깃들
어 있었다. 그리고 아마도 그 기대는 을현이 아닌 을경에 대한
기대일 터였다.

파소 등이 무벽에 도착했을 때 무벽 앞에는 지난번 이괄이
무벽에 도전할 때만큼이나 많은 사람들이 모여 있었다. 그러
나 모여든 사람들의 면면이나 그 분위기는 이괄의 무벽 도전
과는 사뭇 달랐다. 당시의 팽팽한 긴장감은 찾아보기 힘들었
다. 대신 이번 무벽 도전을 즐기려는 듯한 사람들의 모습이 곳
곳에서 눈에 띄었다.
"좀 다르군요. 역시 을현, 그 때문일까요?"
남독마군도 장내 분위기가 이괄 때와 다른 것을 보고는 단
보를 보며 물었다.
"그렇겠지. 지금 그는 존경의 대상이라기보단 놀림의 대상
이니까."
단보가 고개를 끄덕였다.
그런데 잠시 후 갑자기 주변의 공기가 변했다. 파소 등 사
인은 어느 순간부터 자신들을 향해 꽂혀드는 사람들의 시선을
깨달았다. 어느 순간부터 무천향의 무인들은 일제히 파소 일
행을 주목하고 있었다. 아니, 정확하게 말하자면, 일행 중 파소
를 바라보고 있었다. 그들은 파소의 일행이 자신들의 시선을

눈치채고 주변을 돌아보자 슬쩍 시선을 회피하면서도 여전히 파소에 대한 관심을 멈추지 않았다.

"자넨 아주 유명 인사가 되었군."

남독마군이 나직한 목소리로 파소에게 말했다. 남독마군은 이렇게 사람들의 주목을 받는 파소가 대견한 모양이었다. 그러나 파소로서는 이런 관심이 결코 달갑지 않았다.

"좋은 일은 아니죠."

파소가 살짝 얼굴을 찡그리며 말했다.

"무슨 말인가? 강호의 무인이라면 당연히 무명을 날리기를 바라야 하는 것 아닌가?"

"그렇다면 전 강호에 어울리는 사람이 아닌 모양이지요. 그리고 이곳은 무천향이잖아요. 명성을 추구하는 곳이 아니죠."

"물론 그렇긴 하지만 이제 이 무천향도 점점 보통 강호가 되어가고 있지 않는가?"

남독마군이 말을 하는 사이 갑자기 파소를 향한 사람들의 관심이 씻은 듯이 사라졌다. 갑자기 변한 주변의 분위기에 말을 하던 남독마군도 얼른 고개를 돌려 파소에게서 옮겨간 사람들의 시선이 향한 곳을 바라봤다. 그러자 무벽으로 오르는 좁은 산길을 따라 허름한 옷차림의 사십대 중반의 사내가 걸어오는 것이 보였다.

"그군."

단보가 나직하게 입을 열었다. 일행은 단보에게 묻지 않아도 길 위에 나타난 사람의 정체를 짐작하고 있었다. 지금 이 무벽을 향하는 사람들 중 장내의 고수들에게 이런 관심을 받을 수 있는 사람은 오직 두 사람밖에 없었다.

을현과 을경.

그러나 지금 산길을 오르는 사람의 행색을 보았을 때 그가 현 향주의 조카인 을경일 수는 없었다. 아무리 수수한 삶을 살아가는 무천향의 사람들이라도 향주의 조카가 저런 허름한 차림일리는 없었기 때문이다.

그렇다면 남은 사람은 하나, 무천향 모든 무인의 관심의 대상이자 또는 비웃음의 대상이기도 한 을현 바로 그일 터였다.

"와아!"

갑자기 사방에서 거대한 고함 소리가 터져 나왔다. 무벽을 향해 산길을 오르고 있는 을현을 환영하는 소리였다. 그러나 파소는 이 거대한 함성 속에 깃든 조롱의 기운을 분명하게 느낄 수 있었다. 그러자 갑자기 파소의 마음속에 을현에 대한 응원의 감정이 솟구치기 시작했다.

자신의 아버지 을몽학으로부터 정해공을 전수받은 사나이, 모든 사람의 조롱 속에서도 무벽을 향해 일정한 보폭으로 무거운 걸음을 옮기는 을현이라는 사내에게서 파소는 무천향에 든 이후 가장 무천향에 어울리는 무인의 모습을 보고 있었다.

'무천향은 바로 저런 사람이 있어야 할 곳이다.'

파소가 마음속으로 을현에 대해 감탄하는 사이 어느새 을현이 파소와 석청 등이 있는 곳을 지나치고 있었다. 그런데 자신의 주변에서 일어나는 모든 일들로부터 완전히 무심해 보이던 을현이 문득 파소의 일행 앞에서 걸음을 멈췄다. 그리곤 아주 느리게 고개를 돌려 단보를 바라보더니 가볍게 고개를 숙여 보였다. 그러자 단보 역시 감개무량한 표정으로 고개를 끄덕 여 을현의 인사를 받았다.

을현은 그렇게 단보에게 인사를 한 후 다시 고개를 돌려 이 제는 그 누구에게도 시선을 주지 않겠다는 듯 무벽을 노려보 며 잠시 멈췄던 걸음을 옮기기 시작했다.

"대단하군요."

을현이 지나가자 남독마군이 놀란 얼굴로 말했다. 그러자 단보가 아직도 감격이 사라지지 않은 표정으로 대답했다.

"그래, 정말 대단해. 정말 오랜만에 제대로 된 수련자를 보 는 것 같군."

"기대해도 될 것 같습니다."

"그래, 기대해도 될 것 같네. 하지만 결과에 상관없이 그는 이미 스스로 온전한 한 명의 무인일세. 그는 자신을 이겨낸 승 자인 것이 분명하네."

단보의 말 한마디 한마디가 파소의 가슴 깊이 꽂혀들었다. 그 자신도 강호의 명리를 위해 무공을 수련한 것은 아니지만 온전히 무도에 자신을 던진 을현을 보니 왠지 모르게 가슴 한 쪽에 스스로에 대한 부끄러움이 느껴지는 것이었다.

함성은 여전히 이어지고 있었다. 을현이 지나가는 길 주변 에 서 있던 무천향의 무인들은 을현이 걸음을 옮길 때마다 커 다란 함성을 질러댔다, 여전히 조롱이 섞인 음성으로……

그런데 그때 다시 한 번 사람들이 관심의 대상을 바꿨다. 파소에게서 을현으로 옮겨졌던 사람들의 관심이 다시 을현이 걸어온 산길 아래쪽로 향했다. 그리고 이번에는 전혀 조롱의 기운이 전혀 느껴지지 않는, 대신 기대감이 물씬 느껴지는 함성이 일어났다. 그 함성을 받으며 중년 사내 한 명이 을현이 걸었던 길을 따라 검산을 오르고 있었다. 그의 곁에는 세 명의 노고수가 동행하고 있었는데, 하나같이 그 기세가 무천향에서조차 쉽게 찾아보기 힘든 기도를 가진 노고수들이었다.

"을경인가요?"

남독마군이 나직하게 묻자 단보가 고개를 끄덕였다.

"맞네. 그가 바로 을경일세."

"역시 좋군요."

"피는 속일 수 없는 법이지."

그사이 을경과 세 명의 노고수가 파소의 눈앞을 지나쳤다.

'이건 패기(霸氣)군.'

을경을 일견한 파소가 살짝 눈살을 찌푸렸다. 그의 눈앞을 스치듯 지나가는 을경에게서 파소는 강렬한 패기를 느꼈다. 그건 강호무림에선 몰라도 정종, 아니, 을밀부의 후손에겐 너무도 어울리지 않는 기운이었다.

第六章

무벽을 오르는 잠룡들

검산무벽 앞에 두 명의 무인이 섰다. 두 사람은 같은 뿌리를 가지고 있었다. 수백 년 무천향의 주인으로 군림해 온 정종 출신의 두 무인. 그러나 두 사람의 모습은 정반대의 삶을 살아온 사람들처럼 달랐다. 극과 극의 모습이랄까.

한쪽은 명문의 기세가 고스란히 드러나며 그 기운에서 패기가 넘쳐흘렀고, 다른 한쪽은 무벽의 도전자에 어울리지 않는 허름한 모습이었지만 한편으론 자신의 전부를 무도에 건 사람에게서나 느낄 수 있는 순수한 열정이 묻어났다. 을경과 을현, 두 정종 출신 무인이 그렇게 수많은 시선을 받으며 검산무벽 앞에 서 있었다.

두 사람의 등장과 함께 터져 나왔던 각기 다른 종류의 함성

소리도 어느새 씻은 듯 사라지고 없었다. 두 사람이 검산무벽 앞에 서는 순간 장내의 소란은 가라앉고 대신 팽팽한 긴장이 장내를 휘감았다.

그런데 그 침묵이 갑자기 엉뚱한 곳에서 깨졌다. 물론 두 사람이 등장할 때처럼 함성이 일어난 것은 아니지만 사람들의 시선이 갑자기 북쪽 검산 무인들의 거처로 이어진 산길로 쏠렸던 것이다.

"누구지?"

남독마군이 고개를 갸웃했다. 사람들의 시선이 향한 곳, 한 명의 사내가 느릿하게 무벽을 향해 걸어내려 오고 있었다.

"그가 바로 검산이목 중 다른 한 명인 탁발무예요."

파소는 지난번 탁발무가 향으로 복귀할 때 얼굴을 본 적이 있었으므로 금세 검산에서 내려오는 인물의 정체를 알아챘다.

"오, 저 친구가 바로 그 유명한 탁발무로군. 그런데 그럼 오늘 저 친구도 무벽에 도전하려는 건가?"

"그의 도전은 이달 보름이라고 알려졌잖아요?"

이번에 석청이 입을 열었다.

"그럼 여긴 왜 오는 거지?"

"뭐 하러 오겠나? 다른 사람이 무벽에 도전하는 걸 구경하러 온 것이겠지."

단보가 퉁명스럽게 대꾸하는 사이 탁발무는 어느새 장내에 도착해 수백 명이 넘는 무천향 무인들 사이로 들어섰다. 그러자 그가 향하는 방향에 있던 무천향의 무인들이 몸을 비켜 탁발무가 지나갈 길을 열어주었다.

탁발무는 무인들이 만든 길을 따라 앞쪽으로 걸어가더니 검산의 노고수들이 모여 있는 곳에서 걸음을 멈췄다. 그리곤 가볍게 고개를 숙여 검산 노고수들에게 인사를 한 후 시선을 돌려 을경과 을현, 두 사람을 바라보며 팔짱을 끼는 것이었다.

"정말 구경하러 온 모양이군요."

탁발무의 행동을 확인한 남독마군이 뒤늦게 단보의 말에 동의하며 고개를 끄덕였다. 그사이 탁발무의 등장으로 잠시 어수선했던 장내의 분위기가 다시 차분하게 가라앉기 시작했다. 탁발무의 등장으로 자신에게 쏠렸던 사람들의 시선이 분산된 것에 반발이라도 하듯 을경이 천천히 검산무벽을 향해 다가서기 시작했던 것이다.

을경의 걸음걸이에서조차 강력한 패기가 느껴졌다. 그가 걸음을 옮길 때마다 그가 지나간 자리에는 어김없이 또렷하게 찍힌 발자국이 남겨졌다. 한 치의 흐트러짐도 없는 발자국이 을경이 지닌 공력의 수준을 드러내고 있었다.

"대단하군요."

남독마군이 을경이 남긴 발자국들을 보며 감탄사를 흘려냈다. 그러나 단보는 왠지 못마땅한 얼굴로 고개를 젓고 있었다.

"왜요? 뭐가 못마땅하신 겁니까?"

남독마군이 단보의 표정을 살피며 물었다. 그러자 단보가 나직하게 입을 열었다.

"그는 을밀부 삼대무공 중 밀검을 익힌 것으로 알고 있네. 그런데 내가 알기로는 을밀부의 모든 무공이 그렇듯 밀검 역시 패도적인 무공은 아닌 것으로 알고 있는데 저 친구는… 음, 역시 무공이란 결국 본래의 특징도 중요하지만 결국 익히는 사람의 성정에 따라 그 성질이 변하는 것일까?"

아마도 단보는 을경에게서 흘러나오는 패도적인 기운이 못마땅한 모양이었다. 하지만 단보에게는 몰라도 강렬한 을경의 패기는 다른 무천향의 무사들에겐 감탄의 대상이었다.

"오오!"

단지 을경이 흘려내는 기운만으로도 일부 무천향 무인들 입에서 감탄사가 흘러나오고 있었다. 사람들의 탄성에 힘을 받은 것일까. 갑자기 을경의 발 주위에 널려 있던 낙엽들의 부르르 몸을 떨더니 허공으로 솟구치기 시작했다. 허공으로 날아오는 낙엽들은 순식간에 을경의 몸을 휘감기 시작했다. 그리고 다음 순간 을경의 신형이 자신의 몸을 휘감고 있는 낙엽들을 뚫고 무벽을 향해 달려나갔다.

우우웅!

을경의 몸 주위에서 강력한 파공음이 일어났다. 무벽을 향해 돌진하는 을경의 속도를 단번에 느낄 수 있는 파공음이었다. 그렇게 맹렬한 속도로 무벽에 도착한 을경이 거의 직각으로 방향을 바꿔 무벽을 타고 오르기 시작했다.

파파팟!

을경이 무벽을 발로 차는 소리가 장내 고수들의 귓가에 또렷하게 들려왔다.

"와아아!"

을경이 본격적으로 무공을 펼치기 시작하자 장내 고수들이 일제히 함성을 질러 을경의 힘을 북돋았다. 을경은 자신을 향해 쏟아지는 함성 속에서 어느새 지난번 검산의 이괄이 도흔을 남긴 지점에 도달했다. 그리고 이괄과 마찬가지로 가볍게 무벽을 차며 무벽으로부터 이삼 장 거리를 벌리더니 번개처럼 검을 휘둘렀다.

그그극!

을경의 검에서 일어난 검기가 무벽에 닿자 기이한 마찰음이 흘러나왔다. 동시에 그의 검이 지나간 자리에서 뿌연 먼지가 일어나 을경의 신형을 휘감았다. 을경은 마치 구름 속에 들어간 사람처럼 먼지 속에서 몇 차례 더 번개처럼 검을 휘둘렀다.

그렇게 몇 번의 검초를 펼쳐 낸 을경이 한순간 먼지 구름 속에서 쑥 빠져나오더니 유려한 신법으로 절벽을 타고 내려오기 시작했다. 을경이 검초를 펼쳤던 지점은 을경이 땅 위에 내려설 때까지도 여전히 을경의 검이 만들어낸 먼지에 가려져 있었다.

땅 위에 내려선 을경은 천천히 고개를 들어 자신이 머물렀던 곳을 바라봤다. 순간 마치 정해진 일처럼 한가닥 바람이 불어와 을경이 만든 먼지 구름을 흩어냈다. 순간 사람들의 입에서 탄성이 터져 나왔다.

"오오!"

장내가 온통 감탄으로 술렁였다. 을경이 머물렀던 무벽의 한 지점, 바람에 먼지구름이 흩어지자 감춰졌던 거대한 글씨 한 자가 사람들 앞에 모습을 드러냈다.

"역시 정종인가!"

남독마군 역시 을경이 석벽에 새긴 글씨를 보며 감탄사를 흘려냈다. 사람들의 시선이 닿은 무벽에는 강렬한 힘이 느껴지는 필체로 바를 정(正) 자가 뚜렷하게 음각되어 있었다.

"마치 정종의 권위에 도전하지 말라는 이야기 같군요. 검산 무벽에 정종을 의미하는 정자를 새겨 넣었다는 것은 의미가 큰 듯해요. 더군다나 그의 글에서 느껴지는 기운은 검산이목 이괄에 뒤지지 않는 것 같아요."

석청도 을경의 무공에 적지 않게 놀란 모양이었다. 그러나 단보의 표정은 여전히 불만스러웠다.

"단 노형님은 어떻게 보셨습니까?"

남독마군이 단보를 돌아보며 물었다. 그러자 단보가 냉정한 목소리로 입을 열었다.

"뛰어난 실력이지만 이괄에게는 미치지 못한다."

"그렇습니까? 제가 보기엔 흠잡을 데 없는 것 같습니다만. 더군다나 이괄은 겨우 한 가닥 도흔을 남겼을 뿐이지만 그는 한 자의 글씨를 만들어놓지 않았습니까?"

"그렇긴 하지만… 거칠어."

"네?"

"자세히 살펴보게. 언뜻 보면 글씨에서 느껴지는 강렬함 때문에 잘 드러나지 않지만 한 획 한 획 자세히 보면 무벽을 파고든 단면이 조금 거칠게 느껴지지 않는가?"

단보의 말에 남독마군이 서둘러 을경이 새겨놓은 글씨로 시선을 돌렸다. 그리고 잠시 후 고개를 끄덕였다.

"과연 그렇군요. 하지만 그건 워낙 검초가 강력하다 보니……."

"절대고수란 말을 들으려면 자신의 모든 공력을 끌어내고도 그 공력을 완전히 통제할 수 있어야 할 걸세. 이괄의 도흔은 비록 단순한 한 줄기에 지나지 않지만 그 강렬함에서는 을경에 뒤지지 않고 무벽을 파고든 도흔의 매끄러움은 을경보다 단연 앞서네. 그러니 누구의 무흔이 더 뛰어난지는 자명한 노릇이지. 물론 그 사실을 저 친구가 알지 모르겠지만 말이야."

단보의 말이 끝날 즈음 무벽에 남긴 자신의 검흔에 만족한 듯한 표정을 지으며 을경이 사람들의 환호 속에 신형을 돌렸다. 그리곤 역시 만족스런 미소를 짓고 있는 그의 아버지 을청산을 비롯한 정종의 노고수들 앞으로 걸어가 가볍게 고개를 숙여 보였다.

정종의 노고수들이 뭐라 입을 열어 을경에게 말을 건넸는데, 개중 몇몇은 을경과 그의 아버지 을청산과는 달리 조금 어두운 안색을 하고 있었다. 아마도 그들 또한 단보가 본 것을 알아본 듯했다.

어쨌든 그렇게 을경의 요란한 도전이 끝나자 이제 사람들은 자연스럽게 또 다른 도전자 을현에게 관심을 두기 시작했다. 을현은 을경의 도전이 진행되는 와중에도 전혀 흐트러짐없이 제자리를 지키고 있었다. 마치 지금 무벽 앞에 오직 그 혼자만 존재하는 것처럼 그는 수백의 군중 속에서도 고독해 보였다.

파소는 자신도 모르게 가볍게 손을 말아 쥐었다. 그가 자신의 아버지 을몽학에게 무공을 전수받은 사람이기 때문만이 아니라 한 명의 순수한 무도자로서 그의 도전이 파소를 흥분시키고 있었다. 그리고 그때 을현의 신형이 움직였다.

"오오오!"

조롱과 격려가 뒤섞인 함성 소리. 장내의 고수들 대부분의 얼굴에는 긴장보다 즐거운 놀이를 보는 듯한 미소가 깃들어져 있었다. 사람들은 마치 광대의 흥겨운 놀이를 기대하듯 을현의 도전을 바라보고 있었다. 물론 그중 일부는 심각한 표정으로 을현을 주시하고 있었지만…….

무벽 앞으로 다가간 을현은 처음부터 지난 두 번의 도전자, 이괄이나 을경과는 조금 다른 행동을 보였다. 이괄과 을경 모두 무벽에서 일정한 거리를 두고 도전을 시작했었다. 무벽을 오르기 위해선 어느 정도의 가속도가 필요했기 때문에 무벽과 거리를 두고 도전을 시작하는 일은 당연한 일이었다.

그런데 을현은 앞서의 두 사람과 달리 무벽의 바로 앞까지 걸어간 후에야 걸음을 멈췄다. 그러나 그때까지만 해도 사람들은 을현의 행동을 이상하게 생각지 않았다. 왜냐하면 도전

은 아직 시작하지 않았고 을현이 거리를 가늠하기 위해 무벽
에 다가섰을 수도 있었기 때문이다. 사람들은 대부분 을현이
다시 무벽에서 멀어져 재차 무벽을 향해 돌진할 거라 예상하
고 있었다.

그런데 무벽에 다가선 을현은 무벽 앞에서 움직일 줄 몰랐
다. 그는 그저 고개를 들어 검산 육조사와 두 명의 소천 도전
자들이 남긴 무흔을 아주 오랫동안 바라보고 서 있을 뿐이었
다.

"시작해라. 어서!"

기다림에 지쳤을까. 누군가 소리를 질러 을현의 도전을 재
촉했다. 그러자 이곳저곳에서 사람들의 웃음소리가 터져 나왔
다. 다분히 조롱 섞인 웃음소리들. 개중 일부는 이미 을현이
도전을 포기했다고 생각하고 있는 듯 보였다.

"조심해서 올라가시오! 자칫 중간에 힘이 떨어지면 크게 다
칠 테니 말이오!"

다시 누군가의 조롱 소리가 들려왔다. 그러자 조금 전 보다
더 큰 웃음소리가 장내 곳곳에서 터져 나왔다. 그런데 바로 그
순간 을현이 사람들이 전혀 생각지도 못했던 방법으로 암벽을
오르기 시작했다.

픽! 픽!

을현의 손과 발이 마치 도검이 달린 것처럼 암벽을 파고들
기 시작했다. 그리고 그렇게 한 번씩 암벽 속에 자신의 손과
발을 찔러 넣을 때마다 을현의 신형은 훌쩍훌쩍 무벽을 거슬

러 올라갔다.

"저… 저런 방법도 있었군."

남독마군이 누구도 생각지 못한 방식으로 무벽을 타고 오르는 을현을 바라보며 조금 당황한 듯한 음성을 흘려냈다. 당황한 것은 남독마군만이 아니었다. 무벽 앞에 모여 있는 수백의 무천향 고수들도 생각지도 못했던 을현의 등벽 방식에 놀라 입을 닫고 을현의 움직임에 시선을 집중하고 있었다.

을현에 대한 조롱으로 왁자지껄하던 장내가 삽시간에 침묵에 잠겼다.

퍼퍽!

그 와중에도 을현은 일정한 간격으로 암벽에 손발을 꽂아 넣고 있었다.

"정말 엄청난 공력이군요."

석청이 놀란 얼굴로 무벽을 오르는 을현을 보며 말했다.

"나도 저 정도일 줄은 몰랐군. 본래 을밀부의 정해공은 축기에 있어서 남다른 효능을 가지고 있는 것으로 알려져 있지. 하지만 저 나이에 저런 공력은… 정말 괴물이 한 명 탄생한 것 같군."

여간해선 다른 사람을 칭찬하지 않는 단보조차도 암벽에 손발을 꽂아 넣으며 등벽을 하고 있는 을현의 공력에는 놀라지 않을 수 없는 모양이었다.

수백의 무천향 고수들은 눈 한 번 제대로 깜박이지 못한 채 을현의 모습을 바라보고 있었다. 을현의 모습은 기이하면서도 강렬해 무공에 미친 무천향 고수들을 완전히 사로잡고 있었다.

그렇게 이십여 개의 구멍을 무벽에 뚫은 을현이 드디어 이괄과 을경이 만들어놓은 무흔 근처에 도달했다. 일단 목표한 지점에 도착한 을현은 한 손과 두 발로 몸을 지탱한 채 자신의 옆쪽으로 시선을 돌려 이괄과 을경, 그리고 그 위쪽에 위치한 육조사의 무흔을 가만히 살펴봤다. 사람들은 이 기이한 무인이 무벽에 어떤 흔적을 남길지 숨을 죽인 채 지켜보고 있었다.

한참 동안 다른 사람들의 무흔을 바라보던 을현이 결심이 선 듯 허리춤에서 한 자루 검을 꺼내 들었다.

웅!

순간 장대한 소음과 함께 너무도 쉽게 을현의 검에서 검기가 만들어졌다.

"젠장, 마치 땅 위에 떨어진 물건을 줍는 것 같군."

힘 한번 쓰지 않고 검기를 만드는 을현의 모습에 남독마군이 질린 듯 중얼거렸다. 다른 사람들 역시 을현의 무지막지한 공력에 입을 다물지 못하고 있었다.

일단 검기를 만들어낸 을현은 한 번 호흡을 고른 후 천천히 무벽에 한 자의 글씨를 새겨 넣기 시작했다. 을현의 검이 움직일 때마다 그의 검기에 파여 나온 암벽의 잔재들이 무벽 아래로 떨어져 내렸다.

을현은 검이 아닌 붓으로 글씨를 쓰듯 무척 정성들여 무벽에 글씨를 새기고 있었다. 그러나 애초에 서예에는 재주가 없는 듯 을현의 글씨는 그리 좋은 모양을 갖추지는 못했다. 하지만 장내의 고수 중 누구도 을현의 서예 실력을 흉보는 사람은 없었다. 무천향의 사람들은 무인이었다. 그들에게 중요한 것은 글씨의 모양이 아니라 글씨, 그 자체를 통해 드러나는 을현의 무공이었다.

모든 사람들의 시선을 한눈에 받으며 그렇게 을현은 자신의 글씨를 무벽에 새겼다. 그리고 을현이 공들여 무벽에 한 자의 글씨를 완성했을 때 무벽 아래서 을현을 바라보고 있던 무천향의 고수들 중 정종에 속한 고수들의 표정이 감격으로 변했다.

을현이 무벽에서 손을 뗐을 때 그의 앞에는 종(宗) 자가 살아 있는 듯 꿈틀거리며 새겨져 있었다. 을현이 새긴 종(宗) 자는 옆에 새겨진 을경의 글씨와 합쳐 정종(正宗)이라는 한 단어를 완성했다.

수백 년 무천향의 주인이었던 정종. 그러나 최근 들어 그 위세는 끝없이 추락했고, 급기야 을씨로 이어오던 무천향의 향주 자리마저 다른 정파의 힘에 위협받는 처지에 몰려 있었다. 해서 정종 무인들은 최근 들어 무척 의기소침한 상태였다. 그런 상황에서 검산의 상징과도 같은 검산무벽에 정종이라는 두 글자를 새겨 넣었으니, 정종의 고수라면 누구도 감격하지 않을 수 없었다.

"의미가 깊군요."

남독마군이 나직한 목소리로 중얼거렸다.

“그는 위사로 살아오면서도 정종에 대한 자부심을 가슴속
에 품고 살았나 보군.”

단보의 목소리 역시 조금 흔들리는 듯했다. 비록 단보는 죽
림의 고수였지만 과거 을몽학과의 인연 등을 통해 정종에 남
다른 감정을 지니고 있었다.

무벽 아래서 을현이 보여준 기이하고 충격적인 무공에 무천
향 고수들의 놀라고 있는 사이 어느새 을현은 올라갈 때와 같
은 방법으로 무벽을 내려오고 있었다. 그러나 이번에는 무벽
에 더 이상의 구멍을 내지 않았다. 그는 자신이 올라갈 때 만
들어놓은 구멍에 의지해 무벽 아래까지 내려왔다. 그리곤 마
치 자신이 써놓은 글씨를 감상하듯 무벽에서 조금 뒤로 물러
나 무벽 중앙에 새겨진 정종이라는 글씨를 한참 동안 올려다
봤다. 그때까지 장내의 그 누구도 큰 목소리를 내지 않았다.

얼마의 시간이 흘렀을까. 문득 을현이 신형을 돌렸다. 사람
들의 시선에 드러난 그의 얼굴에서는 오랜 여행을 끝마친 자
의 평온함 같은 것이 느껴졌다.

을현이 천천히 걸음을 옮기기 시작했다. 무벽을 둘러싸고
있던 무인들의 바닷물 갈리듯 좌우로 갈라졌다. 을현은 사람
들이 만든 그 길을 따라 천천히 걸음을 옮겼다. 그리곤 처음
이곳에 올 때와 마찬가지로 단보 앞에서 걸음을 멈췄다. 걸음
을 멈춘 을현이 단보에게 가볍게 고개를 숙여 보였다.

“수고했네.”

단보가 가볍게 고개를 끄덕이며 입을 열었다. 그러자 을현

이 마치 태어나서 처음 말을 하는 사람처럼 조금 어눌한 목소리로 입을 열었다.

"소천께서 실망하지는 않으셨겠지요?"

순간 파소의 머리가 쭈뼛하게 곤두섰다. 지금 을현이 말하는 소천은 아마도 자신의 부친 을몽학을 지칭하는 것일 터였다.

"대견하게 생각할 걸세. 아니, 한 명의 무인으로서 자넬 존경할 걸세."

그러자 을현의 얼굴에 빙그레 미소가 지어졌다.

"그럴까요?"

"그럼!"

"다행이군요. 그럼!"

을현이 여전히 미소를 머금은 표정으로 단보에게 고개를 숙여 보이고는 올 때와 같은 길을 걸어 검산을 내려갔다. 그에겐 무벽에 검흔을 남겨 무천향의 소천이 되는 것 따위는 애초에 관심이 없는 모양이었다.

"단지 몽학 그 사람을 위해 저 글씨를 새긴 것이다. 아아, 을현, 그야말로 무인 중의 무인이구나."

단보가 나직한 탄성을 자아냈다. 무벽 앞에 모인 사람들은 을현의 모습이 나무들 사이로 사이질 때까지 단 한 사람도 자리를 떠나지 않았다.

*　　　　*　　　　*

한 사람의 등장이 무천향의 분위기를 변화시키고 있었다. 정종 을현의 등장. 검산무벽에 그가 남긴 무공의 흔적도 흔적이었지만 그가 지금까지 전혀 알려지지 않았던 고수라는 점, 그리고 그의 출신이 정종이라는 점, 또한 무도에 대한 순수한 정열을 지닌 온전한 무천향의 무인이라는 점이 무천향의 무인들에게 준 충격은 지대한 것이었다.

변해가는 무천향에 한줄기 청량제 같은 존재로 떠오른 을현은 그래서 그의 의사야 어찌 되었든 간에 하루아침에 무천향의 가장 강력한 후계자로 떠오르고 있었다.

무천향은 과거의 순수함을 잃고 야망의 시대로 접어들고 있었지만 아직도 순수한 무도의 땅이었던 무천향을 그리워하는 사람 또한 적지 않았다. 그 대표적인 인물을 들라면 아마도 죽림의 단보라고 할 수 있을 것이다. 어쨌든 그런 과거의 무천향에 대해 향수를 간직한 무인들에게 을현은 무척 매력적인 향주 후계자의 후보라고 할 수 있었다.

더군다나 비록 방계이기는 하지만 그가 정종 출신이고, 을씨 성을 가지고 있다는 점은 더더욱 무천향의 전통을 중시하는 사람들에겐 호감을 갖게 하는 조건이었다.

을현의 등장으로 무천향의 후계자 구도는 전혀 예상치 못한 방향으로 흘러가기 시작했다. 그동안은 검산이목 가운데 한 명이 결국 소천의 자리에 오를 거란 예상이 거의 정해진 사실로 받아들여졌지만 이제 무천향의 무인들은 어쩌면 비록 적통

은 아닐지라도 정종의 을씨가 여전히 무천향의 향주 자리를
이어갈지도 모른다는 이야기를 하기 시작했다. 을현의 명성은
어느새 검산이목 이괄을 넘어서고 있었던 것이다.

그렇게 무천향의 분위기가 을현 한 사람으로 인해 기이한
방향으로 변하기 시작한 지 열흘 후, 다시 한 명의 고수가 무벽
으로 향했다. 이괄과 함께 가장 강력한 무천향의 후계자로 받
아들여졌던 검산의 탁발무, 그가 드디어 무벽에 도전할 날이
다가왔던 것이다.

휘영청 보름달이 무천향을 밝히고 있었다. 달빛이 부서지며
하늘에서 내려와 성해(星海)와 무천향 곳곳에 신비한 기운을
가득 불어넣고 있었다. 사람들은 그 신비스런 기운이 물씬 풍
기는 밤에 무벽으로 몰려들었다.

파소는 성해 건너편 남쪽에서 멀리 바라다보이는 무벽을 힐
끔 돌아봤다. 사조의 고수들 역시 걸음을 옮기면서도 가끔씩
고개를 돌려 무벽을 바라보곤 했다. 아쉽게도 파소와 사조는
오늘 무벽에서 펼쳐질 탁발무의 무벽 도전을 구경할 운이 없
었다. 마침 오늘이 갑대가 향의 경계를 서는 날이기 때문이었
다.

"그가 을 대협의 경지를 넘어설 수 있을까요?"

역시 호기심이 강한 쪽은 젊은 쪽이었다. 무악의 죽음으로
사조의 위사가 된 초영이 역시 사조에선 젊은 축에 속하는 산
웅에게 물었다. 눈치를 보면 파소에게 묻고 싶은 듯했지만 지

난번 복면 괴인들과의 혈전 이후 왠지 모르게 사조의 위사들은 파소를 어려워하고 있었다. 조장 비량조차도……

"글쎄, 알 수 없는 일이지. 하지만 내 생각엔 수준으로 논하자면 큰 차이는 없을 걸세. 을 대협이 주목받는 이유 중 하나는 무공의 고하를 떠나 그 등장이 워낙 급작스러웠기 때문이니까. 더군다나 정종 출신의 고수란 점에서 사람들의 주목을 받는 것이지. 하지만 사실 무공만 놓고 봤을 땐 앞서 무벽에 도흔을 남긴 검산이목 이괄 역시 을 대협에 뒤지는 것은 아닐세. 그저 분위기가 을 대협 쪽으로 기울어지고 있을 뿐이지."

그러자 가만히 두 사람의 대화를 듣고 있던 정천이 혼잣말처럼 중얼거렸다.

"그래서 한밤중을 택해 무벽에 도전하려는 것일까?"

"그건 무슨 말씀이십니까?"

산웅이 의아한 눈으로 정천에게 물었다.

"음, 탁발무 말이야. 밝은 날을 놔두고 이런 밤중에 무벽에 도전하는 이유가 궁금했거든. 그런데 생각해 보니 이렇게 달빛이 드리운 밤에 무벽에 도전하면 좀 더 자신의 무공을 신비하게 보일 수 있을 거란 계산을 했기 때문이 아닐까 그런 생각이 드는군."

"설마 무벽에 도전할 정도의 고수가 그런 계산까지 하고 시간을 택했겠습니까?"

산웅이 고개를 저으며 말하자 정천이 정색을 하며 대꾸했다.

"그건 자네가 잘못 생각한 거야. 무벽에 대한 도전은 평범한 무공 시연이 아니지 않는가. 순수하게 무위를 드러내는 것, 그 자체가 목적이 아니란 말일세. 무벽에 대한 도전은 무천향의 주인이 되기 위한 관문일세. 그러니 사실 무위도 무위지만 사람들의 마음을 끌어들이는 것도 무척 중요하단 말일세. 만약 같은 정도의 무위를 지녔다면 무천향 식구들의 평판에 의해 다음 소천이 결정될 것이 아니겠는가. 그런 면에서 보자면 무공뿐 아니라 그 무공을 포장하는 것 또한 중요한 일이네. 을현 그 사람과 같은 경우, 스스로 의도하지 않았음에도 자연스럽게 그런 결과를 얻는 것이고… 그러니 만약 탁발무가 을현과 비슷한 무공 수위를 가지고 있다면 그 또한 특별한 분위기를 만들지 않을 수 없을 것일세."

정천은 산웅이나 초영과 달리 을현을 대협으로 부르지 않았다. 아마도 그건 정천의 나이가 을현과 비슷한 또래였기 때문일 터였다. 더군다나 같이 위사의 일을 하며 오랫동안 마주쳐 오던 사람이었으니 그를 대협이라 부르는 것은 정천에게 그리 쉬운 일이 아닐 터였다.

"듣고 보니 그도 그렇군요. 무공 실력뿐 아니라 사람들의 마음을 사로잡아야 한단 말이지요?"

"그렇지. 마침 오늘 밤은 달빛도 고고하니 사람들의 마음을 빼앗기에는 좋은 밤이지."

"정말 그래서일까요? 이 밤을 택한 것이……."

"탁발무 그라면 몰라도 그의 부친이라면 아마 그러고도 남을 걸세.”

정천의 말에 산웅과 초영도 고개를 끄덕였다. 십이종성 중 검산의 호랑이라 불리는 탁발로의 야망은 이미 무천향의 모든 무인들이 알고 있는 사실이었다. 검산무벽을 통해 향의 미래를 결정하자고 향주를 압박한 사람 또한 탁발로가 아니었던가.

“그런데 탁발무가 과연 사람들의 마음을 사로잡을 만한 무공을 선보일 수 있을까요? 지금까지는 솔직히 검산이목 중 이괄 쪽이 조금 낮다는 평가를 받고 있지 않았습니까?”

“그렇긴 하지만 무공이란 결국 눈으로 확인해 봐야 아는 것 아니겠나. 솔직히 지금까지 제대로 그의 무공을 본 사람은 아무도 없지 않은가? 결과는 내일 아침 향 식구들의 반응을 보며 알게 되겠지.”

사람들의 시선이 다시금 검산무벽으로 향했다. 아련하게 사람들의 환호성이 들려오는 듯했다.

“그만 가지.”

비량이 무감정한 목소리로 입을 열었다. 길이 왼쪽으로 굽어져 있어 조금만 더 가면 더 이상 검산무벽을 볼 수 없는 지점이었다. 그 때문인지 조금 느려졌던 사조의 발걸음을 비량이 재촉한 것이었다.

“조장께선 별 관심이 없습니까?”

정천이 비량의 말에 서둘러 걸음을 옮기며 물었다.

“왜 관심이 없겠나. 나도 무천향의 무인인 것을…….”

“그런데 별반 관심이 없는 것처럼 보입니다만…….”

“정확하게 말하자면, 난 탁발무에게는 별 관심이 없다고 하는 것이 맞을 걸세.”

어느새 일행은 무벽이 보이지 않는 지점에 들어서 있었다.

“그 말씀은 탁발무가 이 경쟁의 승자가 되긴 어렵다는 말씀이시군요.”

“아마도…….”

“의원데요? 탁발무 정도라면 가장 강력한 후보자인데…….”

“물론 보름 전에는 나도 그렇게 생각하고 있었네.”

그러자 정천이 호기심 어린 표정을 지으며 물었다.

“그 생각이 왜 바뀌신 겁니까?”

그러자 비량이 어이없다는 표정으로 정천을 보며 물었다.

“정말 몰라서 묻는 건가?”

“…그게……?”

정천은 여전히 감을 잡지 못하는 모양이었다. 그러자 비량이 혀를 차며 슬쩍 파소를 바라봤다. 순간 정천이 그제야 뭔가를 떠올린 듯 고개를 끄덕였다.

“그, 그렇군요. 바로 저 친구 때문이군요. 음… 허허, 생각해 보니 그렇군요. 을현, 그 사람이나 검산이목이나 물론 대단한 무공을 지니고 있지만 결국 아직은 무공을 완성한 사람들은 아니지요. 말 그대로 잠룡일 뿐이지. 그런데 저 친구는… 휴우, 왜 난 자꾸 저 친구를 잊어버리게 되는 걸까?”

물론 파소의 귀에도 비량과 정천의 말이 들려왔다. 그러나 파소는 그들을 향해 눈길 한 번 돌리지 않았다.

"본래 가까이 있는 사람은 가끔 잊고 사는 게 인생이라네."

"이봐, 파소!"

정천이 소리를 높여 파소를 불렀다. 복면 괴인들과의 혈전 이후 사조의 조원 중 파소를 이렇게 스스럼없이 부른 사람은 정천이 처음이었다. 정천의 부름에 파소가 고개를 돌려 정천을 바라봤다.

"언제 도전할 건가?"

"무슨……?"

"무벽 말이야."

"아직은……."

"날을 정하지 않았단 말이군. 도둑고양이처럼 몰래 가서 무벽에 검흔을 남기고 오면 안 되네. 자네의 성정으로 보건대, 충분히 그러고도 남을 사람이지. 하지만 자네도 들었겠지만 이번 무벽에 대한 도전은 사람들의 이목을 끌어야 효과가 제대로 나는 일일세. 도전할 날짜가 정해지면 말해주게. 내가 제대로 소문을 내줄 테니까."

"그래주시겠습니까?"

파소가 빙그레 미소를 지으며 묻자 정천이 크게 고개를 끄덕였다.

"후후, 당연하지. 사실 그간 알게 모르게 우리 죽림의 무사들은 언제나 무천향의 외인 취급을 받아온 것이 사실일세. 출신 때문이라고도 하지만 그것보다는 정종과 검산에 비해 한 수 아래인 무공이 더 큰 이유가 됐을 걸세. 그러니 이번에 자네가 무벽에 도전해서 죽림에도 사람이 있다는 걸 보여주게나. 흐흐, 내 생각엔 말이야. 아마도 무천향 전체를 통틀어 오십 이전의 나이에 자네를 능가할 만한 인물은 없을 걸세. 포장만 잘하면 이 검산무벽에서의 경쟁은 자네의 승리가 될 걸세."

"누굴 이기고자 하는 일은 아닙니다."

"알고 있네. 하지만 이겨서 향의 소천이 된다고 나쁜 일은 아니지 않은가? 이런 경우를 두고 꿩 먹고 알 먹는다고 하는 걸세. 아무튼 날짜가 정해지면 미리 알려주게."

"그러지요."

시원스런 파소의 대답에 갑자기 사조의 분위기가 부드럽게 변했다. 복면 괴인들을 상대한 이후 파소에 대해 거리감을 느꼈던 사조의 조원들이 다시 파소를 예전처럼 편한 사이로 느끼기 시작한 것이다. 그건 아마도 사조의 조원들이 모두 죽림 출신이기 때문에 가능한 일인지도 몰랐다.

그렇게 파소와 사조의 위사들 관계가 급격하게 본래의 모습으로 회복되는 사이 어느새 사조 위사들은 시야를 가리고 있던 암벽을 돌아 다시 무벽이 바라보이는 지점에 도달했다. 그리고 그때 그들의 귀에 거대한 함성이 성해 넘어 저쪽으로부터 들려왔다.

"우우우!"

검산무벽에서 들려오는 함성 소리에 사조의 위사들이 누가 먼저랄 것도 없이 걸음을 멈추고 시선을 돌렸다. 함성은 꽤 오랫동안 이어졌다.

"끝난 모양이지요?"

정천이 조금 긴장한 표정으로 비량을 보며 물었다.

"그런가 보군."

비량의 표정은 여전히 무심했다.

"함성 소리를 들어보니 대단한 모습을 보인 모양이군요."

"그런 모양이군. 그만 가세. 그의 무위야 돌아가면 알 수 있겠지."

비량이 덤덤하게 대답을 하고는 서둘러 다시 걸음을 옮기기 시작했다.

"훗, 정말 이젠 파소 저 친구만 눈에 들어오시나 보군. 하긴… 잠룡들이 이미 승천한 용을 당할 수는 없는 일이니까."

정천이 흘깃 파소를 돌아보고는 서둘러 비량의 뒤를 따르기 시작했다.

을현의 등장으로 급격하게 정종 쪽으로 기울어져 가던 무천향의 분위기는 보름달 아래서 펼쳐진 탁발무의 무벽 도전 이후 팽팽한 균형을 이루기 시작했다.

말 꾸미기 좋아하는 사람들이 월하광도라 이름 붙인 탁발무의 도법은 무벽에 한줄기 초승달 모양의 도흔을 남겼는데 그 깊이와 강렬함, 그리고 한 치의 흐트러짐없이 이어진 초승달 모양의 유려함이 과거 무천향을 세운 검산 육조사 중 탁발무의 선조인 도왕 탁발묵이 남긴 도흔에 거의 근접하고 있다는 평가를 받을 정도였다.

어쨌든 그렇게 무천향의 새로운 소천이 되기 위해 무벽에 도전한 잠룡들 중 정종의 을현과 검산의 탁발무가 가장 앞서 나가기 시작했다. 그리고 시간이 흐르기 시작했다.

*　　　*　　　*

탁발무가 검산무벽에 초승달 모양의 도흔을 만든 지 어언 칠 개월, 어느새 무벽에 도전할 수 있는 시간이 채 한 달밖에 남지 않은 어느 가을날 오후, 파소는 여느 때처럼 자신의 모옥 앞마루에서 석청과 함께 오후의 햇살을 즐기고 있었다. 그런 데 조용하던 파소의 모옥으로 일단의 인물들이 들이닥쳤다.

"어쩐 일로……?"

파소와 석청이 갑자기 몰려온 사람들에 놀라 엉거주춤 자리 에서 일어났다.

대성사 남창과 그의 곁을 지키는 초한, 그리고 남독마군 기 신과 어제까지만 해도 함께 무천향의 경계를 돌았던 사조의 위사들까지, 마치 큰일이라도 내려는 듯 파소의 눈앞에 서 있 었다.

"큼, 오늘은 꼭 대답을 듣고 가야겠네. 자네가 입을 열 때까 지 이곳에 떠나지 않을 생각일세."

대성사 남창이 단호한 어투로 말을 흘려내고는 파소와 석청이 앉아 있던 마루에 엉덩이를 붙이고 앉았다.

"우리도 마찬가질세. 오늘은 자네의 대답을 꼭 들어야겠네. 도대체 언제 무벽에 도전할 건가? 이제 한 달밖에 남지 않았네. 이미 향의 무인들은 을현과 탁발무, 두 명 중 한 명이 향의 새로운 소천이 되는 것을 거의 기정사실로 받아들이고 있는 상황일세. 자네, 혹시 무벽 도전을 포기한 건가?"

남독마군 기신이 불만스런 표정으로 물었다.

"모두 그 일 때문에 이렇게 달려오신 겁니까?"

"남의 일처럼 말하는군."

오랫동안 함께 위사 일을 하며 한 식구처럼 가까워진 비량이 원망하듯 말했다. 그러자 파소가 미소를 지으며 물었다.

"모두 듣지 못하셨군요."

"뭘 말인가?"

"단 어른께서 말씀드리지 않은 모양이군요. 오 일 뒤에 무벽에 가볼 생각입니다."

순간 대성사 남창이 자리에서 벌떡 일어났다.

"정말인가?"

"어제 단 어르신과 정한 일인데……."

"이런이런, 단 노형님이 이럴 수가 있는가? 그런 중요한 일을 말해주지 않으시다니. 그런데 어딜 가신 거지? 이곳으로 오면서 들러보니 안 계시던데?"

초한이 투덜거리다가 고개를 갸웃하며 중얼거렸다.

"아침에 보니 향주전으로 드시는 것 같았습니다만……."

사조의 위사 정천이 조심스럽게 말했다. 비록 지위 고하가 흐릿한 죽림이지만 초한은 정천으로서도 함부로 대할 수 없는 사람이었다.

"아침부터 향주전에? 혹 들은 말이라도 있는가? 어제 만났었다니……."

초한이 파소에게 물었다.

"아뇨. 저도 들은 것이 없습니다만."

초한의 질문에 파소가 고개를 저었지만 내심 단보가 향주전에 간 이유를 짐작할 수는 있었다.

파소의 무벽 도전이 늦어진 것은 사실 단보 때문이었다. 파소로서는 귀찮은 일 미리 끝내놓자는 생각도 없지 않았지만 단보는 신중하게 도전 시기를 정해야 한다고 말하며 그 시기를 정하는 것을 자신에게 맡겨달라고 했었다.

이후 단보는 무벽 도전 시한이 한 달밖에 남지 않은 어제까지도 파소에게 무벽에 도전할 날을 정해주지 않았다. 파소는 왜 단보가 무벽 도전을 미루는지 그 이유를 정확하게 알지는 못했지만 어렴풋이 짐작은 하고 있었다.

단보는 고담이 은밀하게 파소를 찾아온 이후 무천향주 을도산과 모종의 협의를 시작한 듯 보였다. 특히 을산인 등 삼 인을 구하기 위해 복면인들이 등장한 이후에는 좀 더 자주 향주전을 출입하는 단보였다. 이미 파소는 복면 괴인들 중 사색사혼 중 백혼이 포함되어 있었다는 말을 오래전에 단보에게 전했었다.

어쨌든 단보의 그런 은밀한 행동들은 파소의 무벽 도전에
향주 을도산 또한 관여하고 있다는 의미였다. 결국 파소의 무
벽 도전은 단보와 을도산 두 사람에 의해 시기가 조율되었을
터였고, 드디어 어제 그 날짜를 정한 것이었다. 그리고 그 말은
두 사람이 드디어 파소를 무천향의 무인들에게 노출할 준비를
끝마쳤다는 말이기도 했다.

"준비가 끝났다. 이젠 무벽에 도전하거라."

어제 밤늦게 파소를 찾아와 단보가 전한 말이었다. 파소는
묵묵히 고개를 끄덕였다. 단보와 을도산이 어떤 준비를 해왔
는지는 알 수 없었다. 하지만 파소는 단보에게서 어떤 자신감
같은 것을 느꼈다. 그건 곧 암중 세력들의 도전에 응할 준비가
되었다는 의미일 터였다.
"거참, 단 노형님의 행보는 예측할 수가 없단 말이야. 향주
님을 별로 좋아하지도 않으면서 요즘 들어서는 부쩍 향주전
출입이 잦으신 듯하고. 무슨 일을 하시는 건지 통 말이 없으시
니……."
초한이 고개를 갸웃거리며 중얼거리자 대성사 남창이 나직
한 목소리로 말했다.
"단보 그 사람이 어디 허술하게 움직일 사람인가? 무슨 일
이 있겠지. 그것보다 자네, 자신은 있나?"
남창의 시선이 어느새 파소에게 닿아 있었다.

“그저 한 번 해볼 뿐이지요.”

파소의 대답은 영 맥이 없어서 파소의 무벽 도전 소식에 흥분했던 장내 고수들의 기운을 쭉 빠지게 만들었다.

“모두들 자넬 주시하고 있는데 자네 혼자 태평이군.”

비량이 어쩔 수 없다는 듯 고개를 저으며 실소를 흘렸다. 비량은 파소와 함께 위사 일을 하며 파소의 성정을 익히 알고 있었지만 무벽에 대한 도전조차 별일 아니라는 듯 말하는 파소가 생각할수록 신기한 모양이었다.

그러나 그런 비량의 말에도 파소는 그저 미소로 대답할 뿐이었다. 그러자 비량이 더 이상 할 말이 없다는 듯 너털웃음을 터뜨렸다.

“허허, 내가 하루 이틀 겪는 것도 아니지.”

파소의 무벽 도전 소식으로 잠시 흥분이 일었던 장내의 분위기 다시 차분하게 가라앉았다. 그러자 남창이 정색을 하며 입을 열었다.

“최선을 다하겠지?”

“물론 그래야죠.”

“그렇다면 해두고 싶은 말이 있네.”

“말씀하십시다.”

파소가 진지한 표정으로 남창의 말을 기다렸다.

“내가 볼 때 자네의 무위라면 분명 앞서 무벽에 무흔을 남긴 사람들을 능가하는 검흔을 남길 수 있을 걸세. 그러나 문제는 바로 그다음일세.”

“무슨 말씀이신지……?”

“무천향은 두 명의 소천을 연이어 잃었네. 그것도 모두 알 듯이 석연찮은 이유들로 말일세. 그러니 다시 그런 일이 발생하지 말란 법이 있겠는가?”

남창의 말에 곁에 있던 초한 놀란 표정을 지으며 남창에게 물었다.

“그 말씀은 누군가 소천이 될 가능성이 있는 사람에게 살수를 펼칠 수도 있다는 것입니까?”

“아니라고 말할 수 있나?”

“그… 그야…….”

“지금의 무천향은 과거의 무천향이 아닐세. 무도는 쇠퇴하고 야망이 흘러넘치고 있네. 야망이란 인간에게 어떤 일이든 할 수 있게 만드는 마약과 같은 것이네. 지금 그 야망이란 마약에 취한 자들이 무천향에 득실대고 있네. 아마 파소 자네가 다른 도전자들보다 뛰어난 무혼을 남기는 순간, 자넨 그들의 표적이 될 걸세. 앞서 두 명의 소천이 그랬듯이…….”

파소는 남창의 경고를 들으면서도 여전히 담담했다.

“찾아온다면 한 번 만나보고 싶군요. 무천향을 피로 물들인 자들이 어떤 자들인지…….”

파소의 말에 자신감이 넘친다.

“자네…….”

남창이 조금 놀란 표정을 지었다. 파소의 말투에서 지금까지 파소에게서 느끼지 못했던 투쟁심이 느껴졌기 때문이다.

“먼저 싸움을 만들지는 않겠지만 걸어온 싸움을 피할 생각
은 없습니다.”

“각오가 돼 있다는 말이군.”

“애초에 무벽에 도전하기로 결심한 순간부터 그 각오는 되
어 있었습니다.”

파소의 말에 남창이 고개를 끄덕였다.

“좋네. 자네가 무벽에 검흔을 남기는 그 순간부터 우리가 자
네를 지킬 걸세.”

“그러실 필요까지는 없습니다.”

“아니야. 어차피 사분오열된 무천향! 죽림의 사람은 죽림이
지킬밖에!”

第七章

선검(仙劍)

　"이봐요, 기분은 어때요?"

　아침 햇살이 파소의 얼굴을 비추었다. 그 햇살을 뚫고 햇살보다 더 밝은 석청의 얼굴이 불쑥 파소의 눈앞에 나타났다. 이젠 익숙해진 석청의 부드러운 몸이 기분 좋게 느껴졌다.

　"좋아요."

　파소의 대답이 너무 짧았을까, 석청이 입을 삐죽이며 말했다.

　"당신은 정말 긴장이란 걸 모르는 사람이군요. 이봐요. 오늘은 당신이 검산무벽에 도전하는 날이라고요. 뭔가 좀 다른 모습을 보여줄 순 없어요?"

　"솔직히 내겐 별로 부담되는 일이 아니에요."

"아직도 무천향이 남의 집처럼 느껴져요?"

"내 집이 아닌 건 맞잖아요?"

"그런가요? 전 언제부턴지 이곳에 익숙해져 가고 있어요. 그래서 당신이 이곳의 주인이 되었으면 좋겠어요. 그럼 이곳을 다시 예전의 그 순수했던 곳으로 돌려놓을 수 있지 않을까요?"

석청의 말에 파소가 살짝 눈을 감았다. 그리곤 부드럽게 석청의 어깨를 쓰다듬으며 말했다.

"세상은 한 사람에 의해 변할 수 없는 곳이에요."

"불가능하단 말인가요?"

"결국 세상은 다수가 원하는 대로 흘러가요. 그것이 패망의 길이든 성공의 길이든… 세상을 바꿨다고 추앙받은 영웅은 사실 그런 다수가 선택한 꼭두각시일 뿐이지요. 물론 그 자신은 자신이 세상을 변화시켰다고 생각하겠지만… 난, 그런 꼭두각시로 살 생각 없어요."

"하지만 이곳은 당신의 뿌리가 있는 곳이에요."

"그랬죠. 하지만 그 옛날 을밀부가 해동의 백두에서 이 사막으로 터전을 옮겨왔듯이 사람은 때가 되면 또 다른 터전을 찾을 수밖에 없어요. 난 이 무천향이 오래 지속되지 않을 거란 예감이 들어요. 그러기에는 무천향의 무인들이 너무 많이 욕망에 물들었어요. 인간은 생각보다 약해요. 누구든 일단 권력에 욕심을 내게 되면 그 격류에서 빠져나올 수 있는 사람은 거의 없지요. 무천향은 이미 그 격류를 타기 시작했어요."

“그럼 왜 무벽에 도전하는 거죠? 포기한 곳이라면 굳이 무벽에 도전할 이유가 없잖아요?”

그러자 파소가 시선을 돌려 석청을 바라봤다. 석청은 파소의 눈에 차가운 한기가 스쳐 지나가는 것을 느꼈다.

“우리가 왜 이곳에 왔는지 잊었어요?”

“그럼 단지 그 이유 때문에……?”

“이미 변한 무천향을 예전으로 되돌릴 수는 없어요. 하지만 최소한 그 변화를 시작한 사람들, 그래서 내 부모와 이 무천향을 망쳐 버린 사람들에게 대가를 치르게 해줄 순 있을 거예요. 그래서 아주 짧은 시간이라도 내가 이 무천향의 후계자가 될 필요가 있는 거지요.”

파소의 대답에 석청이 살짝 몸을 떨었다. 파소는 석청의 떨림을 온몸으로 느꼈다.

“전 걱정이 되요. 당신이 변할까 봐.”

“후후, 걱정 말아요. 나라는 인간은 뛰어난 영웅이 될 수 없는 인간이지만 또한 악명 높은 마인이 될 수도 없는 사람이니까. 아마 모든 일이 끝나면 우린 다시 초원 위에 있을 거예요.”

“약속하는 거죠?”

“그래요.”

파소가 고개를 끄덕였다. 그러자 석청이 재빨리 이불을 걷어차며 몸을 일으켰다.

“좋아요. 이젠 그만 얼른 일어나세요. 무벽으로 갈 시간이에요!”

                    *   *   *

   아침부터 무천향의 무인들이 꼬리에 꼬리를 물고 검산을 올랐다. 그들의 얼굴에는 감출 수 없는 기대감이 서려 있었다. 그도 그럴 것이, 또다시 한 명의 무인이 무벽에 도전하는 날의 아침이었기 때문이다.

   검산이목 탁발무 이후 지난 수개월간 무벽에 도전하는 무인은 더 이상 나오지 않았다. 아니, 몇 자신의 주제를 알지 못한 무인들이 검산무벽을 찾았으나 그들 중 대부분은 무벽 앞에서 검도 뽑지 못하고 되돌아갔다. 당연히 무벽에 남겨진 무흔은 더 이상 늘어나지 않았다.

   그렇게 몇 개월의 시간이 흐르자 사람들은 서서히 더 이상 무벽에 도전할 무인이 없을 거라 말하기 시작했다. 그럴수록 을현과 탁발무를 둔 정종과 검산의 신경전은 치열해져 갔다.

   그 와중에 파소에 대한 무천향 무인들의 관심도 서서히 사라져 어느덧 사람들의 뇌리 속에서 파소의 이름이 거의 잊혀져 가는 시점에 갑작스레 파소가 무벽에 도전한다는 소식이 죽림으로부터 흘러나왔던 것이다.

   사람들은 그 소식에 다시금 파소에 대한 기억을 떠올렸다. 그리곤 그제야 죽림의 이 잠룡이 사실은 탁발무나 을현에 비해 크게 뒤질 것이 없는 인물이란 것을 새삼스레 깨닫고는 서둘러 무벽을 향해 걸음을 옮기기 시작했던 것이다.

파소는 단보와 함께 조금 느리게 걷고 있었다. 석청과 남독 마군 등 파소와 가까운 사람들은 이미 검산에 올라 파소가 올라오기를 기다리고 있었다.

"생각보다 많군요."

파소가 무벽 앞에 몰려든 무천향의 고수들을 바라보며 입을 열었다. 얼핏 보아도 족히 삼백은 되어 보이는 대군중. 무천향 전체의 인구가 천여 명에 지나지 않는다는 걸 생각하며 대단한 숫자였다.

"넌 죽림의 무인이니까. 죽림은 무천향에서 가장 많은 사람이 살아가는 곳이 아니더냐."

"그렇군요. 이거 후원하는 사람들 숫자로 보자면 제가 제일 낮겠는걸요?"

파소가 짐짓 농을 흘렸다.

"나쁘지 않구나. 농을 할 여유가 있으니……."

"그저 검 자국 하나 만들고 내려오면 되는 일인데요. 뭘!"

"너에게는 그럴지 모르지만 나에게는 아니다. 난 무척 긴장이 되는구나."

"어르신이 도전하시는 것 같군요."

"물론 무벽에 오르는 사람은 너지만 널 이 자리까지 끌고 온 사람은 나다. 그리고… 네가 무벽에 검혼을 남김으로써 더 많은 이득을 볼 사람도 나겠지. 넌 무천향에 별 미련이 없는 아이니……."

“키워주신 은혜, 이번에 갚지요.”

“헛허… 은혜라. 난 날 원망을 하고 있는 줄 알았는데?”

“처음엔 그랬지만 이젠 어르신께서 제게 준 은혜가 얼마나 깊은지 알게 되었지요.”

“고맙구나.”

“후후, 이번에 그 은혜를 갚는다니까요.”

“좋아. 네가 얼마나 멋진 검혼을 남기는지 한 번 보자꾸나.”

어느새 두 사람 앞에 사람들이 사이로 이어진 길이 나타났다. 파소와 단보는 군중들 사이에 난 길을 따라 무벽을 향해 다가갔다. 한순간 석청의 얼굴이 파소의 곁을 스치고 지나갔다. 파소는 석청이 내민 손을 가볍게 잡았다 놓으면서도 여전히 걸음을 옮기고 있었다. 멀리 군중들 사이에 죽림이성의 모습도 언뜻 눈에 들어왔다.

“죽림이성까지 오실 줄은 몰랐군요.”

“후후, 그들은 아마 나보다도 더 많은 기대를 하고 있을 것이다.”

“역시 그들에게도 야망이 있는 건가요?”

“없다고는 할 수 없겠지.”

“그럼 실망시킬 수 없겠네요.”

“믿겠다.”

단보가 파소의 어깨에 손을 올려 무벽 쪽으로 살짝 밀며 말했다. 파소는 그런 단보를 돌아보지 않았다. 파소는 천천히 무벽을 향해 다가갔다. 그러자 한순간 그의 앞을 수십 척 높이의 암벽이 위압적으로 막아섰다. 파소가 고개를 들어 무벽 중간에 새겨진 열 개의 무흔을 바라봤다. 그중 여섯 개는 수백 년 전 무천향을 세운 검산 육조사가 남긴 것들이었고, 나머지 네 개는 올해 새로운 전설을 만들려는 네 명의 후기지수가 남긴 무흔들이었다. 그리고 이제 파소가 열한 번 무흔을 남기기 위해 무벽 앞에 서 있었다.

"후욱!"

파소가 깊은숨을 들이마셨다. 그러자 중력이 사라진 듯 자신의 몸이 새털처럼 느껴졌다.

"우우우!"

파소의 뒤쪽에서 무천향 고수들이 만들어내는 함성이 터져 나오기 시작했다. 그 소리들이 파소의 등을 바람처럼 밀었다, 어서 가서 무벽에 검흔을 만들라고.

"시작해 볼까?"

파소가 슬쩍 한쪽 손을 내렸다. 순간 그의 손으로 살아 있는 생물처럼 그의 낡은 검이 찾아들었다. 오래된 친구처럼 익숙한 느낌, 손에 검이 들리자 파소의 마음이 한결 편안해졌다. 어느 순간부터는 그의 뒤에서 터져 나오고 있는 함성들조차 더 이상 들리지 않았다. 오직 파소와 검, 그리고 무벽만이 파소가 인식하는 세계의 전부였다.

파소가 천천히 걸음을 옮기기 시작했다. 단 한 올의 진기도 내포된 것 같지 않은 발걸음, 그러면서도 극히 자연스러워 마치 그의 앞에 있는 무벽을 뚫고 지나갈 것 같은 걸음이었다.

그런데 그렇게 느리게 움직이던 파소의 신형이 한순간 사람들 시야에서 사라졌다.

"엇!"

수백 명의 시선이 파소를 향하고 있었지만 그들 중 파소의 움직임을 확인한 사람은 채 열도 되지 않았다. 당연히 사람들 사이에서 당혹스런 음성이 흘러나왔다. 그런데 그 당혹성이 채 사라지기도 전에 누군가의 입에서 한마디 탄성이 터져 나왔다.

"위다!"

사람들의 시선이 일제히 무벽을 타고 올랐다. 순간 사람들은 이미 열 개의 무흔이 새겨진 무벽 중간 지점에 도착해 있는 파소를 발견할 수 있었다.

"오오!"

누가 먼저랄 것도 없이 사람들 사이에서 경탄의 음성이 흘러나왔다. 사람의 눈조차 따라잡을 수 없는 파소의 움직임은 무의 고향이라는 무천향의 무인들조차도 감탄할 수밖에 없을 만큼 신묘한 것이었다.

"역시 선검인가……."

단보의 입에서 나직한 음성이 흘러나왔다. 단보는 한눈에 파소의 움직임이 선검의 수련에 의한 것임을 알아챘다. 또한 마음이 이는 곳에 검이 가 있는 것과 같이 마음이 이는 곳에 몸이 가 있는 이 경지가 선검의 여섯 단계 중 심검의 경지임을 직감적으로 깨달았다.

"누가 저 아이를 막을 수 있을 것인가!"

단보의 얼굴에 한줄기 미소가 지어졌다. 파소에 대한 대견함과 자랑스러움이 묻어나는 미소였다.

그사이 파소의 검이 텅 빈 무벽을 향해 뻗어나갔다. 파소의 검은 평범했다. 웬만한 무천향의 고수라면 쉽게 만들어낼 수 있는 검기조차도 파소의 검에선 일어나지 않았다. 그러면서도 파소의 검은 마치 칼로 두부를 베어내듯 매끄럽게 무벽을 뚫고 들었다.

슈우우욱!

사람들의 귀에 큰 나무 막대기를 물속에 넣고 휘젓는 소리가 들려왔다. 그렇게 한바탕 암벽을 휘저은 파소의 검이 순식간에 암벽에서 벗어났다. 동시에 파소의 신형이 다시 사람들의 시야에서 사라졌다.

장내가 한순간 침묵에 빠져들었다. 사람들은 사라진 파소의 신형을 찾기보다 파소가 무벽에 만들어놓은 하나의 곡선에 시선을 고정하고 있었다.

한 마리 용이 하늘로 승천하는 모습일까. 아니, 도도한 강줄기가 대지를 흘러가는 모습일 수도 있었다. 무벽에는 하나의 유려한 곡선이 새겨져 있었는데, 곡선의 어느 곳 하나 모난 곳 없이 극한의 아름다움을 드러내고 있었다. 어찌 보면 어린아이가 잔잔한 물 위에 장난삼아 만든 파랑과도 같은 이 검흔은, 그러나 무천향의 고수들을 숨 막히게 만드는 힘이 깃들어 있었다.

이곳에 모인 그 누구도 단단한 바위에 저토록 자연스런 곡선을 그려낼 수 없었다. 파소가 만든 검흔 옆으로 열 개의 무흔이 새겨져 있었지만 파소의 검흔은 그것들 중 어느 것과도 비교할 수 없는 독특한 마력을 지니고 있었다. 그 마력이 장내에 모인 무천향 무인들의 마음을 휘젓고 있었다.

그렇게 얼마나 시간이 흘렀을까. 파소는 어느새 처음 그가 걸음을 멈췄던 무벽 아래 그 자리로 돌아와 있었다. 그리곤 자신이 그려놓은 부드러운 곡선을 다른 무천향의 고수들과 함께 바라봤다. 마치 자신이 한 일이 아닌 것처럼.

"잘 나왔군."

문득 파소의 입에서 만족한 듯한 음성이 흘러나왔다. 그리고 마치 그 말을 기다렸다는 듯, 그의 등 뒤에서 거대한 함성이 일어났다.

"최고다!"

"와아아아!"

누군가의 외침으로 시작된 함성이 검산무벽을 무너뜨릴 것처럼 밀려들기 시작했다.

"검선(劍仙)이다!"

사람들의 함성 속에서 누군가 검선이란 말을 외쳤다. 순간 잔잔한 호수에 파랑이 일듯 검선이란 말이 삼백여 명의 무인들 사이로 퍼져 나갔다.

"검선이다. 검선이 출현했다."

사람의 심리란 기이해서 누군가의 입에서 흘러나온 말이 일

단 바람을 타기 시작하면 그 말의 진위에 상관없이 삽시간에
그 말을 믿어버리는 습성이 있다. 누군가의 입에서 흘러나온
검선이란 말이 일단 말의 바람을 타고 퍼지기 시작하자 파소
는 일약 정말로 검선의 경지에 오른 사람으로 여겨지기 시작
했다. 예상치 못한 이 기이한 광풍에 파소의 표정이 어둡게 변
했다.

"이건… 예상치 못한 일이군."

난감한 파소의 목소리가 나직하게 흘러나왔다. 순간 그의
곁으로 십여 명의 인물이 모여들었다. 그리곤 마치 파소를 보
호하려는 듯 파소의 주위를 에워쌌다. 그들 중에는 석청과 단
보도 포함되어 있었다.

[너무 많이 드러냈어.]

책망하는 듯한 단보의 전음이 파소의 귀를 파고들었다.

[제 스스로도 통제할 수 없었던 일이라… 하지만 모든 것을
드러낸 것은 아닌데…….]

[내놓을 게 더 있단 말이냐?]

단보의 전음이 잘게 떨렸다. 무벽에 새겨 넣은 파소의 검흔
이 파소가 지닌 전부가 아니라는 전음에 단보조차 놀란 모양
이었다.

[굳이 무벽에 오를 필요가 없었지요.]

[설마… 이기어검을 말하는 것이냐?]

[그게 이기어검이라고 불린다면 그렇겠지만 전 심검을 말씀
드린 겁니다.]

　파소의 전음에 단보가 사람들의 시선에도 불구하고 급기야 입을 열고 말았다.

　"심검(心劍)?"

　말을 꺼내놓고 당황한 사람은 단보 자신이었다. 그는 급히 입을 다물며 재빨리 주변을 살폈다. 그러나 한 번 뱉어진 말은 화선지에 먹물이 스며들 듯 사람들 사이로 스며들고 있었다.

　"심검이래."

　"전설의 그 심검 말인가? 정말 검선이 탄생했군."

　여기저기서 수군거리는 소리가 파소의 귀에 또렷하게 들려왔다. 그러자 파소가 어쩔 수 없다는 듯 미소를 지으며 단보에게 말했다.

　"일을 더 어렵게 만드신 건 어르신입니다."

　그러자 단보가 씁쓸한 표정을 지으며 말했다.

　"젠장, 이 나이가 돼서 감정 하나 조절 못하다니. 어쩔 수 없지. 하긴 기왕 터진 일 크게 터지는 게 좋을지도 모르지. 하지만 넌 앞으로 무척 골치 아프게 될 게다."

　"애초에 무벽에 오를 때 각오했던 일입니다."

　파소가 담담한 어조로 말했다. 그때 어느새 다가왔는지 대성사 남창이 파소와 단보를 번갈아 보며 말했다.

　"일단 이곳을 벗어나는 게 좋겠네. 자칫하다간 사람들이 달려들지도 모르겠어."

　남창의 말에 단보가 고개를 끄덕이고는 자신이 앞서서 길을 열기 시작했다. 장내의 고수들은 한 번이라도 더 파소의 얼굴을 보려는 듯 앞길을 막았지만 단보가 앞으로 나서자 어쩔 수 없다는 듯 길을 열었다.

파소는 단보 등의 호위를 받으며 그렇게 혼란에 빠진 검산을 내려갔다. 그리고 그날이 지나기 전에 파소는 무천향에서 가장 유명한 사람이 되어 있었다.

무선(武仙)!

무천향에서 무선이란 단어는 특별한 의미를 가진다. 어떤 면에선 무천향주라는 단어보다도 더 강한 마력을 지닌 단어라고 할 수 있었다. 지난날 십이조사를 제외하고 무선의 칭호를 얻는 인물은 모두 열넷, 그들은 모두 무천향의 전설이 되었다.

무천향의 무인들은 역대 향주의 이름은 기억하지 못해도 십이조사와 열네 명 무선의 이름은 빠짐없이 기억하고 있었다. 그런데 수십 년간 그 맥이 끊겼던 무선의 명맥이 다시금 부활할 조짐을 보이고 있었다. 그것도 무천향 역사상 가장 어린 나이의 무선이…….

무천향이 그렇게 검선 출현의 광풍에 휩싸여 있을 때, 파소의 처소 주위로 사람들이 모여들었다. 본래 파소와 석청이 거처로 정한 모옥은 죽림 동쪽에 치우쳐져 있어 주변에 빈 가옥들이 여러 채 있었다. 그러나 파소가 무벽 도전을 마치고 돌아온 이후 채 오 일이 지나지 않아 그 빈 가옥들은 모두 새로운 주인을 맞이했다.

물론 그들은 모두 죽림의 고수들이었고 파소와 가까운 인물

들이 대부분이었다. 가장 먼저 거처를 옮겨온 사람은 놀랍게
도 대성사 남창이었다. 무천향에서 대성사의 권위는 십이종성
에 버금갔기에 대성사 남창이 거처를 옮겼다는 사실은 죽림을
넘어 무천향 전체에 작은 파란을 일으킬 정도였다.

남창이 거처를 옮기자 자연스럽게 초한도 남창을 따라왔고,
단보 초한과 더불어 의형제를 맺고 있는 죽림의 살림꾼 오의
범과 그의 일을 돕는 사람들도 거처를 옮겼다.

거기에 더해 스스로 파소의 호위를 감당하겠다고 선언한 비
량을 비롯한 사조의 위사들 역시 빈 모옥 중 두 개를 차지했
다. 이들 이외에도 적지 않는 사람들이 파소의 모옥 주변으로
이동해 이제 죽림은 파소의 모옥이 그 중심이 되는 지경에 이
르렀다.

그러나 이런 일들이 결코 좋은 쪽으로만 흘러가는 것은 아
니었다. 밝은 곳이 있으면 어두운 곳이 있듯 파소의 명성이 높
아지고 죽림이 파소를 중심으로 돌아가자 죽림 내부에 기묘한
기류가 흐르기 시작했다. 그리고 그건 파소나 파소를 중심으
로 모여든 죽림의 고수들에게도 큰 부담으로 작용하기 시작했
다.

"좋지가 않구나."
푸른 달빛이 파소의 모옥을 비추고 있었다. 그 달빛 아래서
파소와 단보가 모옥의 마당을 서성이고 있었다.
"예상 밖이군요."

"나로서도 그렇다. 죽림이성이 너와 거리를 두려 할 줄은 생각도 못했구나."

"왜일까요? 제가 무벽에 도전할 때까지만 해도 제게 큰 기대를 했던 사람들 아닙니까?"

파소가 의아한 표정으로 물었다. 죽림의 주요 고수들이 파소의 모옥으로 모여든 지난 며칠간 웬일인지 죽림이성의 태도가 그전과 변해 있었다. 파소에게 큰 희망을 건 듯하던 죽림이성이 어느 순간부터 파소와 거리를 두기 시작했던 것이다. 파소만이 아니었다. 파소의 곁에 머물기 위해 거처를 옮긴 사람들 역시 이후 죽림이성을 만나지 못하고 있었다.

"아무래도 널 견제하는 듯하구나."

"왜죠? 제가 소천이 되길 바라던 사람들 아닌가요?"

"물론 그랬지. 아, 그들의 마음속엔 생각보다 더 큰 야망이 들어 있었나 보구나."

"그들이 야망을 품고 있다면 제가 향의 소천이 되는 것이 그들에게도 좋은 일 아닐까요? 애초에 그래서 제가 무벽에 도전하길 원했던 것일 테고요."

"물론 그랬겠지. 하지만 그들이 원한 것은 그들이 통제할 수 있는 소천이었던 듯싶구나. 그들은 네가 소천이 되면 널 통해 이 무천향의 권력을 잡고 싶었을 것이다. 그런데… 생각보다 네가 너무 큰 인물이었던 거지. 널 통해 무천향을 접수하기는커녕 자신들의 손에 있던 죽림조차 네게 내놓아야 할 정도로… 그러니 당연히 너와 우릴 멀리할 수밖에 없지 않겠느냐?"

"다른 적이 생긴 건가요?"

"모르지. 아직은 단지 거리를 두고 있을 뿐이니까. 하지만 곧 그들도 결정을 할 게다. 내키진 않지만 네 곁에 서든지 아니면 네 적이 되든지. 상황을 지켜보고 있는 거겠지, 향의 분위기가 어떻게 돌아가는지……."

"제가 먼저 찾아가 보는 것은 어떨까요?"

파소의 말에 단보가 반가운 기색을 하며 물었다.

"그럴 수 있겠느냐?"

"지금은 죽림이 분열할 때가 아니지요."

"고맙구나."

단보의 말에서 진심이 묻어난다.

"그런 말씀 마세요. 제 일이기도 하니까요. 솔직히 전 얼른 이 무천향의 일을 마무리 짓고 싶어요."

"이곳이 마음에 들지 않느냐?"

"좀 답답하군요."

파소의 대답에 밝아졌던 단보의 표정이 금세 어두워졌다.

"정말 이곳에 머물 생각이 없구나."

그러자 파소가 피식 웃음을 흘리며 대답했다.

"아시잖아요. 전 목동이에요. 천하를 돌아다니며 사는 사람이라고요. 가보고 싶은 곳이 아직 많아요. 이 일에 매달려 있느라 근 십 년 동안 전 여행 한번 제대로 하지 못했다고요."

"이미 그렇게 결심이 섰다면 어쩔 수 없는 일이겠지."

"이 모든 게 어르신 때문이란 건 아시죠?"

"나 때문이라고?"

단보가 의아한 표정으로 물었다.

"어린 절 데리고 천하를 떠도셨잖아요. 그때부터 전 그런 삶에 익숙해져 버린 거라고요. 어르신도 떠나고 싶지 않으세요?"

파소가 의미심장한 표정으로 묻자 단보가 잠시 생각에 잠겼다가 이내 고개를 끄덕였다.

"네 말이 맞는 것 같구나. 언제부턴가 나도 이 무천향에 오래 머문 적이 없었구나. 아마도 널 데리고 천하를 떠돌던 그때부터겠지. 마음속으론 늘 그리워하면서도 또 막상 돌아오면 답답한 곳이었다. 아, 이 무천향을 어찌해야 할지……."

"모든 건 운명이 결정하겠지요."

파소가 담담한 표정으로 말했다.

파소가 죽림이성의 거처를 찾은 것은 다음날 정오쯤이었다. 단보와 남창이 따라오겠다는 것을 애써 말리고 파소는 홀로 죽림이성을 찾았다. 그리고 파소는 죽림이성의 거처에서 두 시진 남짓 머물렀다. 세 사람이 모옥 안에서 무슨 이야기를 나누었는지는 아무도 알 수 없었다. 하지만 파소가 죽림이성의 모옥에서 나올 때 임하와 소법, 두 종성은 파소를 모옥의 문 앞까지 배웅했다. 그리고 그날로 두 사람이 오랜 칩거를 깨고 향주전으로 향했다.

그로부터 며칠 뒤 또다시 십이종회가 소집됐다.

　　　　*　　　　　*　　　　　*

　마치 전쟁이라도 터질 듯 일촉즉발의 팽팽한 긴장감이 무천향을 휘감았다. 경계를 서는 위사들을 제외하고는 그 누구도 외부 출입을 삼가고 있었다. 모든 사람들의 시선은 밤낮으로 횃불이 타오르고 있는 향주전, 정확히는 십이종회가 열리고 있는 종전을 향해 있었다.

　시간은 흘러 파소가 무벽에 검흔을 남겨 검선으로까지 불리게 된 지 벌써 한 달, 무벽에 대한 도전 기한은 끝났고. 무천향은 세 명의 소천 후보자를 두고 팽팽한 긴장에 휩싸여 있었던 것이다.

　무공으로만 보자면 파소를 능가할 인물은 없었다. 아니, 파소의 검흔은 무천향의 무인 중 최고수들이라는 무극동천의 수련자들과 십이종성조차도 함부로 볼 수 없는 수준이었기에 원칙대로라면 이미 파소가 무천향의 새로운 소천으로 결정되었어야 옳았다. 그러나 새로운 소천을 뽑는 십이종회는 하루가 지나고 닷새가 지나고 다시 열흘이 지나도 그 결론을 내지 못하고 있었다.

　종전에서 은밀히 흘러나오는 소식에 의하면, 정종과 검산, 그리고 죽림을 대표하는 삼 인의 후보자들, 파소와 을현, 그리고 탁발무는 각기 자신이 속한 세력의 종성들로부터 한 치의 물러섬도 없는 지원을 받고 있다고 했다.

　세 곳 출신 종성들의 의견은 끊어질 듯 팽팽하게 대립하고 있었고, 가끔 서로 간에 고성이 오가는 경우도 발생하고 있다는 소문도 있었다. 그래서 혹자는 이러다가 무천향이 아예 삼분되는 것은 아닌지 걱정을 하기도 했다.

　그렇게 십이종회가 소집된 지 보름이 지나갔다.

　파소는 팽팽하게 긴장된 무천향의 하늘을 바라봤다. 파소는 닷새째 자신의 모옥에서 움직이지 않고 있었다. 위사로서의 그의 일은 닷새 전에 종지부를 찍었다.

　향주전에서 검산무벽에 무흔을 남긴 다섯 명의 고수에게 일체의 외부 활동을 중지하라는 명이 내려졌기 때문이다. 그건 두 가지 의미를 지닌 명이었다.

　하나는 검산무벽에 무흔을 남긴 고수들을 그만큼 존중한다는 의미였고, 다른 하나는 그들이 사사로이 다음대 소천이 되기 위해 다른 사람을 접촉하는 것을 막기 위함이었다.

　후보자들이 드러내 놓고 경쟁을 하기 시작하면 일어날 수 있는 큰 불상사를 대비한 이 조치는 일단 무천향을 안정시키는 데는 제법 효과가 있었다. 무벽에 무흔은 남긴 사람들은 자신의 거처에서 움직이지 않았고, 사람들은 모든 결정이 내려질 십이종회만을 주시하고 있었다.

　"차 들어요."

　마루 위에서 차를 다리고 있던 석청이 파소를 불렀다. 파소가 위사의 일을 그만두면서 석청 역시 의관에 나가는 일을 잠

시 접은 상태였다. 입고 먹을 것은 파소에게 모옥에 머물라는
명이 내려지는 날부터 향에서 부족함없이 지원되고 있었다.
석청의 부름에 마당에서 푸른 하늘을 바라보고 있던 파소가
석청 곁으로 다가갔다.

"향이 좋은데요?"

"훗, 그래 봐야 떫은 차지요."

석청의 말에 파소가 미소를 지으며 찻잔을 입에 가져갔다.

"음… 이제 이 맛에도 익숙해져 가는 것 같군요."

"그래요. 저도 이제 이 떫은 차 맛이 어색하지 않아요."

석청이 찻잔을 들며 말했다. 모옥 밖에서는 팽팽한 긴장감
이 무천향을 휩쓸고 있었지만 파소와 석청의 모옥은 한가롭기
그지없었다.

"그런데 결국 주일기는 탁발씨의 핏줄인 것이 확인된 것인
가요?"

문득 석청이 파소에게 물었다.

"그래요. 단 어른께서 어제 그에 대한 조사를 마쳤다고 하더
군요. 주일기는 스스로 무공을 폐하고 향을 떠났던 탁발연이
낳은 그녀의 아들이 확실하다고 하더군요."

"어떻게 그런 일이 있을 수 있죠? 밖으로 나간 사람의 아이
가 버젓이 무천향에서 자라고 있다니… 혹 그녀도 살아 있는
게 아닐까요?"

"그건 확실치 않아요. 하지만 어쨌든 그가 무천향에서 살아
온 것을 하나씩 꿰어 맞춰가다 보니 결국 탁발가로 연결된다

고 하더군요. 그리고……."

"새로운 사실이 있나요?"

"단 어르신의 말씀으로는 주일기가 탁발연의 아들일 뿐 아니라 의방오현 중 한 명인 소진웅의 핏줄인 것 같다고 하시더군요."

"서 설마……?"

"탁발연이 정종의 기재 을균과 혼인을 할 때는 이미 그 뱃속에 주일기를 잉태한 이후였다고 봐야겠지요. 아마 을균은 탁발연이 다른 사람의 아이를 가진 채 자신과 혼인했다는 사실 때문에 자결한 듯해요. 전해지는 말로는 탁발연에 대한 을균의 사랑이 보통이 아니었다고 하더군요. 이후 탁발연은 자의 반 타의 반으로 무공을 폐하고 무천향을 떠난 것이지요. 탁발가로서는 그녀와 소진웅의 사이가 향에 알려지는 것을 원치 않았을 테니까요."

"주일기 그가 의방오현의 제자가 된 것은 다 이유가 있었군요."

"그렇다고 봐야지요. 결국 자신의 뿌리를 찾아간 것이라고 해야죠."

"그런데 소진웅 말고 다른 의방오현도 주일기의 정체를 알고 있을까요?"

"그건 알 수 없어요. 다만 의방에서 주일기가 의방오현을 대하는 태도가 이상하다고 했었죠?"

"그래요. 제자이면서도 상전 같은 모습이었지요. 물론 은연중에 하는 행동들이었지만……."

"그렇다면 아마도 의방오현은 주일기와 소진웅에 의해 어떤 식으로든 제압되어 있는 것이 분명해요."

"무슨 수로 주일기와 소진웅이 나머지 네 명을 제압했을까요?"

"단 어르신께서는 지금 바로 그 일에 매달려 계세요."

"그래서 요즘 그렇게 바쁘셨군요. 그들 사이에 벌어진 일을 밝혀내기만 한다면 삼십 년 전 부모님께 일어난 일의 전모를 알 수도 있겠군요."

"아마도… 그뿐 아니라 무천향에 깃든 이 암운의 실체를 밝힐 수도 있겠지요. 적어도 지금 상황에선 모든 일에 의관 천보암에 들어 있어야 할 영약이나 독단이 사용되었으니까요. 그 약들의 흐름만 밝혀낼 수 있다면……."

"과연 단 어르신이 알아내실 수 있을까요?"

석청이 걱정스런 표정으로 묻자 파소가 고개를 끄덕였다.

"아마 해내실 수 있을 거예요. 본래 대단한 양반이기도 하지만 지금은 혼자가 아니니……."

"역시 향주님도 관여하고 계신 건가요?"

석청의 질문에 파소가 가만히 고개를 끄덕였다.

그날 저녁 갑자기 종전에서 타오르던 열두 개의 횃불이 꺼졌다. 드디어 보름을 이어온 십이종회가 막을 내린 것이다. 무천향 곳곳에서 종전의 횃불을 바라보던 무인들은 십이종회에

서 나온 결론을 기다리며 밤을 새웠다. 그러나 다음날 아침에
전해진 소식은 무천향의 무인들을 깊은 실망 속으로 밀어 넣
었다.

"젠장, 이게 말이 돼? 보름 동안 처박혀 있으면서도 결론을
내지 못했다니. 그렇다면 닷새 뒤에 다시 모인다고 뭐가 달라
지겠어."

남독마군이 투덜대며 말했다. 보름간의 십이종회는 새로운
소천을 정하지 못한 채 끝이 났다. 대신 십이종성은 닷새 후
다시 모여 무천향의 새로운 후계자를 뽑기로 했다는 소식이
전해졌다.

"아마 그때는 어떤 식으로든 결정이 날 거요."

초한이 남독마군의 말에 대꾸했다. 죽림에서 파소의 후원자
를 자처하는 사람들은 아침 일찍부터 파소의 모옥에 모여 있
었다.

"닷새 동안 무슨 변화가 있을 수 있단 말이오? 젠장, 강한 자
가 자리를 차지하는 것이 당연한 일이겠구만……."

"무천향에선 무공이 전부가 아니외다. 그리고 그건 강호에
서도 마찬가지 아니오?"

"물론 그렇긴 하지만 애초에 검산무벽을 통해 소천을 뽑기
로 했으면 당연히 무공의 고하에 따라 소천을 결정해야 하는
것 아니오?"

남독마군의 말에는 초한도 달리 반박할 말이 없었다. 지금
십이종회에서 파소를 향의 새로운 소천으로 결정하지 않는 것

은 십이종회가 스스로의 약속을 어기고 있는 것이라 할 수 있었다.

"그나마 그 약속 때문에 죽림이성께서 끝까지 버틸 수 있었을 것이오."

"흥, 그럼 뭣 하오, 결국 이렇게 아무 소득이 없는 것을……."

"닷새 후에 다시 모이면 다를 것이오."

"글쎄, 닷새 뒤라고 무슨 뾰족한 수가 있느냐 말이오?"

"닷새 뒤에 소집될 십이종회는 조금 다르게 진행될 거라 하더이다."

"다르다니 뭐가 말이오?"

"듣자 하니 다시 열릴 십이종회에는 향의 노고수들이 대거 참여한다 하더이다. 다시 말해 이름만 십이종회지, 향의 주요 고수 전체를 모은 대집회를 열어 새로운 소천을 결정하겠다는 것이오. 그러니 결국 어떻게든 결론이 나지 않겠소?"

초한의 말은 파소도 처음 듣는 이야기였다. 당연히 파소도 호기심을 보이며 초한을 바라봤다.

"아니, 그럼 이건 세력 싸움을 하잔 말 아니오?"

"뭐, 그렇다고도 할 수 있지만……."

"허허, 그럼 이건 파소 아우에게 너무 불리하지 않소이까? 도대체 어떤 사람들이 그 회의에 참석하게 되는 것이오?"

"듣기로는 향의 삼단계 수련을 마친 사람들이 대상이라고 하더구려."

"그렇다면 더더욱 불리하군. 죽림에 무인이 많다지만 삼단계 수련을 마친 사람이라면……."

"아마 그럴 것이오."

"젠장, 이렇게 되면 결국 가장 뛰어난 무공을 지닌 파소 아우가 소천이 될 가능성은 없다는 말 아니오?"

남독마군이 따지듯 물었다.

"어쩔 수 있소이까, 그게 십이종회의 결정인 것을. 하지만 너무 실망할 때는 아닌 것 같소이다. 비록 무천향이 사분오열되고 있지만 그래도 무천향에는 아직 과거의 그 순수하던 시절을 그리워하는 노고수들이 꽤 되니 말이오이다. 그런 사람들이라면 아마도 검산무벽에서 검선의 경지를 보여준 사람을 무시할 수 없을 것이외다."

"흠, 결국 이 무천향에 아직 무도가 남아 있느냐, 아니냐의 싸움이란 말이구려."

"굳이 말하자면 그렇소이다."

두 사람을 듣고 있던 장내 고수들의 안색이 어두워졌다. 이미 무천향은 무도의 땅이 아니었다. 치열하게 자신들의 야심을 이루기 위한 경쟁이 이루어지고 있는 곳이었다. 이곳에서 과거의 무도를 향한 순수했던 열정을 지닌 무인을 기대하는 것은 무리였다.

그렇게 다시 닷새가 흘렀다. 무천향 곳곳으로 율사들이 파견됐다. 율사들은 무천향을 돌아다니며 무천향 최고의 노고수들에게 소식을 전했다. 그리고 닷새 후 수십 년 폐관을 마지않던 노고수들까지 향주전 앞 성해가 바라보이는 공터로 모여들었다.

*　　　*　　　*

파소는 단보와 함께 천천히 걸음을 옮기고 있었다. 다시 열린 십이성회, 아니, 일백여 명에 이르는 무천향 최고 고수들의 대집회에는 세 명의 소천 후보자도 소집됐다. 십이종성은 이번 모임에서 새로운 소천을 확정하기로 작정을 한 모양이었다.

향주전을 뒤로하고 성해와 정종 사이의 공터에 만들어진 거대한 대회의장. 그러나 무천향 최고의 고수들이 모인다 해서 별반 다른 준비가 되어 있는 것은 아니었다. 공터의 중심에서 향주전 쪽으로 열두 개의 의자가 놓여 있었고, 그로부터 성해 쪽으로 십여 장 떨어진 지점에 세 개의 의자가 나란히 놓여 있었다. 그것이 대집회 준비의 전부였다.

파소와 단보가 회의장에 도착했을 때 회의에 소집된 노고수들은 십이종성이 앉을 자리를 중심으로 그 앞쪽에 부채살처럼 퍼져 의자도 없이 이곳저곳에 흩어져 앉아 있었다. 그 때문인지 장내의 분위기는 대집회의 목적과 어울리지 않게 자유스런 분위기가 물씬 풍겼다.

“이제야 무천향답군요.”

파소가 나직한 목소리로 단보에게 속삭였다.

"그래, 나도 이 분위기가 항상 그리웠다. 본래 무천향은 이렇게 자유스런 기풍이 흘러넘치는 곳이었다."

단보의 얼굴에도 작은 미소가 드리워졌다. 그런데 회의장에 모여 있던 노고수들이 파소와 단보가 도착하자 파소를 향해 일제히 시선을 돌렸다. 이미 장내에는 검산이목 탁발무와 정종의 을현이 나와 있었지만 장내의 노고수들을 그들에겐 이렇게 뜨거운 관심을 보이지 않았었다.

"왜들 그러죠?"

파소는 갑자기 자신에게 쏟아지는 관심이 부담스러워 의아한 표정으로 단보에게 물었다.

"이들은 무천향에서 가장 강한 고수들이다. 이들 중 태반은 평소 자신의 거처에서 한 발짝도 나오지 않고 무도에 정진하는 인물들이지. 비록 근자에 들어 야망을 드러낸 고수들이 적지 않다 해도 아직 무천향에는 무극을 향해 정진하는 고수들도 많다. 그런 그들이 어찌 검선(劍仙)의 출현이라 불리는 너에게 관심을 보이지 않을 수 있겠느냐? 결국 그 경지는 그들이 가고자 하는 경지인데 네가 이미 가 있으니……."

그러고 보니 자신을 향해 쏟아지는 시선 중에는 감탄의 시선도 있었지만 시기와 질시가 묻어나는 끈적한 시선도 존재했다.

"어서들 오시오."

파소와 단보가 사람들 사이를 비집고 공터 중앙으로 나아가자 대법사 조청광이 두 사람을 맞이했다. 대법사 조청광의 모습은 여느 때처럼 차가웠지만 두 사람과의 거리가 좁혀지자 그의 얼굴이 조금 부드럽게 변했다.

"벌써 나와 계시는군요."

단보가 조청광에게 가볍게 고개를 숙여 보였다. 파소 역시 단보를 따라 조청광에게 가볍게 인사를 건넸다.

"어서 오게. 잘 지냈는가?"

파소의 인사에 조청광이 이번에는 확연한 미소를 드러내 보이며 파소에게 말을 건넸다.

"요즘은 편하게 지내고 있습니다. 위사 일을 그만둔지라."

"후후후, 알고 있었네. 복면 괴인들을 상대할 때 범상치 않다 싶었더니, 설마 검선의 경지에 오른 사람일 줄은 상상도 못 했네."

"소문이란 항상 부풀려지게 마련이지요."

"그러나 세상에 근거없는 소문은 없는 법이지. 나 또한 자네의 실력을 보았었고… 하나 말해줄까?"

"……?"

"율사들 중 오늘 이 대집회에 참여하는 사람은 모두 셋일세. 그들은 아마도 자네의 손을 들어줄 걸세."

"그게 정말입니까?"

파소보다도 단보가 반색을 하며 물었다. 본시 율사들은 정종과 검산 출신이 대부분이었다. 죽림에서 율사가 나온 경우는 지금까지 그리 많지 않았다. 조청광 역시 검림 출신의 고수였다. 그런 율사들이 파소를 지지한다는 것은 의외일뿐더러

장내에 모인 고수들에게 미치는 영향이 결코 작지 않을 터였
다.

"이유가……?"

파소가 의아한 표정으로 묻자 조청광이 한줄기 미소와 함께
대답했다.

"지난번 일에 대한 답례라고 해두지. 아무튼 오늘 좋은 결과
가 있길 기대함세. 그게… 무천향을 위해서도 좋겠지. 자, 자
리에 가서 앉게나."

조청광이 급히 말을 끝내며 파소에게 공터 중앙에 소천 후
보자 세 사람을 위해 준비된 자리를 가리켰다.

"가보거라."

단보 파소의 어깨를 가볍게 두드렸다. 그러자 파소가 단보
와 조청광에게 살짝 고개를 숙여 보인 후 공터 중앙으로 걸어
가기 시작했다.

第八章
고귀한 피

성해에서 불어오는 바람이 파소의 머리 몇 가닥을 흩날렸다. 파소는 비어 있는 열두 개의 투박한 나무 의자를 바라보고 있었다. 무천향의 운명을 결정하는 십이 인의 종성은 아직 장내에 모습을 보이지 않고 있었다.

그러던 어느 순간 파소는 자신의 왼쪽 뺨에 누군가의 시선이 스치고 지나가는 것을 느꼈다. 물론 돌아보지 않아도 누구의 시선인지 짐작할 수 있었다. 탁발무, 검산이목 탁발무의 시선이 분명했다. 날카로운 한기를 내포한 탁발무의 시선, 파소에 대해 그가 느끼고 있는 감정을 여실히 드러내는 시선이었다.

반면 파소의 오른쪽에선 조금 다른 기운이 흘러나오고 있었다. 마치 거대한 산악이 서 있는 듯한 느낌, 천지가 무너져도 꿈적도 하지 않을 것 같은 단단한 기운이 파소의 오른쪽에서 느껴졌고, 파소에게는 그 산악 같은 기운에 기대 쉬고 싶다는 생각이 들 정도로 편하게 느껴지는 기운이었다. 정종 을현의 기운이었다.

'한 뿌리의 무공을 익혔기 때문일까?

그러나 다음 순간 파소가 고개를 저었다. 무공의 뿌리가 같다 해서 이런 편안함을 모두 느끼는 것은 아니다. 그렇다면 파소는 정종의 모든 고수들에게 이런 느낌을 받았어야 했다.

'역시 성정인가?

결국 이 편안함은 을현이 가지고 있는 성정 때문일 터였다. 그의 투박한 성정이 만들어낸 기운은 강하면서도 또한 모든 이가 의지하고 싶을 만큼 부드러웠다.

'이런 사람이 무천향의 향주가 돼야 하는 것 아닐까?

파소는 문득 무천향에 가장 잘 어울리는 사람은 셋 중 을현이라는 사실을 깨달았다. 무도의 땅 무천향엔 자신과 탁발무 같은 사람보단 을현이 어울렸다. 그는 수십 년을 묵묵히 무도 일로를 걸어온 사람이었다. 태생이 우직했고 무도에서 한 치도 다른 길로 벗어나지 않은 사람이었다. 그리하여 오직 구결만 전수받은 정해공을 대성해 오늘 이 자리에 온 사람이었다. 바로 그와 같은 사람들, 무도에 자신의 모든 것을 건 사람들이 모여 만든 곳이 무천향이 아니던가.

그러나 잠시 후 파소는 다시 고개를 저었다.

‘예전이라면 그랬을지도 모르지만 지금은 아니다. 지금은 이 무천향도 이미 강호의 일부가 되었고, 은원이 생긴 지 오래다. 이런 상황에서 이런 우직한 사람이 향주가 된다면 향을 노리는 늑대들에게 좋은 먹이가 될 것이다. 적어도 그의 무공이 타인의 도발을 완전히 억누를 수 있는 경지에 도달하지 않는 이상은……’

을현의 무공이 파소가 생각하는 경지에 이르지 못한 것은 확실했다. 검산무벽에 그가 남긴 무흔이 그걸 말해주고 있었다.

파소가 자신의 양쪽에서 흘러드는 상반된 기운을 놓고 이런저런 생각을 하는 사이 갑자기 동쪽에 치우쳐 있던 무천향의 노고수들이 일제히 자리에서 일어났다.

그리고 잠시 후 공터를 채우고 있던 일백여 명의 무천향 노고수들이 하나둘 동쪽 고수들의 움직임에 따라 물결치듯 신형을 일으켰다.

‘드디어 시작이군.’

파소가 시선을 동쪽에 위치한 향주전으로 돌렸다. 그러자 향주전의 문이 열리면서 향주 을도산을 선두로 열두 명의 노고수가 모습을 드러냈다. 파소와 다른 두 명의 소천 후보자 역시 몸을 일으켰다.

무천향의 운명을 결정하는 열두 명의 노고수, 그들의 모습이 이렇게 밝은 태양 아래 한꺼번에 드러난 경우는 아마도 처음 있는 일일 것이다. 무천향의 대소사는 언제나 향주전 깊숙한 곳 아니면 종전에서 결정되지 않았던가.

십이종성이 장내에 모습을 드러내자 그들의 주위로 이십여 명의 율사가 재빨리 이동해 십이종성을 열두 개의 의자가 놓인 공터 중앙까지 호위했다.

십이종성은 저마다 얼굴에 미소를 짓고 있었는데, 마치 그들은 오늘의 이 모임이 지닌 의미를 전혀 모르는 사람들처럼 보일 정도였다.

'십이종성다운 배포를 지닌 건지, 아니면 모두 하나같이 음흉한 건지 알 수가 없군.'

파소가 여유자적한 십이종성을 보며 내심 실소를 흘렸다. 그들의 흉중에 어떤 생각이 들어 있는지는 누구라도 능히 짐작할 수 있는 상황이었다.

어쨌든 그렇게 마치 산보하듯 공터의 중앙에 다다른 십이종성이 각자 하나씩의 의자를 차지하고 앉았다. 그러자 십이종성의 등장으로 자리에서 일어났던 장내의 고수들도 하나둘 본래의 자신들의 모습으로 돌아갔다. 개중에는 땅에 엉덩이를 붙이고 앉는 사람도 있었고, 성해 주변에 자란 미루나무에 기대어 선 자, 혹은 제법 큼직한 바위에 삼삼오오 올라 가부좌를 틀고 있는 사람들도 있었다.

파소 등 삼 인은 모두가 편한 자세로 돌아가고도 여전히 그 자리에 서 있었다. 그들 앞에 앉아 있는 십이종성은 그런 삼인을 한 명씩 유심히 살펴보고 있었다.

그리고 잠시 후 십이종성의 등장으로 일어났던 잠시의 혼란

이 가라앉자 무천향주 을도산이 자리에서 일어나 입을 열었
다.

"형제들, 오랜만이외다. 오늘 이렇게 소집에 응해주어 고맙
소이다. 모두들 무도 일념에 정신을 없을 터인데 나와 여기 계
신 종성들의 의견만으로는 결정할 수 없는 일이 있어 이렇게
여러분의 수련을 방해하게 되었소이다. 이 점 모두들 양해 바
라오."

향주 을도산의 말에 장내에 모인 무천향의 노고수들이 제각
기 고개를 끄덕였다. 그러면서도 개중 몇몇은 살짝 고개를 갸
웃거렸다. 그들이 알고 있는 향주 을도산의 모습과 지금 장내
의 고수들을 향해 말을 하고 있는 을도산의 모습이 뭔가 달랐
기 때문이다.

언제나 부드럽고 모든 일을 대범하게 받아들이던 평소의 을
도산에 비하자면 지금의 을도산은 비록 그 말투는 정중했지만
그 음성에서 강렬한 위압감이 느껴지고 있었다. 이건 절대 그
들이 알고 있던 향주 을도산의 모습이 아니었다. 물론 최근 들
어 향주의 성정이 변했다는 소문이 무천향에 돌고 있었지만
그 변화의 모습을 직접 경험한 무천향의 고수들은 그리 많지
않았다. 그러니 향주의 변한 모습을 처음 보는 사람들에게는
을도산의 이런 모습이 생경할 수밖에 없었다.

"모두들 오늘 왜 이 자리가 마련되었는지 잘 알 것이오. 우
리 무천향은 오늘 이곳에서 다음대에 무천향을 이끌어 나갈
새로운 소천을 결정하게 될 것이오. 그간 십이종회에서 이에

대한 논의가 여러 날 진행되었으나 각자의 의견이 달라 결론을 내리지 못했소이다. 무천향의 새로운 소천은 오늘 이곳에서 여러분의 의사에 따라 결정될 것이오. 그러니 여러분께서는 여기 서 있는 세 명의 후보자를 잘 살피시고 신중하게 향의 새로운 소천을 결정해 주시기 바라오.”

잠시 말을 끊은 을도산이 서늘한 눈빛으로 주위를 돌아봤다. 장내의 고수들은 을도산의 말이 이어지는 동안 깊은 침묵에 빠져 있었다. 이젠 장내의 고수 누구라도 을도산이 예전의 그가 아님을 깨닫고 있었다.

서릿발 같은 기상, 자신의 말에 이의를 제기하는 자가 있으면 단칼에 목을 벨 것 같은 기세. 을도산의 이 생경한 기운이 장내 고수들의 침묵을 강요하고 있었다.

“대법사가 먼저 이 세 사람을 형제들에게 소개해 주시구려. 그리고 대법사의 소개가 끝난 후 이들에 대해 알고 싶은 것이나 이들에게 듣고 싶은 말이 있다면 기탄없이 질문을 해주시기 바라오. 본시 무천향의 향주 자리는 밥이나 축내는 자리였지만 근자에 들어서는 무척 할 일이 많아졌소이다. 그러니 이번 소천은 무척 신중을 기해 뽑아야 할 것이오. 나와 같이 우둔한 사람을 뽑아서는 절대 아니 될 것이오.”

을도산의 말이 끝나자 조청광이 정중하게 허리를 숙여 보인 후 공터 중앙으로 걸어나왔다.

“향주님의 명에 따라 제가 세 후보자를 소개하겠습니다. 이곳에 오신 모든 분들께서는 이미 소식을 전하러 간 율사들에게서 검산무벽에 이 세 사람이 남긴 무흔을 확인하고 이 대집회에 참석하라는 말을 들으셨을 겁니다. 이곳에 모인 분들은 무천향 최고의 고수분들이시니 그 무흔들을 보고 이 세 사람의 무공을 능히 가늠하실 수 있었을 겁니다. 그러니 이들의 무공에 대해선 제가 따로 말씀드리지 않겠습니다. 제가 말씀드릴 것은 그저 이들의 출신과 이름 정도입니다.”

조청광이 잠시 말을 끊었다. 사람들의 시선이 일제히 파소 등 삼 인의 후보자에게로 향했다. 그러자 조청광이 다시 입을 열었다.

“먼저 가장 왼쪽에 있는 사람이 오래전부터 검산이목으로 불리며 향의 기대를 한 몸에 받아온 탁발무요. 아시겠지만 그는 검산 육조사님 중 도왕 탁발묵 어른의 직계 후손입니다. 현종성이신 탁발로 어른의 아드님이기도 하지요. 대성사 소유거 어른의 가르침으로 수련 삼단계를 완성한 인재 중의 인재입니다.”

조청광의 소개에 사람들의 시선이 탁발무에게로 향했다. 그러자 탁발무가 한 걸음 앞으로 나서며 좌중을 향해 가볍게 포권을 취했다. 향의 노고수들을 향해 예를 취하는 탁발무의 모습에는 전혀 떨림이 없어서 얼핏 오만하게까지 보였다. 하지만 탁발무의 이런 오만함은 향의 노고수들에게 불손함보다는 기백으로 느껴지는지, 향의 노수들 얼굴에는 탁발무에 대한 불만이 전혀 드러나지는 않았다.

“두 번째 소개드릴 사람은 죽림에 거하는 파소입니다. 은하의 계곡을 통해 일 년 전쯤 향에 들어온 사람입니다. 무공에 관해서는 무벽에서 보셨을 테니 재론할 여지가 없을 것입니다. 죽림의 단 노사께서 그 후견을 맡고 계십니다."

역시 짧은 소개였다. 기실 이런 식의 소개는 불필요한 절차였다. 장내에 있는 고수 중 이들 삼 인의 소천 후보자에 대해 모르는 이는 없었다. 그러나 이런 집회에서는 형식이란 것도 중요해서 이들에 대한 공식적인 소개를 빠뜨릴 수도 없었다.

조청광의 소개가 끝나자 파소 역시 탁발무와 마찬가지로 한 걸음 앞으로 나서 좌중을 돌아보며 포권을 취했다. 그러자 장내 노고수들의 호기심 어린 시선이 파소를 향해 몰려들었다.

채 삼십이 되기 이전에 검선이라 불리는 젊은이. 향의 향주 자리야 어찌 됐든 한 사람의 무인으로서 파소에 대한 무천향 노고수들의 관심은 뜨겁기 그지없었다.

'이건 수백 대의 화살이 날아오는 것 같군.'

파소가 내심 몰려드는 무천향 고수들의 날카로운 시선에 혀를 내둘렀다. 그사이 조청광은 나머지 한 명을 소개하고 있었다.

"다음 후보자는 정종 출신의 을현입니다. 향에서 태어나 자란 사람으로, 거의 혼자의 힘으로 오늘의 경지에 오른 사람입니다. 전대 소천으로부터 정해공을 전수받았다고 합니다."

조청광의 소개가 끝나자 좌중의 노고수들 사이에 작은 웅성거림이 일어났다. 아마도 전대 소천과 연관된 사람이라는 것 때문에 일어난 소란인 듯싶었다.

"을현입니다."

을현이 무거운 움직임으로 좌중의 고수들을 향해 포권을 했다. 그러자 사람들 사이에 일어났던 동요가 빠르게 진정됐다. 그렇게 세 사람의 소개가 끝나자 조청광이 주위를 돌아보며 다시 입을 열었다.

"이렇게 세 사람에 대한 소개는 간단히 마치겠습니다. 지금부터는 이들에게 궁금한 점이 있는 분들께서 직접 질문을 하시거나 혹은 자신이 추천하고자 하는 사람이 있다면 그 추천의 이유를 밝혀주시기 바랍니다. 각자의 생각이 다르고 이들에 대한 평가 또한 사람마다 다르니 자신의 생각을 밝혀 다른 사람이 미처 보지 못한 점을 알려주는 것도 향을 위해 좋은 일일 것입니다."

말을 마친 조청광이 대여섯 걸음 뒤로 물러났다. 그러자 장내에 잠시 침묵이 찾아왔다. 장내의 분위기가 가라앉아 누구도 쉽게 입을 열지 못했다.

잠시 후 이 무거운 침묵을 깬 사람은 십이종성 중 한 명인 검산의 연파곤이었다. 연파곤은 검산 육조사 중 한 명인 육돈의 후예로, 검에 관한한 향 내에 따를 자가 없다는 인물이었다.

"노부가 먼저 한 말씀 올리겠소이다."

연파곤이 입을 열며 무겁게 신형을 일으켰다. 연파곤은 검의 대가라고 불리는 사람답지 않게 키가 작았는데, 그의 허리춤에 매달려 있는 고색창연한 검이 땅에 끌릴 정도였다.

십이종성 연파곤이 입을 열자 장내의 사람들의 시선이 일제히 그를 향했다.

"여기 있는 세 사람은 모두 무천향의 소천이 될 자질이 충분한 사람들이오. 그들은 스스로 무벽에 그 증거를 남겼소이다. 그러니 이들 중 누가 소천이 되더라도 이상할 것이 없소이다. 또한 바로 그 때문에 이번 일이 무척 어려운 일이 되어버린 것이오. 물론 향에 출중한 무공을 지닌 후예들이 여럿 등장한 것이야 큰 홍복이랄 수 있으나 향의 소천을 정하기 위해 그중 한 사람을 선택해야 하니 이 또한 난감한 일이오. 음… 덕분에 그동안 십이종회에서 여러 종성들께서 이들 삼 인에 대해 세심한 평가를 하였으나 그 의견을 일치를 보지 못했던 것이오. 하지만 가만히 생각해 보면 이 일의 결론은 크게 어려울 게 없다는 게 내 생각이오."

연파곤이 잠시 말을 중단했다. 그리곤 마치 자신의 생각을 장내의 고수들 하나하나에게 주입시키듯 천천히 좌중을 돌아보며 다시 입을 열었다.

"내 생각에 향의 다음 소천으로는 탁발 소형제가 가장 적합하다고 보오. 왜냐하면 그에게는 뛰어난 무공과 더불어 어려서부터 명가의 훈육을 받은 덕에 무천향이라는 큰 조직을 통솔할 수 있는 성품을 갖추고 있기 때문이오. 물론 다른 두 후보자의 능력 또한 결코 그에 못지않으나 무천향의 소천이 되는 것은 비단 무공뿐 아니라 혼란스런 향을 안정적으로 운영할 수 있는 성품이 반드시 필요한바 내 생각에는 탁발무 소형제가 셋 중 다음대 소천에 가장 적합한 듯하외다."

연파곤의 말은 나름대로 설득력이 있어 그의 말을 들은 장내의 고수들이 저마다 고개를 끄덕였다. 조직을 이끄는 일은 무공의 고하와는 또 다른 문제란 걸 장내 고수들 또한 잘 알고 있기 때문이었다. 연파곤의 말에 장내의 고수들이 반응을 보이자 검산의 종성 탁발로와 몇몇 종성들의 얼굴에 미소가 지어졌다.

그런데 그렇게 분위기가 탁발무 쪽으로 쏠리려는 찰나, 죽림의 종성 임하가 한껏 굽어 있던 등을 펴며 자리에서 일어났다.

"연 노사의 말씀 잘 들었소이다. 하지만 이 사람은 연 노사의 의견에 약간의 의구심이 드는구려."

"흠, 그렇소이까? 그럼 임 노사의 고견을 듣고 싶구려."

연파곤이 얼굴에서 미소를 지우지 않고 정중하게 대답했다.

"물론 연 노사의 말씀은 대부분 이치에 합당하다 할 수 있을 것이오. 그러나 연 노사의 말씀은 한 가지 사실을 간과하고 있소이다."

"그렇소이까? 그게 무언지 무척 궁금하구려.'

연파곤의 표정이 살짝 변했다. 그러자 임하가 회심의 미소를 지으며 말했다.

"그건 바로 이곳이 강호의 일반 문파가 아닌 속세를 떠난 무천향이란 사실이오. 애초에 이 무천향의 탄생이 어땠소이까? 물론 태조사의 인도 아래 무천향이 열리긴 했지만 태조사조차도 다른 사람 위에 군림하시지 않았소이다. 다시 말해 무천향이란 곳은 다른 문파들과 달리 누군가와의 경쟁을 통해

패권을 잡으려는 곳이 아니라는 말이외다. 무천향은 오로지 무도일로에 매진하는 사람들이 모인 곳이고 그런 곳에서 조직을 통솔하는 능력은 사실 그리 각별하게 필요한 게 아니외다. 오히려 그것보다는 솔선하여 무극에 도전하는 모습이 더 필요하다 할 것이오. 본시 특별한 곳에는 특별한 사람이 필요한 법, 무천향의 목적이 무도의 완성에 있다면 당연히 그 길을 열어줄 사람이 향을 맡아야 할 것이오. 그럼 여기 있는 세 명의 후보자 중 누가 가장 적임이겠소이까? 답은 자명하오. 이미 검선이란 칭호를 받고 있는 사람이 아니면 누가 무천향의 다음대를 맡을 수 있겠소이까? 무도 일념이라는 무천향의 정신을 부정하지 않는다면 당연히 파소 소형제가 새로운 무천향의 소천이 됨이 합당하다 할 것이오. 결국 누가 뭐래도 무인에겐 무(武)가 최우선이 아니겠소이까?"

임하의 말이 끝나자 좌중에 다시 작은 소란이 일어났다. 개중에는 임하의 말에 동의해 고개를 끄덕이는 사람도 있었고 노골적으로 불쾌감을 드러내며 고개를 젓는 사람도 있었다.

'반은 될까?'

파소가 재빨리 장내의 분위기를 살펴보니 임하의 의견에 동조하는 사람들과 반대하는 사람들이 대략 반반 정도쯤 되는 듯했다. 그런데 그때 다시 한 사람이 나서 좌중의 이목을 집중시켰다.

"나도 한마디 하겠소이다."

노인은 한겨울 눈 속에서 걸어나온 듯 순백의 모습을 하고 있었다. 눈은 맑았으며 허리는 꼿꼿해 노구에도 불구하고 그 몸에서 힘이 느껴졌다.

'비슷하군.'

파소는 노인의 기세가 옆에 있는 을현과 무척 비슷하다는 것을 깨달았다. 그러자 자연스럽게 노인에 대한 호감이 생겨났고 노인이 무슨 말을 할까 궁금해졌다.

백염백발의 노인은 잠시 말을 끊고 장내 무천향 고수들을 돌아본 후 천천히 입을 열었다.

"뭐, 내 얼굴을 아는 사람도 있겠고 모르는 사람도 있겠소이다만, 난 을정해란 사람이오."

정종 출신 십이종성의 한 사람인 그의 이름을 모르는 사람은 장내에 없었다. 그러나 그의 얼굴을 이렇게 직접 대하는 것이 처음인 사람 또한 적지 않았다. 본시 을정해는 십이종성 중에서도 가장 신비한 인물로 알려져 있었다. 정종 을씨의 무공에 가장 정통하면서도 또한 바깥출입을 거의 하지 않아 그의 이름에 비해 그의 얼굴을 아는 사람이 극히 적었던 것이다.

사람들은 일단 을정해의 얼굴을 이런 환한 대낮에 본다는 것만으로도 신기한 듯 을정해의 얼굴에 시선을 고정했다.

"앞서 두 분 종성께서 각자 자신이 마음에 두고 있는 소천 후보자들에 대해 이런저런 좋은 이야기를 해주셨소이다. 난 그중에서도 죽림의 임 노사께서 말씀하신 그 원칙이란 문제에 대해 동의하는 편이오. 하지만 그 원칙이란 문제 때문에 새로운 소천에 대한 생각은 임 노사와 다르오."

"어떤 고견이 있으신지요?"

임하가 고개를 돌려 을정해를 보며 묻자 을정해가 단호한 표정으로 입을 열었다.

"솔직히 말해 난 오늘 이런 모임을 갖는다는 것 자체가 마음에 들지 않소이다. 수백 년 이어온 전통에 의하면, 소천을 임명하는 것은 언제나 향주의 몫이었소. 또한 언제나 을씨 가문의 혈손이 향의 소천으로 임명되는 것 또한 암묵적인 향의 원칙이었소. 그러니 오늘 이런 모임을 열어 새로운 소천을 뽑는 것은 향의 원칙을 두 가지나 어기는 일이라 할 것이오. 아니 그렇소?"

을정해가 임하에게 묻자 임하가 잠시 당황스런 표정을 짓다가 이내 평정을 회복하며 대답했다.

"물론 그렇긴 하지요. 하지만 그 원칙이 깨지게 된 것은 어쩔 수 없는 일이 아니었소이까? 두 분의 소천이 불행하게도 일찍 돌아가시고 향주께는 더 이상 적손이 없어 결국 검산무벽에 대한 도전으로 그 후보자를 고른 것 아니오이까?"

"좋소이다. 검산무벽에 대한 도전으로 소천의 후보자들을 고르는 것까지는 그렇다고 칩시다. 하지만 일단 그 후보자들이 정해졌다면 그중 누굴 무천향의 새로운 소천으로 선택하느냐는 결국 향주님의 선택에 따라야 하는 것 아니오?"

을정해의 질문은 날카로웠다. 을정해는 임하뿐 아니라 그의 오른편에 앉아 있는 탁발로에게도 시선을 주어 자신의 의견에 동의를 구했다. 임하나 탁발로나 을정해의 말에 달리 대꾸할 말이 없는지 짐짓 을정해의 시선을 회피했다.

"대답들이 없으신 건 이 늙은이 말에 동의하신단 말씀이오?"

을정해가 추궁하듯 물었다. 그러자 을정해의 시선을 회피하고 있던 탁발로가 정색을 하며 입을 열었다.

"물론 전통을 중시하는 을 노사의 이야기는 일견 타당하다고 할 수 있소. 하지만 전통이란 것도 세월에 따라 변하는 것, 향에서 새로운 방식으로 소천을 뽑는다 하여 흠이 될 것이라 생각지는 않소이다."

탁발로의 눈에서 강렬한 안광이 흘러나왔다. 야망을 위해 단 한 치의 물러섬도 허용할 수 없다는 그의 표정에 을정해가 탄식을 자아내며 말했다.

"아아, 세상 모든 것이 변한다 해도 무도일로를 걷는 무천향의 정신은 변하지 않을 줄 알았더니, 탁 노사의 말을 들으니 무천향 역시 변하긴 변한 모양이구려. 좋소이다. 기왕 모든 사람들이 나서서 무천향의 변화를 원하니 나 또한 그 흐름을 거스를 수는 없을 것이오. 아무튼 난 을현 저 친구를 새로운 소천으로 추천하는 바이오. 누가 뭐래도 그는 정종 을씨의 정통 무공인 정해공을 익혔으니 그 자격으로 볼 때 향의 소천에 가장 근접한 사람이라 보오이다. 결정은 여러분이 하시구려."

을정해가 더 이상 말을 섞기 싫다는 듯 불쾌한 표정으로 말을 마치고는 털썩 자리에 앉았다. 그러자 잠시 동안 침묵의 시간이 찾아왔다.

을정해의 말은 은연중에 장내의 고수들에게 많은 생각을 하게 만들었기에 누구도 쉽게 입을 열지 않았다. 비록 탁발로처럼 무천향의 변화를 원하는 사람도 많았지만 을정해처럼 무도일로를 걷는 무천향의 전통이 이어지길 바라는 사람도 적지 않았다.

그런데 그때 불쑥 단보가 자신이 앉아 있던 작은 바위에서 일어나 입을 열었다.

"외람됩니다만, 향주께 한 가지 여쭙고 싶은 말이 있습니다만……."

순간 사람들의 주장이 오고가는 동안 무심한 표정으로 사람들의 의견을 듣고 있던 을도산이 눈빛을 빛내며 단보를 바라봤다. 그리곤 천천히 고개를 끄덕였다.

"그대라면 나에게 질문을 할 만하지."

이런 말투 또한 과거의 을도산과는 거리가 먼 것이었다. 과거라면 을도산은 부드러운 미소로 단보의 질문을 허락했을 터였다. 을도산의 고압적인 대답에 사람들의 표정이 변했지만 단보는 아랑곳하지 않고 입을 열었다.

"역대로 무천향에서 향의 소천을 정하는 것은 언제나 역대 향주님들의 몫이었습니다. 물론 천률에 의하면 십이종회의 동의를 구하도록 되어 있지만 지금까지 그건 형식적인 율법일 뿐이었습니다. 지금 비록 이렇게 기이한 형태의 모임으로 다음대 소천을 결정하려하고 있지만 제 생각엔 무천향의 전통 또한 무시할 수 없다고 판단됩니다. 그러니 향주께서 이 세 사람 중 누굴 마음에 두고 계시는지 말씀해 주신다면, 아마도 장내의 고수들이 마음을 정하는 데 큰 도움이 될 듯싶습니다만……."

단보의 말이 끝나는 순간 파소의 눈빛이 반짝였다.

'두 분이 이미 말을 맞춰놓은 모양이군.'

지난 수개월간 파소의 무벽 도전을 미루며 단보와 을도산은 향의 운명에 대해 많은 이야기들을 나눴음을 파소는 잘 알고 있었다. 아마 지금 이 시점에서 단보가 이런 질문을 던지는 것 역시 이미 계산되어 있는 행동일 터였다.

"내 생각을 알고 싶다?"

"그렇습니다."

"후후후, 자네, 향을 자주 떠나 있더니만 이곳 돌아가는 사정을 통 모르나 보군."

"무슨 말씀이신지……?"

"이보게, 단보. 지금 이 무천향에서 향주란 사람은 있으나마나 한 존재란 걸 아직도 모른단 말인가?"

순간 단보가 짐짓 당황한 표정을 보이며 머리를 조아렸다.

"어찌 그런 말씀을… 향주께선 누가 뭐래도 무천향의 중심이십니다."

"그래? 하지만 다른 사람들도 자네와 같은 생각일까?"

을도산이 차가운 시선으로 십이종성과 장내에 모인 일백여 명의 무천향의 노고수들을 둘러봤다. 사람들은 을도산의 시선을 정면으로 받는 것이 부담스러운지 의식적으로 을도산의 시선을 피했다.

"무천향이 아무리 변했다 해도 향주님의 의견을 무시할 사람은 없을 겁니다."

"그래? 그렇단 말이지. 좋아, 그럼 내 생각을 말해주지. 난 말이야……."

을도산이 잠시 말을 끊었다. 그러자 장내의 고수들이 일제히 을도산의 입을 주시했다. 향주 을도산의 심중에 있는 사람은 누굴까? 물론 정종 출신의 을현이 가장 가능성이 많았다. 그는 비록 을씨의 적통은 아니더라도 어쨌든 을씨 성을 가지고 있었고 을밀부 삼대무공 중 하나인 정해공을 익히고 있지 않은가. 팔은 안으로 굽는 것이 만고의 진리이니 을도산이 을현을 선택하는 것은 거의 확실했다. 그런데 을도산의 입에서 흘러나온 말이 모든 사람들을 경악에 빠뜨렸다.

"난, 파소 저 친구가 향의 새로운 소천이 돼야 한다고 생각하네."

순간 장내 이곳저곳에서 탄성이 흘러나왔다. 사람들의 얼굴에 당황한 기색이 역력했다. 파소를 밀고 있는 죽림이성조차도 기쁨보다는 당혹한 모습을 보이고 있었다.

지난 십오일 간의 십이종회에서 새로운 소천에 대해선 굳게 입을 다물고 있던 을도산이었지만 사람들은 대부분 그의 심중에 을현이 들어 있을 거라 짐작하고 있었다. 그런데 그런 사람들의 예상을 완전히 벗어난 을도산의 대답, 개중 가장 당황하고 있는 사람은 검산의 호랑이 탁발로였다.

　정종과 검산, 죽림이 각기 한 명씩의 소천 후보자를 낸 상황에서 서로 경쟁을 한다면 탁발무가 소천에 오를 가능성이 가장 많았다. 십이종성만 해도 검산에 속한 인물이 가장 많았다. 그런데 향주 을도산이 죽림 출신의 파소를 지지한다면 누가 소천이 될지는 쉽사리 예측할 수 없었다. 비록 그 권위가 퇴락한 향주지만 적어도 정종에선 그의 말이 아직도 절대적이기 때문이었다.

　"이유를 여쭈어도 되겠습니까?"

　사람들의 의문을 대변이라도 하듯 단보가 다시 질문을 던졌다. 그러자 을도산이 무심한 표정으로 입을 열었다.

　"검산무벽에 남긴 세 사람의 무흔, 나도 보았네."

　순간 다시 사람들 사이에서 웅성거림이 일어났다. 향주전에 들어앉아 있던 향주가 어느새 검산무벽에 다녀갔단 말인가?

　"명색이 무천향의 향주인데 그 무공을 확인하지도 않고 새로운 소천을 뽑을 수야 없지 않겠는가? 어쨌든 무벽에 남겨진 무흔을 확인하는 순간 난 파소 저 친구가 이 무천향의 새로운 소천이 돼야 한다고 판단했네."

　"그의 무공 때문인지요?"

　"당연히 그렇다네."

　"역시 무공의 고하가 중요하단 말씀이시군요."

　단보의 말에 을도산이 고개를 저었다.

　"반드시 무공의 고하만을 가지고 말한 것은 아닐세."

　을도산의 대답에 장내의 고수들 얼굴에 의아한 기색이 생겨났다. 검산무벽에 남긴 세 사람의 무흔을 보면 세 사람의 무공 수위는 쉽게 짐작할 수 있었다. 그건 이 자리에 모인 백 명의 무천향 절대고수들이 아니더라도 누구나 알 수 있는 일이었 다.

그래서 파소의 무공이 다른 두 사람의 무공에 비해 한 발 더 앞서 있다는 것은 현 무천향의 무인이라면 누구도 부인할 수 없는 사실이었다. 그런데 향주 을도산은 단지 무공의 고하가 아닌 다른 것을 파소가 남긴 검흔에서 보았다고 하고 있었다.

도대체 향주 을도산이 파소의 검흔에서 본 것은 무엇일까? 그리고 왜 그것 때문에 파소를 새로운 소천으로 점찍은 것일까?

"본시 누군가가 남긴 무흔에는 여러 가지 것들이 드러나게 되어 있네. 무공의 강함, 깊이, 수련한 시간, 시전자의 성품, 그 리고 그 무공이 어디서 시작되었는가 하는 그 원류까지. 사실 강호에서 도검에 죽은 사람의 사체에 남아 있는 무흔이 그를 죽인 자의 정체를 밝히는 데 결정적인 역할을 할 때가 많지."

을도산의 말에 장내의 고수들이 저마다 고개를 끄덕였다. 을도산이 계속해서 입을 열었다.

"난 파소 저 친구의 무흔에서 잃어버린 무천향의 정신을 보 았네."

"무슨 말씀이신지……?"

"무천향에서 무선이 탄생하지 못한 지 얼마나 되었지?"

문득 을도산이 단보에게 반문했다.

"대략 육십여 년이 된 듯합니다. 을고승 무선께서 성해를 건

너신 후에는 누구도 무선의 경지에 오르지 못했으니……."

"그래, 그랬지. 육십 년이라… 이리되면 거의 무선의 맥이 끊겼다고 봐도 되지 않겠는가?"

"본 향으로선 참으로 안타까운 일이지요."

단보가 얼굴에 그늘을 드러내며 고개를 끄덕였다.

"맞아. 안타까운 일이지. 무천향이 오늘날과 같이 변하게 된 것은 아마도 무선의 맥이 끊겼기 때문일 것일세. 무선이 맥이 끊기니 무천향의 형제들은 무도에 대해 절망했을지도 모르네. 그리고 그 절망이 무도가 아닌 다른 곳으로 형제들의 눈을 돌리게 했을 것일세. 바로 야망이라는 괴물에게로 말일세."

한순간 무천향주 을도산의 눈에서 한줄기 한광이 번뜩였다. 살기조차 내포된 것 같은 을도산의 안광에 그에게 시선을 주고 있던 무천향의 고수들이 화들짝 놀라 저마다 시선을 돌렸다. 그런 그들의 귀에 다시금 을도산의 목소리가 들려왔다.

"본래 도(道)는 멀고 이득(利得)은 가까운 법일세. 눈에 보이는 이득을 멀리하고 눈에 보이지 않는 무선의 경지를 추구하는 것은 그리 쉬운 일이 아니지. 바로 그것이 이 무천향을 변하게 한 것일 걸세. 솔직히 말하자면, 난 이 무천향을 거의 포기하고 있었네."

을도산의 입에서 사람들이 상상조차 할 수 없었던 말들이 거침없이 쏟아져 나왔다. 장내의 일백 고수들은 하나같이 절대고수들이었지만 을도산의 말에 잘게 몸을 떠는 사람조차 있었다.

"더 이상 무도를 수련치 않는 무천향이 존재할 이유가 있겠는가? 오히려 피만 부를 뿐이지. 해서 난 이쯤에서 무천향을 해체하는 것은 어떨까, 그런 생각조차 하고 있었네."

"향주, 어찌 그런……?"

"지나친 생각이십니다."

이번엔 단보가 아닌 을도산의 좌우에 앉아 있던 십이종성들이 저마다 입을 열었다.

"후후후, 그럼 여러분은 이 무천향이 과거의 그 순수했던 수련자들의 집단으로 남아 있을 수 있다고 생각하시오?"

을도산이 비웃듯 물었다. 십이종성은 침묵을 지켰다. 그러자 을도산이 여전히 한줄기 비웃음을 머금은 채 다시 질문을 던졌다.

"그것들 보시구려. 그대들도 무천향이 과거의 무천향으로 돌아가는 것은 불가능하다고 생각하고 있지 않소이까? 그럼 이 무천향이 존재할 이유가 무엇이오?"

을도산의 추궁에 십이종성 누구도 답을 하지 못했다.

"야망이오?"

을도산이 다시 물었다. 그러나 그 대답 또한 여전히 침묵이다.

"강호에 나가면 절대고수라 불릴 수백 명의 고수를 이끌고 무천향을 뛰쳐나가 강호제패라도 하는 것이 새로운 무천향의 이상이오?"

을도산이 칼처럼 날카로운 기세를 드러내며 계속해서 십이종성을 몰아쳤다. 그러자 을정해가 자리에서 일어나며 단호한 목소리로 입을 열었다.

"어찌 무천향이 그런 목적을 위해 쓰일 수 있겠습니까? 이 무천향은 무도일로를 보고 만들어진 세상입니다. 만약 누군가 무천향을 이용해 강호에 군림하고자 한다면 차라리 무천향을 폐하는 것이 옳을 것입니다."

을정해의 완고한 대답에 을도산이 한줄기 미소를 지었다.

"을 노사께선 평소 수련에 몰두하시느라 아직 무천향의 변한 것을 잘 모르시는 모양이시구려. 무천향은 이미 많은 곳이 썩어 있소이다. 오죽하면 향의 대역죄인을 처형하는데 향에서 추방당한 자들이 그들을 구하기 위해 등장했겠소이까?"

"그… 그건……."

이미 을조인 등 삼 인이 죽임을 당할 때 일단의 복면 괴인들이 그들을 구하기 위해 나타났었다는 사실은 향 전체에 퍼져 있었다. 더군다나 그들 중 죽은 자의 신원을 확인한 결과, 그들이 과거 무천향에서 죄를 지은 후 무공이 폐쇄된 채 무천향에서 쫓겨난 자들이란 사실이 밝혀진 상태였다.

"후후, 을 노사께선 무천향의 무도가 살아 있을 것이라 생각하실지 모르지만 무천향은 이미 변했소이다. 이런 무천향이 과거의 정기를 회복하려면 아마도 특단의 조치가 있어야 할 것이오."

"특단의 조치라시면……."

"먼저 환부를 도려내야 할 거요. 그리고 필요한 것이 그 상처들을 아물게 하고 무도일로에 매진할 수 있는 선도자일 것이오. 그 선도자가 누구겠소이까? 아마도 새로운 무선의 출현이라 할 수 있을 것이오. 무천향의 형제들에게 무선의 경지가 단지 오래전에 사라진 꿈의 경지가 아니라 고련을 통해 도달할 수 있는 경지임을 확인시켜 주는 존재 말이외다. 그래서 난 파소 저 친구를 새로운 향의 소천으로 생각하는 것이외다. 난 저 아이가 남긴 무흔에서 향의 누구보다 탁월한 선기를 읽었고 완성되어 가는 검의 모습을 발견했소이다. 아마 길어야 십 년 안에 저 친구는 무선의 경지에 오를 수 있을 것이오. 물론 지금의 능력으로도 검선의 칭호를 받기에 모자람이 없지만 내가 기대하는 것은 그냥 무선이 아닌 무천향이 처음 탄생할 때 십이조사께서 오르셨던 경지요. 그러한 절대적 경지가 모습을 드러낸다면 무천향의 형제들도 마음속에서 욕망의 찌꺼기를 씻어내고 처음 무천향이 탄생할 때의 그 순수함으로 돌아갈 수 있을 것이오. 그것이 바로 내가 파소라는 젊은 무인을 무천향의 새로운 소천으로 추천하는 이유요.”

을도산의 일장 연설이 끝나자 장내가 무거운 침묵에 빠져들었다. 마치 태곳적부터 내려온 침묵의 시간이 아직도 이어지고 있는 듯 사위는 조용했다. 장내의 누구도 입을 열지 않았다.

장내의 고수 누구나 정도의 차이는 있지만 무천향이 변했다는 것은 알고 있었다. 하지만 누구도 오늘 을도산처럼 직접적으로 무천향의 변화를 입에 올린 적은 없었다. 그리고 일단 향주의 입을 통해 무천향의 현실이 적나라하게 밝혀지자 혹자는 깊은 슬픔으로, 또 혹자는 두려움으로 그렇게 침묵에 빠져 있는 것이었다.

그러나 태초의 침묵이 깨어지고 세상이 탄생했듯이 장내를 내리누르던 무거운 침묵도 드디어 금이 갔다.

"노부도 한 말씀 드리고 싶소이다."

입을 연 것은 검산 호랑이 탁발로였다. 현 시점에서 무천향주 을도산과 정반대의 대척점에 서 있는 인물, 무천향의 변화를 주도하고 있다는 평가를 받는 그가 드디어 입을 연 것이다.

"탁발 노사의 말씀이라면 무천향의 누구라도 경청할 수밖에 없을 것이오. 말씀해 보시구려."

을도산의 말에 탁발로의 볼이 한차례 꿈틀거렸다. 을도산의 말투에 한가닥 비웃음이 깃들어 있었기 때문이다. 지금껏 탁발로가 무천향주 을도산의 권위에 흠집을 낸 것은 하루 이틀이 아니지만 을도산이 오늘처럼 드러내 놓고 빈정거린 경우는 단 한 번도 없었다. 팽팽한 긴장감이 두 사람 사이에 맴돌았다. 탁발로는 당장에라도 검을 뽑아 을도산을 칠 듯한 기세로 을도산을 노려보며 천천히 입을 열었다.

"향주의 말씀 잘 들었소이다. 무천향이 변했다는 말에도 동의합니다. 그러나 그 변화를 어떻게 받아들이느냐는 것에서 전 향주와 조금 다른 의견을 가지고 있소이다."

탁발로가 입을 열자 좌중의 고수들 중 일부가 눈빛을 반짝이기 시작했다. 탁발로의 입에서 흘러나올 소리에 대한 기대감이 그들의 표정에 가감없이 드러나 있었다.

“본시 물이란 한곳에 머물면 썩는 것이 자연의 이치외다. 무천향의 역사도 수백 년, 무천향은 무척 오랫동안 고여 있는 물이었소. 그 결과를 봅시다. 향주님의 말씀처럼 무선의 맥이 끊긴 지 이미 육십 년이 넘었소이다. 사람들은 무선의 맥이 끊긴 것이 무천향의 형제들이 과거의 전통을 어겼기 때문이라고 하지만 무천향은 그동안 여전히 천률에 의해 유지되어 왔소이다. 그러니 어찌 전통을 어겼다고 할 것이오? 내 생각으로는 무천향에서 더 이상 무선이 출현하지 않은 것은 오히려 과거의 전통에 얽매여 새로운 변화를 일으키지 못했기 때문인 것 같소이다. 변화란 것도 크게 보면 자연스럽게 일어나는 자연의 이치인 것이오. 그러니 지금 무천향에 일어나는 변화를 나쁘게 볼 것만은 아니란 것이 내 생각이외다.”

탁발로가 잠시 말을 끊고 장내 고수들의 반응을 살폈다. 장내의 고수들 중 일부는 탁발로의 말에 수긍하는 듯 고개를 끄덕이고 있었고, 또 누군가는 탁발로의 말이 가당치 않다는 듯 비웃음을 흘리고 있었다.

“어쨌든 내 생각은 이렇소이다. 기왕에 무천향에 변화가 일어났으니 이 변화를 무천향이 발전하는 데 좋은 방향으로 이끌 인재가 새로운 소천이 되어야 한다는 것이오. 그리고 그런 인재란 것은 반드시 무공이 고강한 인재라기보단 향의 식구들이 인정할 만한 무공과 무천향의 모든 형제들이 믿을 수 있는, 그래서 새로운 무천향을 만드는 데 믿음을 줄 수 있는 그런 사람이 되어야 한다고 생각하는 바이오. 해서 난 외람되게도 내 아들놈이 새로운 소천에 적합한 인재라고 추천하는 바요. 이런 격변의 시기에 외부에서 들어온 지 채 일 년이 되지 않는 인물에게 무천향의 운명을 맡기는 것은 너무 큰 모험이라 생각하오.”

탁발로가 애초부터 파소가 지니고 있던 단점을 지적하며 말을 끝냈다. 무천향의 무인들은 파소의 무공은 인정하면서도 그가 은하의 계곡을 통해 무천향에 들어온 지 겨우 일 년밖에 되지 않았다는 점 때문에 파소가 무천향의 소천이 되는 것에 부적정이었다. 탁발로는 그런 무천향 무인들의 심리를 들쑤시고 있었다.

“나도 탁발 노사의 의견에 동의하오. 대저 무공의 고하에 상관없이 그 근본을 알 수 없는 인물에게 향을 맡길 수는 없는 것이외다. 다행히 탁발 소형제는 십이조사의 맥을 잇는 사람이니 그가 소천이 된다면 모든 사람이 그를 믿고 따를 것이오.”

탁발로의 의견에 동의하고 나선 사람은 십이종성 중 고연수란 인물로, 검산 육조사 중 일침칠독이란 별호로 불리던 의종의 후인이자 지금은 검산에서 분리된 의방을 대표하는 인물이었다. 현재 의방의 대소사를 책임지고 있는 의방오현 중 셋이 그의 제자일 정도로 의방에서 고연수의 존재는 거의 절대적이라고 할 수 있었다.

‘이로써 의방이 탁발 가문과 손을 잡았다는 것은 거의 확실해진 셈이군.’

파소가 눈빛을 교환하는 탁발로와 고연수를 보며 내심 둘 사이를 짐작했다.

　장내의 분위기는 완연하게 탁발로 쪽으로 쏠리고 있었다. 이미 탁발로에 대한 지지를 밝힌 종성만 삼 인에 이르고 있다는 것 또한 장내의 분위기에 영향을 주고 있었다. 그런데 그때 갑자기 무천향주 을도산이 너털웃음을 터뜨렸다.

　"핫하하!"

　순간 장내의 분위기가 다시금 싸늘하게 식어갔다. 이런 심각한 상황에서 큰 웃음을 터뜨리는 을도산에게선 일견 패도적인 기운마저 느껴지고 있었다.

　"향주께서는 무슨 이유로 그리 웃으시는 것입니까?"

　검산 육종성 중 한 명인 무무경이 불쾌한 기색을 숨기지 않고 물었다. 본시 무무경은 검산 육조사 중 불괴 무인의 후예로 그 성정이 불같은 것으로 유명한 인물이었다.

　"하하하, 이보시오, 무 노사."

　"말씀하시지요."

　"내가 어찌 웃지 않을 수 있겠소이까? 잘 들어보시오. 탁발 종성께서는 고인물은 썩는다며 무천향에 변화가 필요하다 하셨소. 그러면서 또 한편으로는 십이조사의 피를 이어받은 사람이 무천향의 향주가 되어야 향이 안정된다고 말하고 있소. 도대체 이게 이치에 맞는 말이오? 변화를 택했다면 십이조사의 핏줄이면 어떻고 아니면 어떻소? 능력있는 자가 향주가 되어 새로운 무천향을 이끌면 그뿐이지. 그런데 변화를 추구한다면서도 한편으론 십이조사의 후손으로서의 권리는 고집하겠다고 하시니, 과연 이치를 제대로 아는 사람이라면 이 의견에 동조할 수 있겠소? 두 분의 친족들이 아닌 이상 말이오."

을도산이 얼굴에서 웃음기를 없애며 탁발로와 고연수를 차가운 시선으로 바라봤다. 을도산의 추궁에 탁발로와 고연수가 미처 대답할 말을 찾지 못하고 얼굴을 붉히며 침묵을 지켰다. 그런데 그때 을정해가 다시 입을 열었다.

"하지만 향주, 난 두 사람의 의견에 동조하는 것은 아니지만 전통이란 무시할 수 없는 것 아니겠습니까? 무천향의 무인들이 비록 변했다고 하지만 무천향과 십이조사를 어찌 떨어뜨려 생각할 수 있겠습니까?"

"음… 그러니 결국 그대도 십이조사의 후예만이 무천향의 향주가 되어야 한다고 말하시는 것이구려."

"아닙니다. 솔직히 말해 전 능력이 있으나 없으나 정종 을씨 가문의 후손이 소천이 되어야 한다고 말하고 싶습니다. 무벽을 통한 소천의 선출 같은 것은 애초에 하지 말았어야 하는 일이었습니다."

"그 불만, 내가 해결해 드리리다."

을도산의 말에 을정해뿐만 아니라 장내의 고수들이 어리둥절한 표정을 지었다.

"무슨 말씀이신지……?"

"그대의 마음에 흡족한 소천을 뽑아드리겠단 말이오."

"하지만 향주께선 이미 저 파소라는 친구를 향의 새로운 소천으로 지목하지 않으셨습니까?"

을정해가 파소를 가리키며 말했다. 그러자 을도산이 천천히 자리에서 일어나 파소와 다른 두 명의 소천 후보자가 앉아 있는 곳으로 이동했다. 그러면서도 그는 여전히 입을 열어 말을 하고 있었다.

"이곳에 모인 분들은 지난 수십 년간 이 무천향에서 일어난 일들을 잘 알고 계실 것이오. 또한 최근의 일련의 사태로 인해 나의 큰아들인 몽학이 어떤 음모에 의해 희생되었다는 것 또한 짐작하고 계실 것이오. 난 지난 몇 달간 삼십여 년 전 일어났던 그 일을 다시 살피기 시작했소. 그리고 결국 하나의 결론에 도달했소. 나의 아들 몽학은 누군가의 음모에 의해 죽음에 이르렀다는 사실 말이오."

을도산의 말에서 차가운 살기가 흘러나와 장내를 얼려 버리고 있었다. 장내의 고수들은 손끝 하나 움직이지 못하고 을도산을 바라보고 있었다. 마음속으론 도대체 이 유약했던 향주에게 언제 이런 전율적인 기도가 생겼나 하는 의구심을 품은 채……

"난 일 년 전 십이종회에서 몽학의 핏줄을 찾을 것이라 말한 적이 있었소. 그리고 결국 나와 몽학의 핏줄을 찾았소. 오늘 여러분께 그 아이를 소개하리다. 무천향의 대종사 을조인 어른의 피를 이어받은 아이이자 나의 유일한 혈손인 파소… 을파소요!"

어느새 파소 앞에 다가선 을도산이 파소의 어깨에 가만히 손을 얹었다. 그리곤 나직하게 속삭였다.

"잘 자라줘서 고맙다. 곁에 있어주지 못해서 미안했다!"

第九章

과거의 비밀

성해는 조용했다. 햇살은 눈부셨다. 그러나 엄동설한의 한 기가 장내를 휘감고 있었다.

파소는 여전히 공터 중앙에 위치한 세 개의 의자 중 가운데 의자에 앉아 있었다. 다른 게 있다면 지금 그의 곁에 무천향주 을도산이 서 있다는 것, 그리고 그 을도산의 존재감이 태산처럼 파소를 감싸고 있다는 것 정도였다.

'이렇게 강하고 넓은 분이 어째서 아버지를 그렇게 쉽게 포기할 수 있었습니까?

파소는 을도산의 거대한 기운 속에서 내심 이런 질문을 던졌다. 지금의 을도산이라면 천하의 그 무엇으로부터도 자신의 아들을 지켜낼 수 있을 것처럼 느껴졌기 때문이다.

　그러나 이 질문에 대한 답은 지금 들을 수 없었다. 지금 이곳엔 아직 두 사람이 해결해야 할 일이 남아 있었다.

　"향주, 지금 그 친구가 향주의 손자라고 하셨소이까?"

　역시 탁발로, 장내의 고수들이 강력한 장력을 얻어맞은 듯 얼어붙어 있는 사이 탁발로가 가장 먼저 신색을 회복하고 무거운 음성으로 을도산에게 물었다.

　"그렇소. 이 아이가 바로 몽학의 아들이오. 그러니 만약 그 혈통으로서 자격을 논한다면 이 아이만큼 새로운 소천에 어울리는 아이도 없을 것이오. 아니 그렇소?"

　을도산이 탁발로를 비롯한 십이종성을 한 명씩 바라보며 되물었다. 장내는 다시 침묵에 빠져들었다.

　을씨 가문 적통의 출현. 그것도 검선이라 칭해질 만큼 강력한 무공을 지닌 절대고수. 이건 너무도 큰 충격이었다. 아무리 절대지경에 이른 고수들이라 할지라도 이런 심리적 충격을 이겨내는 것은 그리 쉬운 일이 아니었다.

　그런데 그때 마치 이 질식할 것 같은 침묵의 냉기를 참지 못하겠다는 듯 검산이목 탁발무를 강력히 추천했던 십이종성 고연수가 불쑥 신형을 일으키며 날카롭게 외쳤다.

　"하지만 아직 전전대 소천 을몽학은 여전히 무천향의 죄인이오. 물론 그의 죽음에 석연찮은 면이 있다는 것이 최근 드러났지만 그가 일으킨 패륜적인 사건이 사라진 것은 아니오. 그는 자신의 장인을 죽인 사람이오. 그런 사람의 후예를 향의 소천으로 인정할 수는 없소이다."

고연수의 차가운 냉갈이 장내의 침묵을 깨뜨렸다. 곳곳에서 고수들의 웅성거림이 일어났다. 그러자 을도산이 그런 고연수를 보며 나직하게 말을 건넸다.

"그 일은 음모에 의해 일어난 일이라지 않았소이까?"

"하지만 그 음모의 전모가 확실하게 밝혀진 것은 아니지 않소이까? 오직 밝혀진 것이라곤 전대 소천 을몽검이 그에게 광혈단을 썼다는 증언뿐, 사실 그 증언의 진위도 확인되지 않지 않았소이까?"

고연수의 반발은 억지에 가까웠다. 이미 송림 혈사에 관여했던 자들의 증언에 의해 을몽검이 을소인 등 극형을 당한 삼인의 꼬임에 빠져 을몽학과 그 친구들에게 광혈단을 풀어 당시의 참상이 일어났다는 것은 부인할 수 없는 사실이었다.

그런데 그때 십이종성 연파곤까지 고연수를 거들고 나섰다.

"또한 설혹 향주의 큰아드님께서 광혈단에 중독되어 일으킨 사건이라 할지라도 그가 일으킨 사건은 결코 용서될 수 없는 사건이오이다. 그런 사람의 아들을 어찌 향의 소천에 앉힐 수 있겠소이까?"

연파곤의 말이 끝나자 곳곳에서 그의 말을 지지하는 목소리가 들려왔다. 이렇게 되면 파소의 진실한 정체를 밝힌 것이 오히려 파소를 궁지로 몰고 있는 꼴이 되고 있었다. 그런데 그때 을도산이 한줄기 비릿한 미소를 지으며 고연수에게 물었다.

"고 노사의 고견 잘 들었소. 그런데… 고 노사가 과연 그런 말을 할 자격이 있소?"

순간 다시금 장내의 분위기가 차갑게 얼어붙었다.

"십이종성인 내가 이런 말도 할 수 없단 말이오? 향주는 정녕 크게 변하신 모양이구려."

"물론 난 조금 변했소. 장성한 아들 둘을 잃었는데 어찌 변하지 않을 수 있겠소. 그런데 비록 십이종성이라 할지라도 고노사가 이 자리에서 나의 큰아들의 죄를 언급하는 것은 무척 잘못된 일인 것 같소이다."

"십이종성의 입까지 향주의 권위로 막겠다는 것이오?"

"그렇지 않소. 십이종성은 곧 무천향이니 어찌 십이종성의 권위에 흠집을 낼 수 있겠소. 다만 난 그대가 과연 십이종성의 자격이 있는가 하는 것을 묻고 싶은 것뿐이오."

"내게 십이종성이 될 자격이 없단 말이오?"

"최근에 일어나고 있는 일을 보며 당연히 의구심이 들 수밖에 없소이다."

"정확하게 말해주시오. 이건 이 고연수의 명예가 걸린 일이외다."

"명예… 후후후, 아직도 이 무천향에 명예란 것이 남아 있을까. 좋소. 그럼 물어보리다. 내 아들들의 죽음에 관련된 광혈단, 몽검이 주화입마를 일으킨 원인이 된 마단, 그리고 향에서 추방된 자들이 버젓이 무공을 회복해 강호를 활보하게 할 수 있게 한 회정단! 이것들은 도대체 어디서 나온 것들이오?"

차가운 질문에 고연수가 언뜻 대답을 하지 못했다. 그러자 을도산이 고연수의 대답을 듣지 않고 다시 입을 열었다.

“모두 알겠지만 이 절대의 독과 영약들은 모두 의관 천보암에 들어 있소이다. 천보암이 어떤 곳이오? 한 방울에 수백 명을 죽일 수 있는 독과 한 알로 죽어가는 사람을 살릴 수 있는 귀중한 영약이 들어 있는 곳이오. 그런 천보암에 들어 있는 영약과 독약들이 향주인 이 을도산이 모르는 사이 버젓이 외부로 유출되어 갖가지 사건을 일으키고 있소. 의방의 최고의 어른으로서 이 문제에 대해 어떻게 생각하시오, 고 노사!”

을도산이 차가운 목소리로 물었다. 그러자 고연수의 얼굴에 당황하는 빛이 역력하게 드러났다.

“그… 그것은……”

고연수가 쉽사리 대답을 하지 못했다.

“묻겠소. 그대가 이 독과 영약들을 유출시킨 것이오?”

을도산의 눈에서 서릿발 같은 한광이 토해졌다.

“저, 절대 아니오.”

고연수가 재빨리 고개를 저었다.

“물론 나도 그러리라 믿소. 해서 그동안 광혈단과 회정단 등이 유출된 것을 알면서도 이 일로 그대를 추궁하지 않았던 것이오. 그런데 그대는 그런 나의 배려도 모른 채 감히 나에게 을씨 가문의 자격을 논하고 있단 말이오? 이쯤 되면 이제는 이 일을 그냥 묻어둘 수가 없소. 왜냐하면 이 일은 나와 을씨 가문, 그리고 무천향의 운명과 밀접한 관계가 있기 때문이오. 데려오라!”

을도산이 갑자기 고개를 돌려 대법사 조청광에게 명을 내렸다. 조청광이 을도산에게 고개를 숙여 보이고는 향주전 입구에 서 있는 율사 두 명에게 손짓을 했다.

그러자 잠시 후 향주전의 문이 열리면서 두 명의 인물이 손을 등 뒤로 돌려 포박지어진 채 율사들에 의해 끌려 나왔다.

"저들은……?"

"이게 무슨 일인가?"

장내의 고수들이 저마다 의혹 어린 시선으로 율사들에 의해 끌려 나오는 두 사람을 바라보며 중얼거렸다.

"꿇려라!"

조청광의 명에 율사들에 의해 끌려 나온 두 사람이 파소 등과 십이종성 사이에서 무릎을 꿇었다.

"고 노사, 이들이 누군지 잘 알 것이오."

물론 고연수가 무릎 꿇은 두 사람을 모를 리 없었다. 둘 중 나이가 많은 쪽은 의방오현 중 가장 연장자인 소진웅이었고, 젊은 쪽은 의방오현의 공동 제자 주일기였다. 그러니 당연히 의방을 대표하는 종성인 고연수가 이들을 모를 리 없었다.

"이… 이들을 왜 이리 대하는 것이오?"

고연수가 따지듯 물었다. 그러나 이미 그의 목소리에는 힘이 느껴지지 않았다.

"이들이 왜 이곳으로 끌려왔는지 정녕 모르오?"

"내… 내가 그걸 어찌 알겠소이까?"

"좋소. 그렇다면 내가 말해주리다. 이들은 의관 천보암에서 그동안 갖가지 영약과 독약을 유출시킨 죄로 이곳에 끌려 나온 것이오.”

“음……..”

“으음!”

을도산의 말에 좌중에서 나직한 신음성들이 흘러나왔다.

“증거가 있소이까?”

탁발로가 물었다.

“증거도 없이 이들을 잡아들일 수야 있겠소? 그랬다가는 아마 이 을도산을 향주의 자리에서 쫓아내려 할 터인데. 증인들은 앞으로 나서라!”

을도산의 명에 장내에 모인 고수들 중 네 명이 천천히 공터로 걸어나왔다. 순간 장내의 고수들 사이에서 재차 탄성이 흘러나왔다. 을도산의 명에 따라 앞으로 나선 인물들은 다름 아닌 의방오현의 나머지 사 인이었기 때문이다.

소진웅을 제외한 의방오현의 사 인이 을도산 앞에 시립했다. 그러자 을도산이 대법사 조청광에게 고개를 끄덕였다. 을도산의 신호를 받은 조청광이 사 인의 의방오현 앞으로 다가섰다.

“묻겠소. 여기 두 사람이 그동안 사사로이 천보암의 영약과 독단들을 유출한 것이 맞소이까?”

추상같은 조청광의 추궁에 의방오현 중 소진웅 다음의 연장자인 행도가 고개를 끄덕였다.

“그렇소이다.”

“언제부터 이들이 천보암에 사사로이 손을 댔소?”

"저희들이 눈치챈 것은 십여 년 전이었지만 아마도 그 이전에도 천보암에 손을 댄 것이 분명하오이다."

"그런데 왜 지금껏 향주께 그 사실을 고하지 않았소?"

"그것은… 음, 그건 부끄럽게도 우리의 목숨 줄을 저들이 잡고 있었기 때문이외다."

"좀 더 자세히 말하시오."

"휴, 우리 사 인과 제자 임오방은 저들이 하독한 독에 중독되어 그들에게 주기적으로 해약을 받지 않으면 죽음을 면치 못하는 신세올시다. 해서 향에 큰 죄를 짓는다는 것을 알면서도 저들의 행보를 향주께 말씀드릴 수 없었소이다."

"그게 얼마나 큰 잘못인지 모르진 않을 것이오."

"어차피 죽을 목숨, 마땅히 죄를 받겠습니다."

사 인의 의방오현이 을도산을 향해 머리를 조아렸다. 그러자 을도산의 마치 다시 예전의 그 유약하고 부드러운 사람으로 돌아간 듯 사 인을 향해 입을 열었다.

"지금이라도 목숨을 버리는 용기를 내 이렇게 진실을 밝혀주었으니 어찌 그대들을 탓할 수 있겠소."

"향주의 선처에 감사드릴 다름입니다."

"그만 들어가 계시구려. 그대들의 목숨을 구할 방도는 따로 궁리해 봅시다."

"저희들의 목숨 따위에 관심을 두지 마십시오. 향이 어려우니 이 난관을 극복하시는 것만으로도 심력을 과도하게 사용하셔야 할 테니 향주의 건강이 걱정입니다."

"후후후, 이 늙은이야 이제 후손을 찾았으니 죽은들 어떠하
리까. 그만 들어들 가시구려."

을도산의 말에 사 인의 의현이 고개를 숙여 보이곤 본래 그
들이 있던 곳으로 돌아갔다. 그러자 을도산의 표정이 다시 변
했다.

"묻겠다. 이 일에 대해 변명할 말이라도 있느냐?"

을도산의 추궁에 소진웅과 주일기는 고개를 주억거릴 뿐,
입을 열지 않았다.

"부인치 않으니 자신들의 죄를 자복한 것이라 생각하겠다.
너희들의 죄가 오직 죽음으로써만 그 값을 치를 수 있다는 건
짐작하고 있겠지?"

을도산의 말에 나이 어린 주일기가 머리를 땅에 대며 울먹
였다.

"살, 살려주십시오. 저는 그저 소 사부가 시키는 대로 했을
뿐입니다."

순간 소진웅이 질끈 눈을 감으며 입술을 깨물었다.

"그대는 달리 할 말이 없는가?"

을도산이 그런 소진웅에게 묻자 소진웅이 신음성을 흘리며
말했다.

"일이 이렇게 되었으니 어찌 목숨을 구하겠습니까. 젊은 날
한 번의 정염이 오늘과 같은 일을 만들었으니, 그것이 한탄스
러울 따름입니다."

순간 을도산의 얼굴에 드리워져 있던 노여움이 조금 가셨다.

“그대가 살아날 방도가 없는 것은 아니다.”

순간 소진웅이 감았던 눈을 떴다. 그의 눈에 삶에 대한 실낱같은 희망이 드리워져 있었다.

“저보단 이 아이의 목숨을 가엽게 여겨주시기 바랍니다.”

소진웅의 시선이 땅에 머리를 대고 있는 주일기를 향했다.

“아, 그대는… 역시 한 명의 부모일 따름이구나.”

을도산이 탄식을 흘려냈다.

‘역시 짐작대로 그는 소진웅의 아들이었군.’

단보가 조사했던 대로 주일기는 소진웅의 아들이었다. 죽음을 앞둔 상황에서도 소진웅은 자신의 아들을 보호하려 하고 있었다. 그 부정(父情)이 파소의 마음에 깊이 파고들었다.

‘저게 바로 부모의 정이란 것이구나.’

한편으로 부럽기도 했다, 평생 부모의 정이란 것을 모르고 살아온 파소로서는…….

“그대들 두 사람이 천보암에서 빼낸 영약과 독단의 흐름을 알아야겠다. 말할 수 있겠는가?’

순간 소진웅의 얼굴이 딱딱하게 굳었다.

“또한 다른 네 사람을 중독시킨 독의 해약을 내놓아야겠다.”

그러자 소진웅 잠시 눈을 감고 뭔가를 생각하다가 천천히 눈을 뜨며 입을 열었다.

“네 형제들의 해약은 향주께서 말씀하지 않으셔도 당연히 내어드릴 것입니다. 애초에 저들을 해할 생각은 없었습니다. 하지만 첫 번째 요구는……."

"아직도 지켜야 할 사람이 남아 있는가?"

을도산의 어투가 차갑게 변했다. 그러자 소진웅이 고개를 끄덕였다.

"그렇습니다. 제겐 아직 지켜야 할 사람이 있습니다."

"그게 누군가?"

"말씀드릴 수 없습니다."

소진웅이 굳게 입을 다물었다. 그런 소진웅을 한동안 노려보고 있던 을도산이 고개를 끄덕이며 말했다.

"좋다. 자신의 목숨을 걸고라도 지켜야 할 사람이 있다면 지켜야겠지. 일단 그대들 두 사람의 목숨은 해약을 넘길 때까지 살려두겠다. 그사이 마음이 바뀌면 언제라도 입을 열라. 그러면 그대와 그대의 아들은 목숨을 보존할 수 있을 것이다. 이들을 데려가라!"

을도산의 말에 율사 네 명이 바람처럼 달려나와 무릎을 꿇고 있던 소진웅과 주일기를 장내에서 데리고 나갔다. 두 사람이 끌려 나가자 을도산이 고연수를 보며 물었다.

"이래도 그대는 계속 그 자리에 앉아 있을 자격이 있다고 생각하시오?"

그러자 고연수가 고집스런 눈빛을 흘려내며 입을 열었다.

"물론 의방의 인물들이 향에 큰 죄를 지은 것은 인정하오. 하지만 내가 모르는 사이 일어난 일이니 그 책임을 나에게까지 전가하는 것은 무리라고 생각하오."

"호오? 정말 대단히 두꺼운 얼굴을 가진 사람이었구려. 좋소. 그럼 한 사람을 더 만나보시도록 하구려. 향은 앞으로 나서거라!"

을도산의 명이 떨어지자 소진웅 등 두 사람이 끌려들어 간 향주전의 정문에서 한 명의 여인이 모습을 드러냈다. 그녀는 한 명의 노파를 이끌고 천천히 일백 고수의 시선을 받으며 을도산 앞으로 다가왔다.

그런데 두 여인의 모습을 일견한 십이종성 중 두 명의 얼굴이 흙빛으로 변했다. 방금 전까지 을도산과 말싸움을 벌이던 고연수와 지금껏 말없이 장내의 상황을 지켜보고 있던 청색 장삼을 입은 노고수였다.

"어서 오너라."

을도산이 두 여인 중 젊은 쪽의 여인을 부드러운 목소리로 맞이했다. 그러나 여인은 을도산에게 눈길 한 번 주지 않았다. 대신 시선을 파소에게 주더니 불쑥 입을 열었다.

"이 아인가요?"

"그래. 몽학의 아이다."

그러자 여인이 한동안 파소를 바라보다 나직하게 파소에게 말을 건넸다.

"반갑구나. 난 네 고모란다."

순간 파소의 눈빛이 가볍게 흔들렸다. 을도산에겐 이남 일녀의 자식이 있었다. 그중 두 명의 아들은 이미 죽음을 맞이했고, 나머지 한 명의 딸이 바로 이 여인이었던 것이다. 그녀는 을향이라는 이름을 가지고 있었다.

'이분이 바로 고모님이시로구나.'

파소의 마음속에 알 수 없는 감정이 솟구쳤다. 처음 본 얼굴이지만 아주 오랫동안 보아온 사람처럼 가깝게 느껴지는 을향이었다.

"나중에 따로 시간을 만들자꾸나."

을향이 파소에게 미소를 지어 보이고는 이내 시선을 돌려 을도산을 바라봤다. 그러자 을도산이 천천히 좌중을 돌아보며 입을 열었다.

"아시는 분은 아시겠지만 이 아이는 나의 딸아이오. 그동안 무극동천에 머물고 있었기에 이 아이를 아는 사람은 많지 않을 것이오. 그런 이 아이가 오늘 이렇게 여러분 앞에 모습을 드러낸 것은 더 이상 나의 첫째 아들 을몽학에 대한 논란의 종지부를 찍기 위해서요. 향아!"

"네, 향주님."

을향은 을도산을 아버지라 부르지 않고 향주라고 불렀다. 또한 둘 사이에는 알 수 없는 냉기가 흐르고 있었다.

'역시 두 분 사이가 좋지 않군. 단 어르신께서 말씀하신 대로야.'

과거 단보는 을도산과 을향 부녀가 을몽학의 죽음 이후 냉랭한 관계를 유지하고 있다고 말했었다. 두 사람의 그런 관계는 을몽학의 죽음에 얽힌 의혹이 풀어지려는 이 순간까지도 계속되고 있었다.

"그간 네가 조사한 것들을 향의 고수들 앞에서 밝히도록 하거라."

을도산의 말에 을향이 고개를 까닥여 보이고는 두어 걸음 앞으로 나선 후 입을 열었다.

"을향이에요. 아시는 분은 아시겠지만, 전 지난 삼십여 년간 향주님과 십이종성님들의 특별한 배려로 무극동천에 머물렀어요."

본래 누구든 무극동천에 머물 수 있는 시간은 십 년이 한도였다. 그 이상 무극동천에 머무는 것은 누구에게도 허락되지 않았다. 그런데 그동안 을향은 십이종성의 묵인하에 삼십여 년 동안 무극동천에 머물렀던 것이다.

"처음에 저는 전전대 소천이신 큰오라버니의 죽음에 대한 충격으로 무극동천을 찾았지요. 그분의 죽음에 의혹이 있다는 것을 알면서도 그를 조사하지 않고 덮어두신 향주님에 대한 원망도 제가 무극동천에 은거하는 데 적지 않은 영향을 주었고요. 그때 제 심정은 평생 무극동천에서 나오지 않을 생각이었어요. 그런데 오늘 이렇게 여러분 앞에 나서지 않을 수 없게 되었습니다."

장내 고수들은 을향의 말에 조금씩 빠져들고 있었다. 을향은 비록 오십이 넘은 여인이었지만 무극동천에 은거해 무공에 매진했기 때문인지 그 모습은 삼십대 여인에 못지않았다. 또한 지난 수십 년간의 수련 때문인지 자연스럽게 선기를 흘려내 사람들을 빨아들이는 마력을 소유하고 있었다.

"무엇이 을 여협을 이곳에 나오게 한 것이오?"

정종의 종성 을정해가 을향의 말을 재촉했다.

"이제부터 제가 이곳에 나오게 된 이유를 말씀드리겠어요. 삼십 년은 짧은 시간이 아니죠. 폐쇄된 곳에서 홀로 살아가는 사람에겐 말이에요. 저 또한 무극동천에서 홀로 생활하는 것이 쉬운 일은 아니었어요. 지척에 부모형제와 친우들이 있었으니까요. 하지만 전 단 한 번도 무극동천을 벗어나지 않았지요. 전 철저하게 혼자였어요. 당연히 저도 사람인지라 가끔 사람이 그리웠지요. 그래서일까요. 무극동천에서의 생활이 십 년이 넘어서면서 전 한 사람과 제법 친해지게 되었어요. 우리 두 사람의 관계는 시간이 지날수록 가까워져 근자에 들어서는 피붙이와 같은 사이가 되었지요. 전 그분께 최근 들어 수수께끼 같은 과거의 일을 한가닥 전해 들을 수 있었습니다. 그분이 바로 여기 계신 이분입니다."

을향이 자신이 데리고 나온 노파를 가리켰다. 노파는 공터에 나온 이후 줄곧 고개를 숙이고 있었고 을향이 자신을 지목하자 더더욱 고개를 깊이 숙였다.

"이분이 누구신지 아시는 분이 계실 거예요."

을향의 말에 죽림이성 소법이 말했다.

"그녀는 무극동천에서 수련하는 사람들에게 먹을거리를 넣어주는 대모랑이 아니오?"

대모랑은 무천향에서 제법 유명한 여인이었다. 왜냐하면 그녀는 무천향 최고의 고수들이 수련하는 무극동천을 자유롭게 드나들 수 있는 유일한 여인이기 때문이었다. 그렇다고 그녀가 무천향에서 엄청난 지위를 가진 것은 아니었다. 그녀의 무공으로 말하자면, 그녀는 무천향이 일천 식술 중 거의 맨 마지막쯤에 자리할 여인이었다. 그럼에도 불구하고 그녀가 무극동천에 자유롭게 드나들 수 있었던 이유는 그녀가 바로 무극동천의 고수들이 먹을 음식을 만들어 나르는 여인이었기 때문이다.

그녀가 처음 무극동천에 음식을 넣기 시작한 것이 그녀의 나이 십칠 세쯤, 이후 그녀는 육십 년이 넘는 세월 동안 무극동천으로 음식을 만들어 날랐다. 그녀도 무천향의 식구이니 무공을 익힌 것은 당연한 일, 그러나 그녀는 무공보다는 음식을 만드는 재주가 더 뛰어났다.

무극동천에 든 수련자들은 음식을 무척 까다롭게 섭취했다. 무공을 넘어 도에 이르는 경지를 추구하는 사람들이었기 때문에 섭생의 중요함도 결코 간과하지 않았던 것이다. 대모랑은 그런 고수들의 입맛을 거의 완벽하게 만족시켰다. 자극적이지 않은 재료들만 사용하면서도 수련자들의 몸에 충분한 기운을 불어넣어 줄 수 있는 그녀만의 음식들은 그래서 무극동천의 수련자들에겐 어린 시절 어머니가 해주던 음식과 같은 느낌을 주었다. 그래서 붙여진 별호가 대모랑. 그런 그녀가 도대체 왜 지금 이 자리에 와 있는 것인가?

"맞아요. 이분은 여러분도 잘 알다시피 무극동천의 수련자

들에게 육십 년이 넘는 세월 동안 음식을 넣어주신 대모랑이
에요. 또한 그래서 무극동천에서 벌어진 일에 대해 수련자들
이외에는 그 누구보다도 잘 알고 있는 분이시죠.”
　“그녀가 왜 이곳에 나온 것이오?”
　소법이 호기심 어린 표정으로 물었다. 그 와중에도 십이종
성 중 두 사람의 안색은 회복될 줄 몰랐다.
　“이분이 이곳에 나온 것은 과거에 일어났던 한 가지 일을 여
러분께 증언해 주시기 위해서예요. 대모랑, 이제 때가 되었어
요.”
　을향이 대모랑을 바라보며 부드럽게 말했다. 그러자 대모랑
의 눈에 살짝 눈물을 비치더니 그녀가 천천히 입을 열었다.
　“사실 전 이미 오래전에 스스로 목숨을 끊었어야 하는 죄인
입니다. 지난 삼십 년간 전 가슴에 커다란 돌덩이를 담고 살았
지요. 모진 게 목숨이라고 큰 죄를 짓고도 목숨을 부지하고 있
었으니 참으로 부끄러운 일입니다.”
　“대모랑, 그건 대모랑의 잘못이 아니에요.”
　“아니지요. 제가 조금만 주의를 했어도 결코 그 일이 벌어지
지는 않았을 겁니다.”
　“모르고 하신 일이잖아요.”
　“그렇죠. 모르고 한 일이지요. 하지만 몰랐다고 변명하기엔
너무 큰일이지요.”
　대모랑이 한숨을 내쉬며 탄식하듯 말했다.
　“도대체 하고자 하는 말이 무엇이오?”

기다리기가 답답했는지 십이종성 중 한 명인 정종 출신의 노고수 을천인이 대모랑의 말을 재촉했다. 그러나 대모랑의 십이종성의 추궁도 안중에 없는 듯 느긋하게 하늘을 한 번 바라보더니 천천히 입을 열었다.

"이제 그날 있었던 일을 말씀드리지요. 그날은 몇 잔의 차를 준비해야 했습니다. 무극동천에 차를 들이는 일은 무척 드문 일이지요. 수련자들의 공간인 무극동천엔 하루 두 끼의 식사 말고는 그 무엇도 들이지 않으니까요. 하지만 그날은 특별히 차를 준비했습니다. 이유는 향의 소천께서 그 친우들과 함께 그분의 장인어른과 무극동천의 몇몇 수련자들을 만나 담소를 나누기 위해 오시는 날이었기 때문입니다."

본래 무극동천에 든 수련자들은 외부인과의 접촉이 금지되지만 예전 을몽학이 소천이던 시절 을몽학과 그 친우들은 특별한 허락하에 그의 장인인 심환지를 비롯 몇몇 무극동천의 수련자들과 담소를 나눌 시간을 허락받았었다.

그건 을몽학이 사사로이 심환지의 사위이기 때문이기도 했지만 을목학과 그 친우들이 끊어진 무선의 전통을 이을 기재들이라 평가받고 있었기에 향주와 십이종성의 특별한 배려로 이루어진 일이었다.

"그런데 무극동천에 들일 차를 준비하고 있을 때 두 사람이 저를 찾아왔습니다. 그들은 제게 영약으로 보이는 환단을 주며 녹차에 녹여 넣으라고 했습니다. 전 그 환단을 그들의 요구대로 녹차에 녹여 넣었지요. 그리고 녹차를 무극동천으로 가지고 갔습니다. 그런데 그날 바로 그 사단이 벌어진 겁니다."

"그 사단이란 뭘 말하는 것이오?"

여전히 을천인의 대모랑의 말을 재촉했다. 그러자 대모랑이 한숨을 쉬며 말했다.

"바로 전전대 소천께서 일으키신 그 혈겁 말입니다."

"그게 대모랑이 가지고 간 녹차와 연관이 있단 말이오?"

"정확하게는 녹차 때문이 아니라 그 안에 녹여 넣은 환단 때문이라고 해야겠지요. 당시 소천 을몽학님을 만나기로 한 수련자들은 을몽학님의 장인이신 심환지 어른과 다른 두 분이셨지요. 그분들은 본래 을몽학님과 그 친우들을 만나시기 전에 미리 모여 제가 올린 차를 한 잔씩 드시곤 했습니다. 기실 수련자들이 을몽학님과 그 친우들을 만날 때는 오히려 차를 마시지 않았습니다. 그들은 일단 서로 만나기만 하면 오로지 무도에 대한 이야기를 나누는 일에 몰두했지요. 그래서 전 처음 그 일이 일어났을 때 제가 올린 차가 무슨 문제를 일으켰을 거라곤 전혀 생각지 않았습니다."

"그런데 문제를 일으켰단 말이구려."

"그렇습니다. 전 사실 무척 의아했었지요. 설혹 을몽학님과 그 친우들이 광혈단에 중독되어 있었다 해도 어떻게 심환지 어른을 포함한 세 분 수련자께서 죽을 수 있었는지 말이지요."

"광혈단에 중독된 사람은 본래 평소보다 더 강한 힘을 내게 되는 법이오. 또한 당시 소천 을몽학은 무극동천에 든 수련자들에 버금가는 무공을 지니고 있었소이다."

이번엔 초성관주 여상이 입을 열었다. 그러자 대모랑이 고개를 끄덕였다.

"물론 그렇지요. 하지만 그렇다면 세 분 수련자께서는 왜 그 자리를 피하지 않은 걸까요? 왜, 마치 원수를 만난 것처럼 그 자리에서 사위와 장인이 싸워야 했던 걸까요?"

듣고 보니 확실히 기이한 일이었다. 을몽학 등이 광혈단에 중독되어 이지를 상실했다면 심환지와 다른 두 명의 수련자들은 싸움을 피하면 되는 일이었다. 적어도 그들에겐 그럴 능력이 있었다. 그런데 그들이 을몽학과 그의 친구들에게 죽임을 당했다는 것은 그들 역시 그 싸움을 피하지 않았다는 말이 되는 것이었다.

"전 항상 그 사실이 마음에 걸렸지요. 왜 심환지 어른과 다른 두 분 수련자께선 그 싸움을 피하지 않은 것일까? 혹 양측 사이에 죽음으로만 해결할 수 있는 원한이 있는 것일까? 그 의문이 줄곧 제 머리를 떠나지 않았지요. 그리고 결국 전 한 가지 사실에 주목할 수밖에 없었습니다. 그건 심환지 어른과 다른 두 수련자분도 을몽학님과 마찬가지로 독에 중독됐을 가능성이었지요. 그리고 만약 그분들이 독에 중독되었다면 그분들이 독에 중독될 매개체는 오직 하나밖에 없었습니다. 제가 들인 음식 아니면 그날 마신 차!"

대모랑이 잠시 말을 끊었다. 그리고 그녀의 시선이 그녀가 장내에 등장하는 순간부터 줄곧 불편한 기색을 감추지 못하고 있던 두 명의 종성에게로 향했다. 그중 한 명의 고연수였고, 다른 한 명은 지금껏 말이 없던 심연동이란 노고수였는데, 심연동은 과거 을몽학이 일으킨 혈사에서 죽음을 맞이한 심환지의 동생이었다. 그러니 그는 파소와 남남이라고 말할 수 없는 사람이었다.

두 사람은 대모랑의 시선을 받자 차가운 살기가 느껴지는 눈빛으로 대모랑을 노려봤다. 그리고 그렇게 세 사람의 시선이 맹렬하게 엉킨 채 대모랑의 이야기는 계속됐다.

"전 그날 마신 차를 의심하지 않을 수 없었습니다. 그러나 또한 그 의문을 밖으로 드러낼 수 없었지요. 이유는 두 가지입니다. 그날 제가 무극동천에 들인 차가 문제라면 그건 곧 제 죄가 될 터이니 전 분명 엄벌을 받을 것이란 생각 때문이었습니다. 그때까지만 해도 전 젊었지요. 무천향을 떠나기 싫었습니다. 제가 입을 열지 않으면 제겐 아무런 일도 일어나지 않을 거란 유혹이 제 입을 닫게 만들었지요. 하지만 그게 제가 입을 열지 않은 이유의 전부는 아닙니다."

"다른 이유는 무엇이오?"

여상이 추궁하듯 물었다.

"또 다른 이유는 그날 절 찾아왔던 두 사람의 신분 때문이었습니다. 전 그 두 분이 제게 건넨 것이 영약이 아니라 독단이라고 확실히 자신할 수 없었습니다. 그분들은 제게 그 환단을 건네며 무극동천에 든 친인들의 수련을 돕기 위해서라고 말씀하셨지요. 직접 환단을 건네면 영약의 힘을 빌려 무공을 높이는 것을 꺼리는 수련자들이 환단을 복용하길 거부할 것이라고 말했기에 전 정말 두 사람이 건넨 것이 독약일 거라곤 전혀 생각지도 못했습니다. 그들의 신분이 그들의 말을 보증하고 있었으니까요. 그래서 순수한 마음에 녹차에 그 약들을 탄 것이었고, 또 바로 그들의 신분 때문에 그 일을 묻어두었던 겁니다. 제가 감당하기에 그 두 사람은 너무 대단한 거물들이었으니까요. 그래서 얼른 그날 사건이 일어난 곳에서 제가 들인 녹차와 다기들을 회수하고는 그 일을 묻어버리고 말았습니다.”

“도대체 그 두 사람이 누구요?”

드디어 모든 사람들이 궁금해하는 것을 여상이 물었다. 사람들이 온통 호기심 가득한 눈으로 대모랑을 바라봤다. 그러자 대모랑이 천천히 손을 들어 자신과 매서운 눈싸움을 벌이고 있는 두 사람을 가리켰다.

“그 두 분은 바로 이 자리에 계십니다. 묻겠습니다. 고 어르신과 심 어르신 두 분 종성께서 그날 제게 건넨 것은 영약이 아니라 독약이었던가요?”

대모랑이 고연수과 심연동은 노려보며 물었다. 순간 사람들의 이목이 일제히 고연수과 심연동에게로 향했다.

“어디서 허무맹랑한 소리를 하는 것이냐?”

심연동이 얼굴에 분노를 드러내며 소리쳤다.

“절 찾아오신 적이 없다고 말하고 싶은 건가요?”

대모랑이 침착한 얼굴로 심연동의 분노에 맞섰다. 대모랑의 지나친 침착함에 심연동의 표정이 살짝 변했다. 그가 막 터져 나오려던 분노를 안으로 삼키며 잠시 침묵을 지키는 사이 이 번엔 고연수가 입을 열었다.

"물론 우리가 그날 대모랑 그댈 찾아간 걸 부인하진 않겠다. 그러나 그날 우리가 그대에게 건넨 것은 분명 수련에 도움이 되는 영약이었다. 그런데 감히 그런 우리에게 누명을 뒤집어 씌우려 한단 말이냐?"

고연수의 노성에 대모랑의 입가에 희미한 미소가 지어졌다. 그리곤 득의한 표정으로 입을 열었다.

"절 찾아오셨다는 걸 시인하셨으니 일은 거의 다 확인된 셈 이군요. 물론 부인하셨어도 목격자가 있었으니 결국 드러날 일이었지만 말입니다."

대모랑의 말에 고연수가 아차 하는 표정을 지었다. 대모랑 의 태도로 보건대, 분명 대모랑에게 숨겨둔 한 수가 있는 것이 분명했다. 더군다나 다른 목격자가 있을 것이란 생각은 꿈에 도 하지 못한 고연수였다. 그러나 다음 순간 다시금 고연수의 얼굴에 침착함이 생겨났다.

"그것이 독약이라는 증거를 댈 수 있느냐? 만약 증거를 대 지 못한다면 감히 향의 십이종성을 모함한 죄로 엄벌을 피할 수 없을 것이다."

삼십 년이 지난 일, 지금에 와서 증거를 찾는 것은 불가능한 일이었다. 그러나 고연수의 추궁에도 대모랑은 여전히 득의한 표정을 짓고 있었다.

"증거라… 찾으라면 찾을 수 있을 것도 같군요."

순간 고연수와 심연동의 낯빛이 흙빛으로 변했다.

"지금 당장 그 증거를 내놔라. 만약 내놓지 못한다면 그 대신 네 목숨을 내놔야 할 것이다."

심연동의 허리춤에 매달린 검을 당장에라도 뽑을 듯한 기세로 말했다.

"이 늙은 년의 목숨이야 아까울 것이 없지요. 하지만 다행히도 제겐 그때의 일을 밝힐 증거가 있어요."

"그 증거가 무엇이냐?"

"당시 그대들이 건넸던 환약의 일부와 심환지 어른과 다른 두 분의 수련자께서 차를 마셨던 다기를 제가 보관하고 있지요. 물론 그 안에 남아 있던 약간의 차는 모두 말라 사라진 지 오래지만 제가 듣기로 광혈단과 같은 독약은 사람의 몸에 들어가 분해되지 않는 이상 수십 년이 지나도 그 성분이 고스란히 남아 있다고 하더군요. 맞나요?"

대모랑이 고연수에게 물었다. 고연수는 의방의 최고 고수, 광혈단에 대해 가장 잘 알고 있는 사람은 바로 고연수 자신일 터였다. 고연수는 대모랑의 말에 대답하지 못했다. 그의 표정은 설마 그때의 물건들이 아직도 남아 있을 거라고는 생각지도 못했단 표정이었다.

"그 물건들, 지금 어디 있소?"

딱딱하게 굳은 목소리로 을정해가 물었다.

"그날 모든 사람들은 수련자들의 주검에만 관심을 두었지만 전 오로지 그 다기들만 바라보고 있었지요. 다행히 그 다기들의 주인은 저였기에 제가 그 다기를 챙길 때 아무도 신경 쓰는 사람이 없었습니다. 전 그 다기와 단환의 찌거기들을 저만이 아는 은밀한 공간에 숨겨두었습니다. 이제 그 다기를 찾아 그 다기에 무엇이 묻어 있나 그걸 확인하면 모든 일은 밝혀지겠지요. 그리되면 을몽학님에게 덮어씌워져 있던 누명도 모두 벗겨질 것입니다."

"지금 당장 그 다기를 찾으러 갑시다. 그걸 확인해야 그녀의 말이 사실인지 알 수 있는 것 아니겠소이까?"

을정해가 십이종성을 돌아보며 말했다. 그러나 십이종성들의 태도는 뭔가 조금 이상했다. 개중에는 을정해의 말에 동의해 자리에서 일어나는 사람도 있었지만 또한 자리에서 꿈적도 하지 않은 채 어색한 낯빛을 흘려내는 인물들도 있었다.

"뭣들 하는 것이오? 어서 그 증거들을 확인해야지 않겠소?"

을정해의 재촉에도 십이종성 중 일부는 움직일 생각을 하지 않았다. 그런데 그때 탁발로가 두 손을 들어 좌중을 진정시키며 입을 열었다.

"자자, 잠깐만 내 말을 들어보시오."

탁발로의 존재감은 금세 위력을 드러냈다. 자칫 어수선한 분위기로 흐를 수 있었던 장내 분위기가 탁발로가 나서자 금세 잠잠해졌다. 가히 무천향주 을도산에 버금가는 존재감, 그 탁발로가 잠시 대모랑을 바라보다 천천히 입을 열었다.

"그대는 그 일을 삼십 년 동안 감추고 있었다고 했지?"

"그렇습니다."

대모랑이 고개를 끄덕였다.

"그런데 심경의 변화를 일으킨 이유는 뭔가?"

'이건 마치 대모랑이 사실을 밝힌 걸 질책하는 것 같군.'

파소는 탁발로의 눈빛에서 대모랑에 대한 살기를 읽었다.

"처음에는 한 가지 이유였는데 지금은 두 가지 이유가 되었습니다. 첫째 이유는 여기 계신 을향 아가씨와의 정이 깊어 더 이상 그 일을 숨길 수 없었던 것이었는데, 이곳에 도착해 보니 또 다른 이유가 생겼군요. 을몽학 소천님의 혈육께서 나타나셨으니 그분에게 씌우진 불명예를 걷어내야 하지 않겠습니까?"

"결국 이 자리에 온 것은 을 여협 때문이군."

"그렇다고 봐야겠지요."

"을 여협께서는 지난 삼십여 년간 무극동천에서 무공만 수련한 것은 아닌 모양이구려?"

"그러기에는 너무 긴 시간이지요. 제가 무선의 경지에 오를 재목도 아니고… 모두 십이종성님들의 배려 덕분이라고 할 수 있지요. 오늘 이렇게 제 오라비의 명예를 회복할 수 있게 된 것은……."

"아직은 그 증거를 확보하지 못했으니 그의 명예가 회복된 것은 아니오."

"지금 확인해 보면 되겠지요."

"내 생각에 이미 오래전에 사용된 다기에서 광혈단의 흔적을 찾아내려면 제법 시간이 걸릴 것으로 생각되오만……."

"그럼 더더욱 서둘러야겠군요."

을향의 말에 탁발로가 가벼운 실소를 흘려내곤 다시 입을 열었다.

"이제 보니 을 여협께선 무척 성정이 급하시구려. 하지만 조금만 참으시기 바라오. 오늘 우리가 이 자리에 모인 것은 과거의 일을 파헤치기 위해서가 아니라 무천향의 새로운 소천을 뽑기 위해서이지 않소이까. 향주, 제 생각에는 향의 소천을 정하는 일이 먼저라고 생각됩니다만……."

탁발로가 을도산을 보며 말했다.

"그대는 아직도 여전히 그대의 아들이 소천이 되어야 한다고 생각하오?"

"부족함이 없다고 생각하고 있소이다."

"그럼 나의 손자는 어떻소이까?"

"대모랑이 말한 것이 사실이라면 그 또한 부족함이 없다고 보오."

"그럼 이 일을 어찌 처리했으면 좋겠소?"

을도산이 묻자 탁발로가 한줄기 미소를 지으며 말했다.

"애초의 예정대로 일을 처리하는 게 좋겠지요. 결국 이 자리에 일백의 무천향 고수를 모이게 한 것은 그들의 의사에 따라 향의 새로운 소천을 결정하기 위해서가 아니오이까?"

"다수결이라… 좋소. 그렇게 해봅시다. 그런데 탁발 노사는 오늘의 이 결과에 승복할 수 있겠소?"

"당연한 일이지요."

"좋소. 그럼 시간 끌 이유가 없겠지. 모두들 들으시오. 오늘 이곳에서 벌어진 일들을 직접 보았으니 달리 설명을 하지는 않겠소. 또한 소천을 정하는 일을 두고 언제까지 말씨름만 하고 있을 수도 없소. 그래서 지금 이 자리에서 다음대 소천의 정할 생각이오. 소천을 결정하는 일은 어렵지 않소. 지금부터 대법사가 세 명의 소천 후보 이름을 호명할 것이오. 자신이 원하는 사람의 이름이 호명되면 그때 손을 들어주면 되오. 대법사!"

"예, 향주!"

"그럼 새로운 소천을 뽑아봅시다."

"명을 따르겠습니다."

조청광이 을도산에게 고개를 숙여 보인 후 천천히 공터의 중앙으로 나섰다.

"향주께서 말씀하셨듯이 방식은 간단하오. 지금부터 자신이 원하는 사람의 이름이 호명될 때 손을 들어주시오. 그럼 먼저 검산의 탁발무 형제를 지지하시는 분은 거수해 주시오."

대법사 조청광의 말이 끝나자 잠시 서로의 눈치를 보던 사람들 중 일부가 천천히 손을 들었다. 그러자 그들을 따라 제법 많은 사람들이 손을 들기 시작했다. 조청광이 재빨리 좌에서 우로 손을 든 사람들의 숫자를 셌다.

"음… 모두 마흔두 분이 검산의 탁발무 형제를 지지했소. 내 셈에 이의가 있으신 분 있으시오?"

조청광 장내를 돌아보며 물었으나 아무도 입을 열지 않았다. 마흔두 명의 지지자를 확보한 탁발무와 그의 부친 검산 호랑이 탁발로의 입가에 작은 미소가 지어졌다. 현재 장내에 모인 고수는 모두 일백여 명. 거기에 십이종성을 더하면 모두 백열두 명이 자신이 원하는 사람을 지지할 수 있었다. 그중 마흔둘의 지지를 얻었으니 거의 절반에 육박하는 숫자였다. 비록 탁발무를 지지하지 않은 사람의 숫자가 칠십여 명 남아 있었으나 그들 중 아무도 지지하지 않을 사람도 있을 것이고, 또 사람들의 선호가 파소와 을현, 두 사람에 대한 지지로 나뉘어질 것이기 때문에 마흔둘이란 숫자는 탁발무로선 무척 고무적인 숫자였다.

"다음은 정종의 을현 형제를 지지하는 분 거수해 주시오."

조청광의 말이 끝나자 몇몇 사람들이 손을 들었다. 그러나 그 숫자는 탁발무를 지지하는 사람들에 비해 턱없이 모자랐다. 순간 탁발무와 탁발로의 표정이 심각하게 변했다. 을현을 지지하는 사람의 숫자가 그들의 예상보다 너무 적었기 때문이다. 탁발무와 을현 두 사람에 대해 지지를 표시하지 않은 사람을 모두 합치면 얼추 탁발무를 지지한 사람의 숫자에 육박할 듯싶었다. 그리고 계산은 금세 나왔다.

"을현 형제를 지지한 분은 모두 열다섯이오."

그렇다면 나머지 인원은 쉰다섯 그들 모두가 파소를 지지한다면 무천향의 새로운 소천은 파소로 결정된다. 장내에 끈적한 공기가 흐르기 시작했다. 사람들의 시선은 모두 조청광의 입으로 향했다.

"그럼 마지막으로 파소… 음, 을파소 형제를 지지하시는 분

거수하시오.”

조청광의 말이 끝나는 순간 여기저기서 사람들의 손이 올라 갔다. 손을 올린 사람이든 손을 올리지 않은 사람이든 재빨리 고개를 돌려 손을 든 사람들의 숫자를 세기 시작했다. 그리고 잠시 후 사람들 사이에서 웅성거리는 소리가 흘러나왔다. 그때 사람들의 웅성거림을 덮으며 조청광의 목소리가 흘러나왔다.

“파소 형제를 지지한 사람은 모두 마흔둘이오!”

“아아…….”

누군가 탄식을 흘려냈다. 우연처럼 탁발무와 파소를 지지한 사람의 숫자는 동일했다. 예상외로 그 누구도 선택하지 않은 사람이 제법 많았다.이렇게 되면 과연 누굴 새로운 소천으로 정해야 한단 말인가. 그런데 그때 대법사 조청광이 손을 들며 다시 입을 열었다.

“새로운 소천은 결정됐소.”

순간 사람들의 눈에 의아한 빛이 떠올랐다. 분명 파소와 탁 발무를 지지한 사람의 숫자는 동일했다. 그런데 어째서 소천 이 결정된 것인가? 사람들의 의구심 어린 시선을 한 몸에 받은 조청광이 천천히 입을 열었다.

“이 조청광 또한 여러분과 마찬가지로 한 사람의 소천 후보 를 지지할 자격을 가지고 있소. 난 지금 나의 의사를 밝히겠 소. 난 파소… 아니, 을파소 소형제를 새로운 무천향의 소천으 로 지지하오!”

第十章

할거(割據)

을도산은 모든 일을 신속하게 처리했다. 그가 일을 처리하는 속도는 가히 놀라워서 마치 그가 향주에 오른 뒤 수십 년간 늦추었던 일을 하루아침에 처리하려는 것처럼 맹렬했다.

고연수와 심연동은 을도산의 명에 의해 거처로 돌아가지 못하고 율전에 유폐됐다. 탁발로와 검산의 종성들도 두 사람의 율관 유폐를 나서서 막지 못했다.

그럼에도 그들에 대한 대우는 아직까지는 십이종성에 준하는 것이었다. 그러나 대모랑이 숨겨둔 과거의 증거들에 대한 확인이 끝나고 그들의 죄가 사실로 드러나면 그 순간 그들은 십이종성에서 무천향의 대역죄인으로 신분이 변할 터였다.

성해변에서 열린 대집회는 순식간에 종결됐다. 사람들은 대집회가 끝나는 순간 무천향에 새로운 역사가 시작되었음을 알고 있었다. 무엇보다 계파 간의 골이 더욱 깊어졌고. 고연수와 심연동에 대한 조사가 진행되면 그들과 관련이 있는 더 많은 사람들이 율사들의 조사를 받을 가능성이 다분했다. 그리고 그건 어쩌면 무천향의 분열을 의미할 수도 있었다.

그 와중에 또 다른 무천향의 역사가 시작되고 있었다. 파소, 이젠 그 뿌리를 찾아 을파소란 본래의 이름을 되찾은 그가 무천향의 새로운 소천이 되었던 것이다.

"왜 바로 정종으로 가지 않았느냐?"

단보는 죽림의 모옥으로 다시 돌아온 파소를 보며 물었다.

"그대로 가면 이곳 식구들이 서운해할 것 같아서요."

파소가 미소를 지으며 말했다.

"정말 그래서냐?"

"사실대로 말하자면 조금 불편해서요."

"하지만 향의 소천은 향주전에 있어야 한다."

"지금까진 그랬지만 이젠 달라질 수도 있겠지요. 어쨌든 전 죽림 출신이니까요."

"후후… 아무도 그렇게 생각하지 않을 것이다."

"하지만 며칠 후엔 그렇게 생각하게 될 겁니다."

"무슨 말을 하고 있는 거냐?"

단보가 파소의 의도를 모르겠다는 듯 물었다. 그러자 파소가 다시 미소를 지으며 말했다.

“두고 보시면 알아요.”

　그리고 며칠 뒤 파소의 말은 사실로 드러났다. 파소는 성해변에서 열린 대집회가 끝나고 죽림에 돌아온 후 닷새가 지나도 향주전으로 거처를 옮기지 않았다. 그간 매일 한 번씩 고담이 찾아와 빨리 향주전으로 거처를 옮기라는 을도산의 말을 전했다. 그러나 웬일인지 파소는 전혀 향주전으로 옮겨갈 생각을 하지 않았다.
　그렇게 닷새가 흐른 날 아침, 파소가 갑자기 자신의 모옥 주변에 거처를 정하고 있던 죽림의 고수들을 불러 모았다.
　“도대체 무슨 일인가? 아침부터.”
　무슨 큰일이라도 난 것이 아닌지 걱정스런 얼굴로 한달음에 파소의 처소로 달려온 남독마군이 파소에게 물었다.
　“아직 사람들이 덜 왔으니 모두 모이면 말씀드리지요.”
　파소의 표정이 밝았으므로 남독마군이 한숨을 내쉬며 말했다.
　“표정을 보니 큰일이 난 건 아닌 듯하군.”
　“큰일 날 게 뭐 있나요?”
　“모르는 소리. 내 할 말은 아니네만 자넨 전대 소천 두 분이 어떻게 돌아가셨는지 잊어서는 안 되네.”
　남독마군의 경고에 파소의 얼굴에서 웃음기가 사라졌다.
　“충분히 조심하고 있어요. 또한 오늘 사람들을 보자고 한 것도 그 때문이고요.”

“그 때문이라니?”

“마침 모두들 오는군요. 조금 뒤에 말씀드리죠.”

파소의 말에 남독마군이 고개를 돌리니 파소가 무벽에 도전한 이후 파소의 처소 주변에 모여 살고 있던 죽림의 고수들이 파소의 모옥으로 들어서고 있었다.

“왜 급히 보자고 하신 건가?”

여전히 위관 갑대 사조의 위사들을 이끌고 있는 비량이 남독마군과 마찬가지로 걱정스런 표정으로 물었다. 단보 역시 어느새 파소의 곁에 다가서며 눈으로 파소의 대답을 재촉했다.

“오늘은 한 가지 부탁드릴 일이 있어 모두 뵙자고 했습니다.”

“무슨 일인가?”

비량이 어떤 일이든 당장에라도 들어줄 것 같은 표정으로 물었다.

“이곳에 오신 분들은 모두 제가 무벽에 도전한 이후 절 지켜주시기 위해 나서신 분들입니다. 제가 소천이 되기 이전에 말이지요. 해서 또한 제가 지금 가장 믿을 수 있는 분들이기도 합니다. 그래서 부탁드립니다. 오늘내일 중으로 전 향주전에 속해 있는 소천의 거처로 옮겨가야 합니다. 전 여러분이 저와 함께 향주전으로 가주셨으면 합니다.”

파소의 말에 장내에 모인 고수들 안색이 어둡게 변했다. 그리고 그중 오의범이 입을 열었다.

"물론 이곳에 모인 사람들은 모두 진심으로 자넬 돕고 싶어 하는 사람들일세. 자네가 무벽에 도전한 이후 자네의 무공에 감복해 다른 사람들의 시선을 아랑곳하지 않고 모인 사람들이니까. 하지만 이 사람들 모두가 향주전으로 옮겨가는 일은 생각보다 쉽지 않네. 물론 마음으로야 가고 싶지만 향주전이란 곳이 가고 싶다고 가는 곳은 아니라서 말일세. 물론 갈 수 있다 해도 난 죽림의 살림꾼이니 어렵겠지만 말일세."

"오 노제 말이 맞다. 그곳은 가고 싶다고 누구나 갈 수 있는 곳이 아니다."

그러자 파소가 빙그레 미소를 지었다.

"만약 향주께서 허락하신다면요?"

"응? 뭐, 그렇다면 가능하겠지. 하지만 향주전은 기실 정종에 속해 있는 곳이다. 그곳을 지키는 사람들 또한 정종의 고수들이지. 그런데 정종의 고수들을 믿지 못해 죽림의 고수들을 데리고 가겠다면 과연 향주께서 허락하시겠느냐? 설혹 향주께서 허락하고 싶은 마음이 있다 할지라도 정종의 고수들 때문에 쉽지 않을 것이다. 어차피 네가 을씨 가문의 핏줄이고 또 새로운 소천이 되었으니 정종의 고수들이 나서서 널 지키려 할 것이다."

그러자 파소가 고개를 저으며 말했다.

"하지만 이미 그들은 이전에 두 명의 소천을 지키지 못했지요. 어쨌든 향주님의 허락이 있다면 가실 수 있단 말이죠?"

파소가 장내의 고수들을 돌아보며 말하자 사람들이 저마다 고개를 끄덕였다.

"뭐, 우리야 허락만 떨어진다면 소천 곁에 있고 싶네만. 솔직히 말해 지금 누굴 믿을 수 있겠는가?"

비량이 사람들을 대신해 대답했다.

"좋아요. 그럼 내일 아침 모두 향주전으로 가는 것으로 하죠."

"향주님의 허락은……?"

"그건 이미 받아놨습니다."

파소의 말에 사람들이 어리둥절한 표정을 지었다. 단보 역시 의아한 표정을 지으며 물었다.

"아니, 언제 허락을 받았다는 말이냐?"

"지난 며칠간 고 대협께서 이곳에 다녀가신 건 알고 계시죠?"

"물론 나도 몇 번 보지 않았느냐?"

"고 대협께선 저의 거처를 옮기는 문제 때문에 향주님의 전언을 가지고 이곳에 오시곤 했었지요. 향주께서는 제가 하루 빨리 향주전으로 거처를 옮기길 바라셨어요. 하지만 전 한 가지 조건을 들어줘야 거처를 옮길 수 있다고 고집을 피웠죠."

파소의 말에 단보가 고개를 끄덕였다.

"그 조건이란 것이 죽림의 고수들을 데리고 가겠다는 것이었느냐?"

"맞아요. 그리고 어젯밤 고 대협께서 향주님의 허락이 떨어졌다는 소식을 전해주셨지요. 단, 함께 가는 사람은 열 명 안쪽이에요."

"뭐, 다 합해도 열이 안 될 것 같구만……."

남독마군이 장내 고수들의 숫자를 얼추 헤아리며 말했다.

"어쨌든 함께들 가주시는 겁니다? 물론 사정이 있으신 분은 빠지셔도 됩니다만."

파소가 묻자 사람들이 저마가 고개를 끄덕였다.

"그럼 어서들 돌아가 준비해 주십시오. 내일 아침 일찍 떠날 생각입니다."

파소의 말에 파소의 모옥에 몰려왔던 죽림의 고수들이 서둘러 파소의 모옥을 벗어났다. 사람들이 모두 물러가자 단보가 파소를 보며 은근한 목소리로 물었다.

"그런데 사람들을 데려가려는 이유가 뭐냐?"

"다른 이유가 있나요? 믿을 수 있는 사람들에게 제 목숨을 지켜달라는 거죠."

"후후, 네 목숨이야 네가 알아서 지킬 능력이 있다는 걸 알고 있다. 어서 네 속내를 말해보거라."

단보의 말에 파소가 웃음을 흘리며 대답했다.

"역시 어르신은 속일 수 없군요. 사실 제가 그들을 데려가려고 하는 이유는 죽림을 잃고 싶지 않기 때문이에요."

"무슨 말이냐?"

"지금까지 죽림이성을 비롯한 죽림의 고수들은 제가 죽림 출신이기 때문에 절 밀어왔지요. 그러나 지난번에 보았듯이 죽림이성의 지지는 그리 확고한 것이 아니에요. 그들은 자신들의 이득에 따라 언제든지 제게 등을 돌릴 수 있는 사람들이지요. 제가 죽림의 사람이었을 때도 그러했으니 만약 제가 홀로 정종으로 들어간다면 저와 죽림의 인연은 그만큼 엷어진다고 봐야겠지요."

"음, 그렇구나. 해서 죽림의 고수들을 데리고 가 네 곁에 두면 네가 비록 향주님의 손자이며 정종의 한가운데 있어도 여전히 널 죽림 출신의 무인이라 생각할 거란 말이구나."

"그렇지요. 그리되면 설혹 죽림이성이 마음을 바꾸려 한다 해도 그들은 한 번 더 생각할 수밖에 없을 거예요. 왜냐하면 여전히 제가 죽림에 연을 두고 있는 이상 죽림의 고수들이 쉽게 절 포기하지는 못할 테니까요."

파소의 말에 단보가 대견하다는 시선으로 파소를 보며 고개를 끄덕였다.

"무심한 줄 알았더니 어느새 그런 것까지 신경 쓰고 있었구나. 이젠 정말 무천향의 소천 같아 보인다."

"그리고 떠나기 전에 한 번 더 그들의 마음을 얻어놓는 것도 좋겠지요."

"그들?"

"죽림이성이요."

"어찌할 생각이냐?"

"뭐, 어려울 게 있나요. 오늘 가서 차 한잔 얻어 마시면 될 일을! 물론 그들의 속마음까지 잡을 수 있을지는 모르겠지만 적어도 겉으로야 크게 반기지 않을까요?"

"하하하, 그렇구나. 떠나기 전 그들의 기분을 맞춰줄 필요가
있겠지."

　그날 오후 파소는 홀로 죽림 북쪽 석벽에 있는 죽림이성의
거처를 찾았다. 죽림이성은 파소의 등장이 의외였던지 조금
당황하면서도 무척 기쁜 얼굴로 파소를 맞이했다.
　파소는 죽림이성의 거처에서 거의 한 시진 정도를 머물렀는
데, 단보의 말처럼 두 사람의 기분을 제법 좋게 만들어주었기
에 파소가 죽림이성의 초옥을 나설 때 두 사람은 모옥 밖까지
나와 파소를 전송했다.

*　　　*　　　*

　늦은 봄의 따가운 햇살이 무천향을 내리쪼이고 있었다. 성
해는 언제나처럼 눈부셨다. 그 내부에선 폭풍전야와 같은 긴
장감이 감도는 무천향, 그러나 겉으로 보기엔 평화롭기 그지
없었다.
　그 평화로운 풍경 속에 일단의 인물들이 서쪽에 펼쳐진 대
나무 숲으로 이어진 길을 따라 무천향 중심부에 자리 잡은 성
시를 향해 걸어 내려왔다. 그리고 그들이 성시에 도착했을 때,
언제나 시전 같지 않은 고요함이 감돌던 성시의 대로에 삼삼
오오 사람들이 모여들기 시작했다.
　"후후, 이제야 좀 시장판 같군."

보따리 하나를 걸머지고 파소의 뒤를 따르고 있던 남독마군이 실소를 흘리며 중얼거렸다.

"그렇소이까? 난 마치 우리가 원숭이가 된 것 같구려. 모두들 우릴 구경하고 있지 않소이까?"

남독마군의 곁에서 걸음을 옮기던 초한이 조금 불편한 기색으로 입을 열었다.

"뭐, 우릴 구경하는 것이겠소? 향의 새로운 소천을 구경하는 것일 테지."

남독마군이 별일 아니라는 듯 대답했다.

"밖에선 어떨지 모르지만 무천향에서 남의 시선을 받는다는 건 별스런 일이외다."

"후후, 난 사람 사는 곳인 것 같아 좋소이다만……."

남독마군과 초한이 이런저런 이야기를 나누는 사이 일행은 어느새 성시의 한가운데 도달했다. 그러자 점점 더 많은 사람들이 일행을 보기 위해 모여들었다. 어디에 이렇게 많은 사람들이 숨어 있었는지 신기할 정도였다.

파소는 석청, 단보와 어깨를 나란히 하고 걸음을 옮기고 있었다. 성해에서 불어오는 바람은 성시의 대로까지 밀려와 한낮의 뜨거워진 공기를 밀어냈다.

파소는 대로(大路) 끝과 맞닿아 있는 성해와 그 너머에 보이는 향주전을 바라봤다. 향주전 앞쪽에 작은 점들이 움직이고 있었다. 아마도 파소를 맞이하러 나온 정종의 무인들인 듯싶었다.

"이상하군."

문득 단보의 목소리가 들려왔다. 향주전에 시선을 주고 있던 파소가 고개를 돌려 단보를 바라봤다.

"검산의 사람들이 보이지 않아."

"검산의 사람들이라뇨?"

"이 성시에서 장사를 하는 사람은 물론 죽림 출신 고수들이 가장 많지만 검산 출신 무인들도 적지 않거든. 열에 셋은 검산 사람들이지. 그런데 그 검산 출신 무인들이 보이지 않아."

단보의 말에 파소가 고개를 돌려 주변을 돌아봤다. 여전히 수많은 무인들이 파소와 파소의 일행을 바라보고 있었다.

"전 잘 모르겠어요."

"너야 이곳에서 생활한 지 오래되지 않았으니 성시에서 일하는 사람들의 출신을 알 리 없지. 하지만 난 그들의 얼굴을 거의 모두 기억하고 있단다."

"그런데 검산 출신 인물들이 보이지 않는다는 거죠?"

"그래."

"믿었던 검산이목이 소천이 되지 못해 실망했기 때문이겠죠."

파소가 대수롭지 않다는 듯 말했다.

"그런 걸까?"

단보가 고개를 갸웃하며 중얼거렸다.

"달리 이유가 없잖아요. 그리고 사실 그들은 탁발무의 소천 등극을 거의 기정사실화하고 있었으니까요."

“음… 그럴지도 모르지.”

단보가 고개를 끄덕였다. 그러나 말은 그렇게 했지만 파소도 찜찜한 기분을 떨쳐 버릴 수 없었다. 검산 출신들이라 할지라도 파소가 등장했다면 호의든 악의든 관심을 보여야 정상이었다. 성시가 온통 파소 일행을 구경하기 위한 사람들로 북적거리는데 검산 출신 고수들의 모습만 보이지 않는다는 것은 확실히 파소의 설명만으로는 뭔가 부족한 면이 있었다.

어쨌든 파소와 그 일행은 수많은 시선 속에 성시를 빠져나와 성해를 따라 북쪽으로 올라갔다. 성시에서 향주전으로 가자면 성해 북쪽 변을 돌아가는 길이 가장 빠른 길이었다. 그렇게 이각 정도를 걸어 드디어 일행은 향주전 앞에 도착했다.

“어서 오십시오.”

향주전 앞에서 파소를 기다리고 있던 고담이 재빨리 파소 앞으로 다가와 허리를 숙여 보였다.

“이러지 마십시오.”

갑작스런 고담의 행동에 놀란 파소가 얼른 고담을 어깨를 잡아 올렸다.

“아닙니다. 전 평생 몽학 도련님을 지키지 못했다는 자책 속에 살아온 사람입니다. 그 때문에 평생 밝은 곳을 보지 않겠다고 맹세했지요. 하지만 소천께서 나타나시어 절 다시 밝은 곳으로 나오게 만드셨습니다. 소천께선 몽학 도련님의 유일한 혈육이시니 이제부턴 제가 소천의 곁을 지키겠습니다.”

“그러지 않으셔도 됩니다. 고 대협께서 자책하실 일이 아닙니다. 또한 절 이렇게 대하시면 제가 부담스럽습니다."

파소의 말에도 고담의 고집은 여전했다.

"아닙니다. 제겐 소천께서 몽학 도련님 대신입니다. 또한 향의 소천이라면 누구에게라도 존중을 받아야지요. 그러니 더 이상 말씀하지 마십시오."

고담의 태도는 워낙 완강해서 파소가 더 이상 말을 꺼내기 어려울 정도였다. 그렇게 두 사람이 말씨름을 하는 사이 노고수 한 명과 사십대 중반의 무인이 파소에게 다가왔다.

"어서 오시게. 기다리고 있었네."

익힌 눈에 익은 얼굴, 정종 출신 십이종성 을정해가 파소를 맞이했다.

"종성께서 직접 마중을 해주시다니, 송구스럽습니다."

파소가 얼른 을정해에게 고개를 숙였다.

"하하, 소천께서 어디 보통 분이신가. 쓰러져 가던 정종을 단숨에 다시 향의 중심으로 세운 분 아니오. 그리고 그런 것보다도 한 명의 무인으로서 소천을 마중하고 싶었소이다. 무벽에 남긴 검흔… 감명 깊었소이다. 물론 지난번 대집회에선 소천을 지지하지 않았지만……."

을정해가 미소를 지으며 말했다. 본래 을정해는 정종 을씨 가문의 고수 중에서 가장 고지식한 사람 중 한 명이었다. 그런 그가 파소에게 마음을 열었다는 것은 정종 대부분의 고수들이 파소를 반기고 있다는 말이었다.

"반갑게 대해주시니 감사할 따름입니다."

파소가 다시 한 번 정중하게 인사를 하고는 고개를 돌려 을정해 곁에 서 있는 중년 사내를 바라봤다.

"을 대협, 다시 뵙는군요."

무천향에서 파소가 본 고수들 중 가장 파소의 마음을 흔들었던 인물, 또한 파소가 생각할 때 가장 무천향에 어울리는 무인 을현이 감개무량한 표정으로 파소를 바라보고 있었다.

"정종에 드신 것을 환영합니다. 그리고… 반갑습니다."

을현의 태도는 마치 상전을 대하듯 정중했다. 고담에 이어 을현까지 어린 파소에게 정중한 예를 차리자 파소의 얼굴이 곤혹스런 기색으로 물들었다.

"오늘 정말 왜들 이러시는지… 절 불편하게 만들기로 미리 모의라도 하신 겁니까?"

을현과 고담을 번갈아 보며 파소가 물었다. 그러자 을현이 미소를 지으며 대답했다.

"그럴 리가 있습니까. 단지 향의 새로운 소천이시자 제게 무공을 전수해 주신 분의 혈육이시니 예를 차리는 게 당연한 일이지요."

"하지만 아직 철부지에 지나지 않는 사람입니다. 더 이상 절 불편하게 하지 마십시오."

파소는 을현에 대해 일종의 존경심 같은 것을 가지고 있었다. 어린 시절 전수받은 무공 구결을 가슴에 안고 사부도 없이 홀로 수련에 매진해 현재의 경지에 올랐다는 것은 한 사람의 무인으로서 존경하지 않을 수 없는 일이었다. 더군다나 파소

역시 그와 비슷한 길을 걸어왔기에 더더욱 을현이란 무인을
존중하고 있었다.

"후후, 소천이 되셨으니 이런 불편함은 감수하셔야 할 겁니
다. 향의 소천께는 누구든 예를 갖추게 되어 있으니까요."

을현이 그답지 않게 장난기 어린 표정으로 입을 열었다. 그
러자 단보가 앞으로 나서며 말했다.

"그래, 그의 말이 옳다. 이제 향의 소천이니 그에 맞는 대우
를 받는 것이야 당연한 일이겠지. 그나저나 어서 안으로 들어
가자. 아마도 향주께서 기다리고 계실 게다."

"맞는 말일세. 향주께선 이미 오래전부터 소천을 기다리고
계시네. 가세. 내가 앞장을 서지."

을정해가 신형을 돌려 앞서서 걸음을 옮기기 시작했다. 을
정해가 움직이자 파소를 맞이하러 향주전 앞에 나와 있던 정
종의 고수들이 일제히 좌우로 신형을 물려 파소 일행에게 길
을 열어주었다. 파소와 그 일행은 정종 고수들 사이로 난 길을
따라 향주전으로 천천히 진입해 들어갔다.

"어서 오너라."

을도산은 향주전의 동쪽 후원에 새롭게 마련된 소천의 거처
에서 파소를 기다리고 있었다. 본래 무천향의 소천이 대대로
기거하는 거처가 따로 있었지만 이미 두 번에 걸쳐 흉사를 겪
은 곳에 다시 새로운 소천을 거하게 할 수 없다는 을도산의 명
에 따라 파소가 머물 거처는 새롭게 준비된 것이었다.

파소가 말없이 을도산에게 고개를 숙여 인사를 올렸다. 사람의 마음이란 질겨서 여러 사정이 있었음을 짐작하면서도 을도산에 대한 파소의 마음이 완전히 열린 것은 아니었다. 아직도 파소에겐 과연 삼십 년 전 을도산이 을몽학과 심효명을 포기한 일에 대한 원망이 조금은 남아 있었다.

파소가 자신에게 갖고 있는 마음의 벽을 짐작하고 있는지 을도산은 조금은 냉랭한 파소의 인사를 별 서운함 없이 받아들였다. 그리곤 이제 파소의 거처가 될 자그마한 장원을 돌아보며 말했다.

"새로 지었다. 마음에 드느냐?"

"좋군요."

"마음에 든다니 다행이구나. 들어가자."

을도산이 서둘러 파소 일행을 새로 지은 장원으로 이끌었다. 장원에 들어서자 갓 지은 건물에서 나오는 풋풋한 나무 냄새가 파소의 코를 찔렀다. 사람의 마음을 차분하게 가라앉히는 솔향, 을도산을 만나 조금 경직됐던 파소의 마음이 한순간 여유를 되찾았다.

파소의 처소에는 모두 다섯 개의 건물이 세워져 있었다. 물론 그 크기나 모양은 무천향의 전통적인 가옥들과 마찬가지로 작고 수수했다. 다섯 개의 건물 중 중앙에 세워진 건물이 가장 컸고, 그 주위로 네 개의 건물이 가운데 건물을 호위하듯 서 있었다.

"이곳이 네가 지낼 곳이다."

을도산이 가운데 건물을 가리키며 말했다.

"너무 크군요."

"향의 소천은 홀로 지낼 수 있는 자리가 아니다. 오히려 지내다 보면 작다고 생각할지도 모르겠구나. 그리고… 본래 다른 네 채의 모옥에는 네 호위를 맡길 정종 고수들을 기거하게 하려 했는데 네가 죽림의 고수들을 데려온다는 말에 세 채의 건물은 비워두었다. 널 따라온 사람들은 그 세 채의 건물을 사용하면 될 것이다. 나머지 한 채는 역시 이곳에서 널 도와줄 정종 고수들이 사용하게 될 것이다."

을도산의 설명에 파소가 묵묵히 고개를 끄덕였다.

"그럼 들어가 볼까?"

을도산이 파소를 건물 안으로 들이려 하자 파소가 입을 열어 을도산의 걸음을 멈춰 세웠다.

"먼저 절 위해 이곳에 오신 분들이 계실 곳을 둘러보고 싶군요."

"응? 그래… 그것도 좋겠지. 하지만 급히 너와 단보 저 사람에게 긴히 할 말이 있으니 다른 사람들이 지낼 모옥을 돌아보는 건 나중으로 미루면 어떻겠느냐?"

을도산의 말에 죽림에서 따라온 초한이 얼른 입을 열었다.

"소천, 그렇게 하시게나. 집 구경이야 천천히 하면 되지."

"그렇게 하시구려. 이분들은 내가 안내하리다."

을정해가 나서서 초한의 말을 거들었다.

"알겠습니다. 그럼 그렇게 하죠."

파소가 선선히 두 사람의 말에 동의했다. 그리곤 자신을 따라온 죽림의 고수들을 보며 입을 열었다.

"향주께서 급히 상의할 일이 있으시다니 여러분의 거처는 나중에 둘러보도록 하겠습니다. 그럼 나중에 뵙겠습니다."

"그렇게 하시게. 흐흠, 우린 그럼 집 구경이나 하러 갑시다."

남독마군 기신이 큰 목소리로 말을 하고는 자신이 먼저 파소의 거처를 둘러싼 네 개의 모옥을 향해 걸어가기 시작했다. 그러자 장내의 고수들이 일제히 을도산에게 고개를 숙여 보인 후 서둘러 남독마군의 뒤를 따랐다.

파소가 을도산을 따라 건물 안으로 들어서자 소나무 향은 좀 더 진해졌다. 파소의 처소는 입구를 제외한 삼면에 각기 하나씩의 방이 자리를 잡고 있었고, 세 개의 방 가운데 커다란 대청이 있었다. 대청에는 십여 명이 모여 앉을 수 있는 커다란 나무 탁자와 의자들이 놓여 있었다.

"방 구경은 나중에 하고 먼저 너와 할 말이 있다."

집 구경을 말린 을도산의 말은 허언이 아닌 모양이었다. 대청에 들어서자마자 을도산이 심각하게 표정을 굳히며 입을 열었다.

"무슨 일이라도 있는 겁니까?"

질문을 던진 것은 단보였다.

"공기가 좋지 않아."

을도산이 마치 그들이 들어선 실내의 소나무 향이 마음에 들지 않는다는 듯 주변을 돌아보며 말했다. 그러나 말한 을도산이나 듣고 있는 파소와 단보 모두 을도산의 말이 대청 안의 공기를 말하는 것이 아니라는 것을 알고 있었다.

"역시 검산에 문제가 있습니까?"

"자네도 느꼈는가?"

"성시에서 검산의 고수들을 보기 힘들었습니다."

"음, 잘 봤네. 지난 며칠 전부터 검산 고수들의 움직임이 눈에 띄게 줄어들었네. 특히 노고수들은 거의 대부분 검산을 벗어나지 않고 있네."

을도산의 말에 단보가 걱정스런 표정으로 물었다.

"역시 생각했던 대로 검산 전체가 향에 등을 돌린 걸까요?"

"확실하진 않네. 그러니 더 답답한 일이지. 무턱대고 검산 전체를 조사할 수도 없으니……."

"그들은 어찌 되었습니까?"

단보가 화제를 돌렸다.

"음… 자네도 짐작은 하고 있겠지? 십이종성쯤 되는 사람이 입을 닫으면 누구도 그 입을 열기 어렵다는 것을… 하지만 한 가지 사실은 확인했네. 대모랑의 말처럼 그들이 대모랑에게 건넨 환단은 영약이 아니라 독단이었단 사실 말일세."

"증거를 확인했습니까?"

"다행히 의방에는 마음을 바꾼 네 명의 의현이 남아 있지 않은가? 그들이 대모랑이 남긴 다기에서 독의 흔적을 찾아냈으니 그들도 더 이상 부인할 수 없었지.”

“의방오현 사 인의 해약은……?”

“소진웅이 순순히 해약의 약방문을 내놓았네. 남만에서 나는 독이라던가. 고충에서 빼낸 독인데, 괴이한 독이더군.”

“다행이군요. 순순히 해약을 내놓다니.”

“그로서는 어쩔 수 없는 일이었지. 대신 한 가지 약속은 했네.”

“무슨……?”

“그 아들의 목숨 말일세.”

“결국 소진웅 그자도 한 사람의 아비임은 부정할 수 없군요.”

“그게 모든 일의 원인이 된 것이지.”

을도산의 말이 끝나자 장내에는 잠시 침묵이 이어졌다. 그러고 잠시 후 단보가 입을 열었다.

“그 두 사람이 입을 열지 않는 이상 검산을 조사할 명분이 없지 않습니까?”

“무천향을 깨자면 모를까, 아니라면 증거없이 검산을 조사할 순 없지. 그렇게 되면 검산 전체를 적으로 돌리는 것이니까.”

“휴, 어렵군요.”

“어렵다네. 자칫하면 무천향의 역사가 끝날 수도 있으니까. 어떻게 지켜온 무천향인데… 음…….”

을도산의 얼굴에 고뇌의 기색이 역력했다. 파소는 그런 을도산을 보며 입까지 올라왔던 질문을 다시 삼켰다. 무천향이란 곳이 자식까지 포기하면서까지 지킬 가치가 있느냐는 질문이었다.

질문을 안으로 삼킨 파소가 두 사람의 대화에 별 관심이 없는 듯한 표정을 지으며 고개를 돌려 자신이 살아갈 거처를 살폈다. 그때 어느새 방 세 개와 주방까지 확인한 석청이 서쪽 방을 벗어나고 있었다.

"이리 와요."

파소가 석청을 부르자 석청이 잠시 머뭇거렸다. 을도산과 단보의 이야기가 워낙 심각해 자신이 곁에 있어도 되는지 조심스런 모습이었다.

"이리 오너라."

그런 석청을 을도산이 불렀다. 그러자 석청이 조심스런 발걸음으로 세 사람이 모여 앉은 탁자 쪽으로 걸어왔다.

'풋, 힘들겠군.'

다소곳이 움직이는 석청을 보며 파소가 실소를 흘렸다. 이런 모습은 평소의 석청에겐 전혀 어울리지 않는 모습이었다.

"그렇게 조심하지 않아도 된다. 네 이야기는 단보 이 사람을 통해서 제법 들었단다."

아마도 석청이 보통 여인들과 달리 무척 호방한 성격의 여인이란 걸 을도산도 알고 있는 모양이었다. 그러나 석청의 태

도는 여전히 조심스러웠다. 그런 석청을 미소를 지은 채 바라
보던 을도산이 석청에게 물었다.

"그래, 집은 마음에 드느냐?"

"네, 아주 좋아요."

석청이 밝은 표정으로 대답했다. 그런데 석청의 밝은 모
습에 잠시 미소를 짓던 을도산이 이내 안색을 흐리며 말했
다.

"하지만 이 집에 과연 얼마나 머물게 될지 모르겠구나."

을도산의 말이 너무도 심각했기에 파소 등 삼 인은 조금 놀
란 표정으로 을도산을 바라봤다. 그리고 잠시 후 단보가 입을
열었다.

"그렇게 심각하게 보시는 겁니까?"

"음… 아마도 준비를 해야 할 것 같네."

"제가 죽림에 다녀와야겠군요."

단보의 말에 을도산이 굳은 표정으로 고개를 끄덕였다.

"자네의 힘이 절실할 때네. 죽림의 고수들을 설득해야
해!"

그러자 단보가 잔잔한 미소를 지으며 대답했다.

"너무 걱정 마십시오. 파소가 이미 죽림 고수들의 마음을 얻
고 있으니 죽림이 저들의 손에 온전히 넘어가는 일은 없을 겁
니다."

"좋아. 그럼 그 일을 자네에게 맡기겠네. 파소, 넌 나와 할
일이 있다."

을도산이 정색을 한 표정으로 말했다.

"뭘 해야 합니까?"

"준비를 해야 한다. 곪은 상처가 터지려 하니 결국 방법은 환부를 도려내는 길뿐!"

을도산의 눈에서 한줄기 광망이 흘렀다. 그 서늘한 안광에 파소 등 삼 인이 흠칫 몸을 떨었다.

*   *   *

파소는 어지럽게 이동하는 정종 고수들의 모습을 내려다보고 있었다. 송림에 서너 채의 천막으로 만든 막사가 세워진 것은 하루 전, 언뜻 보면 부호(富豪)가 봄나들이를 위해 준비해 놓은 천막 같은 모습의 막사였다.

그러나 천막 안에는 정종의 최고 수뇌 십여 명이 모여 긴박한 대화를 나누고 있었다. 또한 다른 천막 두 개에는 정종의 장년 고수들이 대기하고 있다가 수뇌들이 들어 있는 천막에서 뭔가 지시가 내려지면 바람처럼 정종 곳곳으로 달려갔다.

"결국 싸움이 나는 건가요?"

안타까운 표정을 지으며 석청이 파소의 곁으로 다가섰다.

"그럴 것 같아요. 오늘 아침 검산 출신 위사들이 위관에 나타나지 않았다고 하더군요. 또한 죽림에서도 적지 않은 고수들이 지난밤 모습을 감췄다고 해요. 죽림의 고수로, 추격에 관한한 일인자라는 고승 대협에 의하면 그들의 자취가 검산으로

향해 있다고 하던군요. 또한 검산으로 이어지는 길은 일단의
검산 노고수들에 의해 폐쇄되었다고 해요."

"아, 결국 모든 일은 검산의 수뇌들이 벌인 일들이었군요."

"모두들 짐작하고 있던 일이지요. 검산 육조사의 후예들은
더 이상 정종 을씨 가문 밑에 있고 싶지 않았던 거지요. 또한
무천향을 더 이상 강호에서 격리된 곳으로 머물게 하고 싶지
않았을 거고요. 그렇다고 무천향을 깨뜨릴 수도 없었지요. 무
도를 버리고 패도를 추구하기 위해선 온전한 무천향을 자신들
의 손에 넣어야 했고, 그러기 위해선 합법적으로 무천향의 향
주 자리를 얻어내야 했을 테니까요."

"그러기 위해선 당연히 을씨의 적통들이 사라져야 했겠고
요."

"그 일이 무산된 지금 그들이 선택할 수 있는 일은 하나겠지
요. 힘으로 무천향을 지배하는 것. 그리고 그들은 어느 정도는
자신이 있을 거예요. 지난 세월 정종의 원기가 지나치게 쇠퇴
된 것은 사실이니까요."

"하지만 그들이 간과한 게 하나 있지요."

"뭐죠?"

파소가 의아한 표정으로 묻자 석청이 빙그레 미소를 지으며
대답했다.

"호호, 바로 당신이 이곳에 있다는 사실이지요."

"후후, 저야 일개 무인일 뿐인데요."

"그렇지만 아주 재주 많은 무인이죠. 당신의 무공은… 이제

심검의 단계 깊숙이 들어간 거죠?”

석청의 말에 파소가 말없이 미소를 짓다가 성해를 바라보며 나직하게 대답했다.

“이 무천향은… 변하긴 했지만 무의 고향이 맞는 것 같아요. 이곳에선 그저 이곳에서 살아간다는 것만으로도 무공이 증진하는 것 같았거든요.”

불길한 예감은 언제나 적중하게 마련이다. 그리고 그 시작은 또한 여름날 소나기처럼 급작스럽다.

파파팟!

검산에서 일단의 인물들이 성해를 향해 달려 내려오고 있었다. 자세히 보면 어린아이와 여인들까지 포함된 일행, 대략 삼사십여 명으로 보이는 인물들이 검산을 달려 내려오기 시작한 것은 정오가 한참 지난 늦은 오후 무렵이었다. 사람을 포함해 천하만물이 나른함에 빠지는 그 시간에 갑작스럽게 일어난 그들의 질주는 무천향을 순식간에 혼란에 빠뜨렸다.

파소는 여전히 송림의 막사 앞에서 성해를 바라보고 있다가 그 누구보다 먼저 그들을 발견했다. 그리고 잠시 후 막사 주변이 혼란스러워졌다. 파소에 이어 다른 사람들도 검산을 내리 달리는 인물들을 발견했기 때문이다.

“뭐죠?”

그들을 발견한 석청이 의아한 표정으로 파소에게 물었다.

“글쎄요.”

파소 역시 검산 아래로 줄달음질치는 인물들의 정체를 짐작하기 힘들었다.

"설마 공격해 오는 것은 아니겠죠?"

"여자와 아이들이 있어요. 비록 무척향의 사람들은 걷기 전부터 도검을 든다고 하지만 저런 사람들로 도발할 검산은 아니지요."

파소의 말이 끝나기 무섭게 고담의 목소리가 들려왔다. 고담은 그의 다짐대로 파소가 향주전으로 거처를 옮긴 후 단 한 시도 파소의 곁에서 떨어지지 않고 있었다.

"저들은 아마도 검산 심가의 사람들인 듯합니다."

"심가라면?"

"소천의 외가 쪽이죠."

"음… 그런데 왜……?"

파소가 의아한 눈빛을 드러내며 다시 검산을 내려오는 무리 쪽으로 시선을 돌릴 때 문득 또 다른 일단의 무리들이 검산의 숲길에서 모습을 나타냈다. 그리고 그들은 무서운 속도로 앞서 달려 내려간 일행을 뒤쫓기 시작했다.

"저건… 도주 중인 모양입니다."

고담의 말이 아니어도 드러난 상황을 보면 분명 두 무리는 추격전을 벌이고 있는 것이 분명했다.

그런데 그때 갑자기 향주전을 둘러싸고 있는 정종의 군락 중 가장 검산 쪽에 가까운 곳에서 일단의 인물들이 추격전이 벌어지고 있는 검산 방향을 향해 달려나가기 시작했다.

"이게 도대체 무슨 일이죠?"

갑작스레 벌어지기 시작한 이 급박한 움직임에 놀라 석청이 두려움이 깃든 음성으로 물었다.

그때 파소를 대신해 어느새 막사에서 나온 을도산이 석청의 질문에 대답했다.

"저들은 검산 심가의 사람들이다. 아마도 검산을 탈출하고 있는 모양이다."

"검산을 탈출한다고요?"

파소가 의아한 얼굴로 물었다. 그러자 을도산이 고개를 끄덕이며 차분하게 대답했다.

"본래 검산 심가는 검산 육조사의 후예들 가운데 우리 을씨 가문과 가장 가까운 가문이다. 대대로 우리 을씨 가문의 안방은 검산 심가의 차지란 말이 나올 정도였지. 아마도 검산의 다른 가문들로부터 심한 견제를 받았을 것이다."

"하지만 지금 율관에 갇혀 있는 그는……."

파소가 말꼬리를 흐렸다. 지금 율관에는 십이종성 중 검산 출신인 심연동이 갇혀 있었다. 그의 죄목은 과거 파소의 부친인 을몽학이 혈겁을 일으키도록 자신의 형 심환지와 무극동천의 고수들에게 광혈단을 복용시킨 것이었다. 그런 그의 행동은 을도산의 말대로라면 이해가 가지 않는 행동이었다. 심가는 정종 을씨 가문과 가장 가까운 가문이라고 했지 않았던가.

"내가 볼 때 그의 죄는 아마도 그 홀로 저지른 것일 게다. 심가 전체가 관여한 게 아니란 말이지. 알겠지만 그는 네 외조부였던 심환지 노사의 아우다. 심연동 그는 아마 십이종성이 되고 싶은 유혹에 시달리고 있었을 것이다. 그런 그의 심리를 흉수들이 이용한 것이겠지."

"그럼 검산 심가는 여전히 을씨의 친구인가요?"

파소가 을도산에게 물었다. 그러자 을도산이 고개를 끄덕였다.

"저들이 탈주를 시도했다는 것 자체가 그걸 증명하고 있지 않느냐?"

"그들의 탈출할 것이란 걸 알고 계셨나요?"

검산을 탈출하는 검산 심가의 식솔들을 마중하러 달려나가는 고수들을 보며 파소가 재차 물었다. 정종 고수들이 이렇게 신속하게 대응한다는 것은 이런 상황을 미리 준비하고 있었다고 봐야 했기 때문이다.

"그저 예감이었다. 아무리 검산 전체가 정종에 반기를 든다 해도 그중에는 이 무천향이란 곳의 순수함을 지키려는 인물들도 있을 터, 그들이 이쪽으로 올 경우를 대비하고 있었던 것이다. 그런데 그 대비를 하길 잘했구나."

을도산의 말에 파소가 고개를 끄덕이다 문득 화들짝 놀란 눈으로 을도산을 바라봤다.

"그런데… 이렇게 되면 결국……."

파소의 말에 을도산 역시 낯빛이 어두워졌다.

"그래, 결국 전쟁이 시작되겠지. 아, 무천향에서 전쟁이라니 죽어서 선조를 어찌 뵐 것인가? 그것만은 피하고자 혈육까지 포기한 것을……!"

을도산의 입에서 깊은 탄식이 흘러나왔다. 순간 파소가 입술을 깨물었다. 을도산의 흘린 탄식에서 과거 을도산이 선택해야 했던 그 결정들이 그에게 얼마나 어려운 일이었을지 능히 짐작할 수 있었기 때문이다.

파소가 다시 시선을 돌렸다. 검산을 탈출하는 사람들과 그들을 추격하는 자들, 그리고 탈출하는 사람들을 마중하러 나간 무리의 거리가 점점 좁혀지고 있었다.

"가봐야겠어요."

문득 파소가 입을 열었다.

"이봐요. 당신!"

석청이 화들짝 놀라 파소의 소매를 잡았다.

"너까지 갈 필요는 없다."

을도산 역시 얼른 나서서 파소를 만류했다. 그러나 파소는 옷깃을 잡은 석청의 손을 떼어내며 고개를 저었다.

"아니요. 우릴 찾아오는 사람이니 앉아서 기다릴 수는 없어요. 가볼게요. 나에겐 외가의 식구들이에요."

"당신 정말!"

석청이 화가 난 모습으로 소리쳤다. 그러자 파소가 그런 석청을 보며 빙긋 미소를 지었다.

"걱정 말아요. 날 믿잖아요?"

순간 석청이 자신도 모르는 사이에 파소의 소매를 놓았다.

순간 파소의 신형이 훌쩍 날아오르더니 순식간에 십여 장 밖
으로 달려나갔다.
　"조심해요."
　파소의 등 뒤에서 석청의 목소리가 들려왔다.

『무천향』6권 끝

은하의 계곡

무천향 武天鄕

허담 新무협 판타지 소설

뿌리를 찾아가는 목동 파소의 여행.
그 여정의 끝에서
검 든 자들의 고향 대무천향 (大武天鄕)을 만난다.

검객 단보, 그는 노래했다.

…모든 검 든 자들의 고향 무천향.
한 초식의 검에 잠든 용이 깨어나고, 또 한 초식의 검에 잠든 바다가 일어나네.
검의 흐름을 따라가다 보면 어느새, 세월도 잊어버리고, 사랑도 잊어버리고,
무공도 잊어버려…….
결국에는 자신조차 잊어버리는…….

은하의 가장 밝은 빛이 되어버린다는
그 무성(武星)들의 대지(大地).

아, 대무천향(大武天鄕)이여!

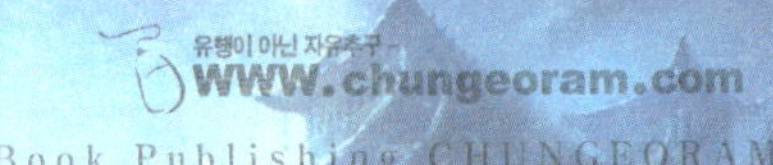

낭왕 狼王

별도 新무협 판타지 소설

살내음 나는 이야기에 여러분은 가슴 졸인 적이 있는가?
남들이 볼까 두려워하며 책을 가리면서 읽었던 구절을 몇 번이나 반복하며
읽은 적이 없는가?

구무협의 향수를 그리워하던 별도가 결국은
〈무협의 르네상스〉를 부르짖으며 직접 자판 앞에 앉았다.

"제가 무협을 쓰기 시작한 이유는 더 이상 읽을 책이 없었기 때문입니다."

모든 일은 4년 전부터 시작되었다.
살인사건을 배경으로 펼쳐지는 음모와 배신, 사랑과 역공작,
그리고 정사!

우리 시대의 이야기꾼, 별도의 새로운 글, 〈낭왕狼王〉!
〈천하무식 유아독존〉, 〈그림자무사〉, 〈검은여우毒心狐狸〉에
이은 그의 또 하나의 역작!